U0140808

本书为珠海市文艺精品创作扶持资金资助项目

辛亥革命時期

香山社會研究

辛亥革命时期的香山社会

黄鸿钊 / 编著

Social Change in Xiangshan During
the Xinhai Revolutionary Period

社会科学文献出版社

SOCIAL SCIENCES ACADEMIC PRESS (CHINA)

前　言

　　《辛亥革命时期的香山社会》一书，利用地方史料的记载，阐明当时香山社会的动荡与变革，并兼及与周边地区，特别是澳门的关系。全书由四章和有关资料组合而成：第一章论香山革命；第二章论香山的社会改革运动；第三章论香山人民的反帝斗争；第四章论香洲商埠——香山人民创建现代城市的初步尝试。副编则是汇集与论题相关的资料。

　　辛亥革命是一场翻天覆地的大革命。武昌起义一声炮响，拉开了辛亥革命的序幕，革命形势迅速蔓延全国。革命的首要任务是推翻地方封建专制统治，建立民主共和体制的政权，这可能在全国各地都大致相同，但革命在香山的反应更为热烈和深入，从而特别具有典型性。而此种典型性之产生，又是出于以下诸因素：①香山海洋文化发达，对外开放最早，受西方文化影响较多，人民更加渴望变革、拥护革命，使香山成为近代民主革命的发源地；而且这里还是伟人孙中山的故乡，民主革命的理念在这里更为深入人心，革命的群众基础极其深厚。②香山同盟会会员众多，先锋作用突出，他们组织和领导了香山革命。③香山是著名侨乡，许多华侨热烈响应和支持革命运动。④尤其是前山新军反戈一击，成为推翻旧政权的主力军。

　　辛亥革命又是一场意义深远的思想启蒙运动。香山人长期接受西方文化的影响，还有本地区的启蒙思想家林则徐、魏源的"师夷长技以制夷"思想，康有为、梁启超的变法维新思想，郑观应的富国强兵思想，孙中山推翻清朝专制统治、建立民国的民主共和思想，等等，这些启蒙思想形成强烈的舆论力量，催动着香山地方的文化变革，破除封建旧文化、旧风俗，树立民主的新文化、新风尚。这场变革早在人民起义之前就已发生，而且新旧矛盾十分尖锐，斗争非常激烈。

　　《香山旬报》的问世吹响了社会改革的号角。香山的移风易俗、破旧立新运动，涉及的内容主要有：成立自治会、改良监狱、创办新学堂、厉行禁烟禁赌、剪辫和天足、释放奴婢以及医疗卫生改革，等等。此外还有揭露官吏昏庸腐败、抨击土豪劣绅恶行、维护社会正义、注重社会公益、成立读书会以及各种先进团体，等等。革命发生之前，香山民间早已出现一派弃旧迎新的气势，为新社会的来临作好了准备；而革命发生以后，这种思想文化上的新与旧的斗争，又在新的形势下继续深入发展，直至新文化在社会上完全占据主导地位。

辛亥革命期间，香山人民高举反帝旗帜，进行坚决斗争。香山地处南海边缘，濒临港澳，历史上多次遭受帝国主义的侵略和压迫，先后发生了1833年淇澳人民抗英斗争、1840年英军攻击关闸之战、1841年英军入侵渡头之战、1849年澳葡进攻拉塔石炮台之战，等等。而在1895年中日甲午战争以后，帝国主义掀起的瓜分中国的狂潮中，香山也遭受澳葡当局疯狂扩占前山地区的威胁，因而反对殖民主义侵略压迫的斗争也十分激烈。1909～1911年，香山人民的奋起抗争有力地打击了澳葡的扩张气焰，保障了乡土的安全。

香山人民在进行反帝反封建斗争的同时，也憧憬着发展本地民族工商业，建设近代文明新城市，并率先创建了香洲商埠。

香山人民经过艰苦奋战，推翻了本县的封建统治，其后又驱逐军阀的入侵，建立了民主新政权；与此同时，文化上的破旧立新也取得重大的进展。同一时期，香山人民又通过顽强抗争，制止了澳葡扩张前山界地的侵略活动，维护了乡土安全；并创建了香洲商埠，在摸索新城市发展经济方面进行了有益的尝试。这些香山人民所经历的重大事件，今天回顾起来，仍能深深感到震撼。总之，香山辛亥革命是全面的，因而也是典型的一次革命。香山人民通过这次革命，冲破了封建主义的桎梏，迈步前进。虽然在文化和意识形态领域，反封建的任务尚未完成，但新社会已经建立起来，历史开始进入新的时代。

伟大的香山革命波激浪涌，革命精英站在风口浪尖奋勇拼搏。从启蒙时期郑观应敲响警世钟、容闳出洋留学求真理，到孙中山高举革命大旗，十次反清起义，无数香山革命战士出钱出力，杀身成仁，舍生取义，为了推翻清朝专制统治作出了巨大的贡献。革命过程中涌现出许多惊天地、泣鬼神的英雄人物。捐躯共和第一人陆皓东被捕后，面对敌人戳指敲牙的严刑拷打，宁死不屈，慷慨就义；空军之父杨仙逸率领其家族捐献的飞机组成战机大队，英勇奋战，为革命献出了年轻的生命；还有海军司令程璧光，航空局长张惠长，香山起义的组织者刘思复、郑彼岸、林君复、林警魂等人英勇斗争；孙中山胞兄孙眉、郑仲、陈耀垣、唐雄等亲友变卖牧场和家产支援革命；香山旅日华侨、音乐家萧友梅，集画家、文学家于一身的苏曼殊，华侨巨商陈芳之子陈赓虞、陈席儒与其孙陈永安，旅澳华侨先施公司创始人马应彪，永安公司创办人郭标、孙智兴、马玉山等人都是辛亥时期杰出的革命志士。此外，唐绍仪和梁如浩等留美学童也投入民国营垒，唐绍仪出任民国首届国务总理，梁如浩一度担任外交总长，成为与时俱进的风云人物。

革命胜利后，许多香山起义的领导人功成身退，不图名利，只求做大事，不愿做大官。郑彼岸领导石岐起义成功，谢却出任县长，率领香军到达广州，参与完成广州光复事业后，随即悄然离去。林君复也是起义领导人，到达广州后，被推举为副都督，他却推辞不任。伍廷芳、廖仲恺亦曾推举他为农民部长等高级官职，也都被他婉辞，孙中山为此书赠其"毁家纾难，功成身退"条幅。其后他在惠阳象山古寺削发为僧，长居古刹，布衣素食。而刘思复则自从清朝鼎革后，解散支那暗杀团，拒绝参政，无意仕途高升，其思想则从激进民主主义转向无政府共产主义的另一极端，并于1914年7月在上海成立无政府共产主义同志社，主张经济上、政治上绝对自由，据说他这一转变源于看不惯革命后官场上的争权夺利。但无政府只是一种空想，否定了政府的存在，何来共产主义的实现？无论如何，香山革命前辈的革命精神及其高风亮节，堪称后世之楷模，永远彪炳于史册。

历史在前进，昔日的香山如今已经分为澳门、珠海、中山三个发达城市，沧海桑田，今非昔比。但这里的人民仍然继承着先辈敢于革命和创新的精神，在新的征程上将更加奋发有为，创造出更多新的奇迹。

目 录 CONTENTS

第一章
辛亥革命在香山

19世纪、20世纪之交，清政府自从镇压戊戌变法和义和团运动、签订《辛丑条约》、实施新政破产后，其腐朽、反动的本质进一步暴露无遗。随着清政府成为"洋人的朝廷"，近代中国两大社会矛盾趋于汇流，集中体现为中国人民同清朝政府之间的矛盾，中国正面临前所未有的危机，革命的时机成熟了。

武昌起义一声炮响，拉开了辛亥革命的序幕，革命形势迅速蔓延全国，而这次革命在香山的反应更为热烈和深入。这是因为，香山海洋文化发达，对外开放最早，受西方文化影响较多，人民更加渴望变革、勇于创新；香山启蒙运动开展较早，民主革命的理念在这里更为深入人心，革命的群众基础较为深厚；香山是中国人最早出洋留学的发源地，留学人员思想先进，同盟会会员众多，先锋作用突出；香山又是著名侨乡，海外华侨普遍对革命热烈响应和支持；驻扎前山的广东新军积极响应革命，并成为推翻香山旧政权的主力军。由于以上诸因素，香山革命虽与全国各地都大致相同，但又有其特殊性和典型性。

一 香山革命的深厚群众基础

香山海洋文化发达，对外开放最早，受西方文化影响较多，人民更加渴望变革、拥护革命，革命的群众基础极其深厚。

1. 香山是最早通过澳门与西方接触，从而也是受到西方影响较早的地区

香山位于南海之滨，具有优良的海洋地理环境，人民很早就出洋发展，通番贸易。沿海先后形成浪白澳、濠镜澳和十字门等走私贸易港口，其后濠镜澳和十字门合称澳门。1553～1557年间，葡人入居澳门，此后400年，澳门成为外国人居留和对外开放的贸易特区。澳门开埠以后，随着港口的发展和对外贸易的繁荣，迅速成为中西文化交流的中心。作为一个国际贸易港口、中外商品的中转站，澳门聚集了当时欧、亚、非、美等洲二十多个国家的商人，其中有欧洲的葡萄牙、西班牙、英国、法国、荷兰、俄国、丹麦、意大利等国，美洲的美国，非洲东部的索马里，以及亚洲的阿拉伯半岛、印度半岛、印尼群岛、马来半岛、中印半岛、菲律宾群岛和日本群岛的古代国家，澳门成为古代中国罕见的多元文化港口城市。澳门是香山的一部分，澳门的居民除了一部分海内外商人之外，大半仍是香山人。他们通过澳门最先接触西方先进文化，大大拓宽了自身的文化视野，丰富了物质文化生活。这里的人民思想开放，关心时政，强烈要求变革和创新，坚决告别因循守旧和故步自封的陋习，从而形成一种锐意进取、敢于创新、敢于开风气之先的文化精神。香山人通过澳门接受了西方传入的新思想、新文化的信息，使香山革命思潮较其他地方更为活跃，成为民主革命的故乡。正因为受到西方文化的影响，在革命动荡年代，香山人具有勇于创新、敢于革命的精神。1894年孙中山在檀香山创立兴中会，当时民智闭塞，在清朝统治者淫威压迫之下，响应兴中会号召、起来革命的人寥寥无几，许多人"闻总理有作乱谋反言论，咸谓足以破家灭族，虽亲戚故旧亦多掩耳却走"，① 可是香山人却踊跃报名参加革命。据《革命逸史》作者冯自由记载，兴中会初期的会员共有286人，其中香山华侨会员98人，② 占1/3以上，他们都是在檀香山入会的。

香山革命者胸怀壮志、敢于牺牲，陆皓东就是其中突出的一个。陆皓东（1868～1895），香山县（今中山市）翠亨村人，孙中山少年时代的好友，曾与孙中山一起为破除村民迷信捣坏北帝神像而被逐，后第一批加入兴中会。1895年陆皓东与孙中山共同策划了广州起义，陆皓东在此役中壮烈牺牲，成为中国有史以来捐躯报国、为共和革命而牺牲的第一个香山人。就义前，他撰写《绝命书》，慷慨陈述，大义凛然："吾姓陆，名中桂，号皓东，香山翠亨乡人，年二十九岁。……孙君与吾倡行排满之始。盖务求惊醒黄魂，光复汉族。无奈贪官污吏，劣绅腐儒，腼颜鲜耻，甘心事仇，不日本朝深仁厚泽，即曰我辈践土食毛。讵知满清以建州贼种，入中国，夺我土地，

---

① 《兴中会组织史》，冯自由：《革命逸史》第4集，中华书局，1981，第2～4页。
② 《兴中会会员人名事迹考》，冯自由：《革命逸史》第4集，中华书局，1981，第24～63页。

杀我祖宗，掳我子女玉帛。试思谁食谁之毛，谁践谁之土？扬州十日，嘉定三屠，与夫两王入粤，残杀我汉人之历史尤多，闻而知之，而谓此为恩泽乎？要之今日，非废灭满清，决不足以光复汉族，非诛除满奸，又不足以废灭满清，故吾等尤欲诛一二狗官，以为我汉人当头一棒。今事难不成，此心甚慰。但我可杀，而继我而起者不可尽杀。公羊既殁，九世含冤，异人归楚，五说自验。吾言尽矣，请速行刑。"

陆皓东（1868～1895）

陆皓东曾亲手创制"青天白日旗"为革命军旗。其后，孙中山将青天白日旗定为国民党党旗，又将青天白日旗加上红色底为青天白日满地红旗，以此旗作为中华民国国旗，以纪念陆皓东及兴中会诸烈士流血献身的精神。

从广州起义开始后，革命党人陆续举行 10 次起义，每次都有香山人参加，他们充分表现出革命大无畏精神，前赴后继，勇往直前。

2. 香山是中国人最早出洋留学的发源地，留学生思想先进，参加同盟会人员众多，先锋作用突出

（1）香山人留学起源很早。1645 年澳门人郑玛诺前往罗马留学，是中国近代前往欧洲留学第一人。郑玛诺号惟信，祖籍广东香山县，1633 年生于澳门，12 岁时随同陆德神父赴罗马深造。他们从澳门乘船出发，经马六甲、爪哇、果阿、波斯、亚美尼亚和土耳其等地前往欧洲，途中遍历艰险，历时 5 年才抵达罗马，进入圣安德勒学院修读。1653 年郑玛诺加入耶稣会，并转入罗马公学学习修辞学、逻辑学、物理、化学、音乐和外语等多门课程；毕业后他居留罗马，教授拉丁文和希腊文法与文学；3 年后转赴欧洲各地学校任教，至 1671 年返回澳门，这时他已 38 岁。同年郑玛诺应召入北京朝廷供职，可此时他已身患严重肺病，于 1673 年 5 月 26 日病逝。郑玛诺游学欧洲 26 年，经历丰富，知识渊博，是一个西学素养较高的学者；他回国时正值康熙皇帝广纳贤才之际，可惜他英年早逝，未能施展所学，为中西文化交流作出应有贡献。

郑玛诺之后，陆续有人被澳门教区派遣出国深造。这项工作一方面由澳门圣保禄学院从学员中挑选，另一方面由传教士在各省挑选，推荐至澳门教会，再启程赴欧。1732年意大利传教士马国贤在其家乡那不勒斯创办了一所中国学院，该学院的主要目的是为罗马教廷培养远东传教人才。学院不仅接纳中国留学生，凡有志来远东传教的西人或土耳其人，均可入学修读。学院至1868年停办，据统计，中国学院办学136年间，先后就读的中国留学生达106名，以当时的形势而论，这个数字已相当可观了。

容闳（1828～1912）

（2）容闳和香山留美幼童为民国贡献了人才。鸦片战争以后，香山人容闳是新时期出国的代表人物。容闳（1828～1912），字达萌，号纯甫，香山南屏乡人，少时移居澳门，1841年入澳门马礼逊学堂读书，1847年赴美国留学，1854年毕业于美国耶鲁大学。[①]

容闳所处的时代，正是中国极度贫穷落后、亟待从衰弱中奋起的时代，因此他肩负着向西方学习先进科学知识的历史使命。容闳自留学美国毕业回国之后，四处奔波，谋求中国近代化，他致力于改变祖国贫穷落后的状况，主张学习西方先进科学技术，振兴经济，参与引进先进机器，发展民族工业。

从1870年起，容闳首倡和主持了中国官派青少年出国留学事业，开中国近代留学教育的先河。在他亲自组织的120名留美幼童中，香山籍的占1/3。这些人后来回国，在清末民初中国政坛或经济文化建设中分别扮演了重要角色。

当年，曾国藩和李鸿章在策划幼童出洋这一"千古未有之奇事"时，

---

① 当时与容闳一道出国留学的还有黄胜和黄宽等人。黄胜（1827～1902），1847年出国留学，一年后因健康原因回国，后从事新闻出版工作。黄宽（1829～1878）在美国中学毕业后，由美转英，入爱丁堡大学读医；1857年获医学硕士学位，成为中国第一个西医，为推动西医东传贡献了毕生精力。

希望这些出洋学生在掌握了西方科学技术后，可以帮助中国渐图自强。所以，当留美学生毕业回国后，李鸿章把他们安排在一些重要部门。第一批21名学生回国后，立即被送入电报局学习电报；第二、三批学生分别被当时中国的先进企业如福州船政局、上海机器局留用23名，其余50名分赴天津水师、机器、电报、鱼雷等局处当差。这些留美学生学问扎实，精通外语，聪明能干，又有报国之心，因此大多脱颖而出，成为清末民初外交、军事和建设的栋梁之材，为中国现代化建设作出了贡献，有的还在反侵略战争中为保卫祖国壮烈牺牲。

辛亥革命爆发后，留美幼童与时俱进，反戈一击，反对清朝，为民国效力，成为革命营垒的成员。其中最有名的是唐绍仪和容星桥。唐绍仪（1862～1938）是第三批留美幼童，后入哥伦比亚大学学习文科；回国后出使朝鲜，后任天津海关道。1904年唐绍仪以外务侍郎身份赴印与英国谈判，维护中国政府对西藏的主权，功不可没。清末唐绍仪参加南北议和，并于民国初年担任第一任内阁总理，年过古稀仍任香山模范县县长，政绩卓著。容星桥（1865～1933）是容闳的侄子，唯一参加了兴中会和同盟会的留美学童，1904年主持香港《中国日报》，宣传革命；辛亥革命后，曾任广东政府交通司副司长。

民国时期，唐绍仪的好友和亲家梁如浩曾任外交总长，唐国安（1858～1913）任清华学堂（今清华大学）校长；蔡绍基（1859～1933），北岭人，曾任山海关监督、北洋大学校长；蔡廷干（1861～1935），上栅人，曾任海军副司令；唐元湛（1861～1921），民国首任电报局局长。他们都是香山留美学生的杰出代表。

（3）20世纪初香山留学生是革命的中坚力量。当时刘思复、刘樾航、郑彼岸、郑道实、苏曼殊、林君复、郑仲超等香山人出洋留学，接受西方教育，把西方资产阶级民主政治的理念带回国内，对于中国民主革命思潮的兴起和发展产生了一定的影响，他们成为辛亥革命的中坚力量。其中刘思复的思想尤其激进。早在1902～1903年间，具有民族革命意识的刘思复、郑贯公、郑彼岸等在石岐创办香山阅报社。1904年刘思复创办隽德女学堂。其后刘思复、郑彼岸等7人在日本东京结识孙中山，参加了同盟会，并奉命负责策划香山起义。

刘思复等人回国后，郑彼岸在石岐创办《香山旬报》，作为同盟会的机关报，聚集一批革命同志，进行革命的宣传工作；林君复则在澳门创立

刘思复（1884～1915）

"仁声"剧社（又称"醒同仁"剧社），暗中进行武装起义的准备。林君复与林寿恺、张若屏等为了创办剧社，变卖产业筹得2万元作经费，聚集在澳门南湾41号开展活动，排演剧目，揭露清廷腐败、祸国殃民的罪行，以激起同胞的爱国热忱。刘思复则除了参与办《香山旬报》，又在香港办《东方报》，写了许多论著宣传革命。1907年，广东水师提督李准血腥镇压了广东黄冈、七女湖起义后，革命党人便决心采取暗杀手段对付凶恶敌人，为革命党人出一口恶气，以重振革命信心。刘思复在广州同汪精卫、胡汉民等党人议定暗杀广东水师提督李准，刘思复负责执行。是年6月16日，刘思复在寓所试制炸弹，不慎爆炸受伤，四邻受惊，警察闻讯赶来。在检查现场时，发现床底下篮里贮放着两枚炸弹，便怀疑刘思复是革命党。审讯时，尽管刘思复矢口否认，除炸弹外，也无任何旁证，但仍被判押解回香山县监禁。两年当中，郑彼岸和知识界知名人士数百人"联名禀保数十次"，加上香港同盟会冯自由等人通过华侨记者陈景华沟通广东官绅，向李准求情，终于使刘思复在1909年12月10日获释。[①] 他出狱的这一天，人们拥到监狱门口去迎接，还举行了欢迎宴会，将刘思复比做匈牙利民族英雄科苏特，盛赞其革命精神。《香山旬报》评论指出："吾以为邑人欢迎刘君之本意，必由爱国思想而发生。昔其入狱也，则曰吾国民断一右臂也，今其出狱也，则曰吾国民得一助力也。""夫欢迎刘君之意，当属于希望的而非侥幸的，属于将来的而非现在的。盖邑人皆当以爱国自勉，而更以爱国望刘君也。噶苏氏（匈牙利民族英雄，今译科苏特——作者注）之出狱也，义侠之多加利民，争起而迎之，而噶氏卒能奋厥雄心，脱离异族羁轭之下，建独立自由之匈加利，以谢匈加利之人。今刘君之能志噶氏之志、行噶氏之行，为国效力，无有贰心……斯不负欢迎

---

① 冯自由：《革命逸史》第3集，第235～236页。

之盛意矣。刘君其勉之，欢迎刘君者其共勉之。"①

　　刘思复出狱后，立即投入革命运动中。次年春，他又在香港组织同盟会的"支那暗杀团"，团员有刘思复（香山人）、李熙斌、朱述堂、高剑父、谢英伯、陈自觉、丁湘田、程克、郑彼岸（香山人）、郑佩刚（香山人）、林冠慈、李应生等人。1911年广州起义失败后，为了打击清政府的气焰，刘思复领导"支那暗杀团"于该年秋派林冠慈炸伤提督李准，李沛基（李应生之子）炸死钦差大臣凤山，从此敌人闻风丧胆。1911年夏，因汪精卫行刺摄政王失败，刘思复又与郑彼岸等北上继续谋刺摄政王戴沣，后因南北和议、清室退位而中止。

3. 香山是著名的侨乡，华侨热爱祖国，全力支持革命

　　华侨在海外饱受压迫和剥削，生活和生存的权益得不到保护；在国内又作为"外化之民"遭到歧视，所以，华侨都怀有"排满"的浓厚情结，希望祖国富强，能支持保护海外赤子。这一思想愿望是华侨产生革命力量的根源，也是孙中山能够在领导民主革命全过程中取得华侨支持的主要原因。孙中山说过，"华侨是革命之母"，"每次起革命都是得海外同志的力量"。②檀香山是辛亥革命的海外发源地。据《檀山华侨》资料统计，1896年檀香山有华侨21609人，他们与国内封建势力联系较少，蕴藏着较强烈的反清情绪。而且那个地方有较多的言论和行动自由，有利于革命的宣传发动。特别是孙中山曾在那里生活了五年，因此那里有着特殊的社会基础。1894年孙中山在檀香山创建兴中会，提出了"振兴中华，挽救危局"、"驱除鞑虏，恢复中国，创立合众政府"的革命纲领。香山华侨热烈支持推翻清王朝，建立民国，踊跃报名入会。他们行动坚决果敢，参加武装起义，洒热血、掷头颅，义无反顾。如檀香山兴中会成立后，为培训武装起义人才，孙中山组织华侨志愿兵操队，其中有香山华侨李杞、侯艾泉、许直臣、宋居仁、陈南、陆灿等人参加。不久，宋居仁、李杞、侯艾泉、陈南回国参加第一次广州武装起义。起义失败后，清政府通缉名单6人中，香山人占4人。

　　出钱资助革命的华侨首推孙眉。孙中山成立兴中会，其兄长孙眉第一个赞成。孙眉（1854～1915）在檀香山经营牧场，家底殷实。当时兴中会收取会员费每人5元，会股银每股10元。孙眉认股200，一人集资千元，而

---

　　①　亦进：《闻欢迎刘思复之感言》，《香山旬报》第四十六期，第7～9页。
　　②　张永福：《南洋与创立民国·绪言》，第1页。

其他会员所集股资亦仅千元。孙中山急于返国从事广州起义，所需之款远远不止此数，于是孙眉以每头牛牲六七元之价，贱售一部分牛，得款 2000 美元，以充义饷。参加兴中会的香山华侨、与孙中山有戚谊关系的程蔚南，亦尽数变卖其商店及农场，倾囊支持革命，共得款 6000 余美元。1904 年，孙中山在檀香山发行军用债券，此时孙眉的收入虽远不如前，但仍带头变卖一千头牲畜认购。总计孙眉先后捐助革命经费数十万元，① 在他的带头支持和推动下，孙中山在檀香山筹款得以顺利开展。

郑仲（1859～1922），南屏人，与孙眉合办畜牧场，1878 年结识孙中山，后参加兴中会，与孙眉一起把他们的畜牧场变卖，作为革命起义经费。

旅美华侨陈耀垣原籍香山斗门。1909 年底，孙中山由英抵美，在士得顿组织同盟会分会时，陈耀垣首先响应参加，并把经营的"德和商店"和自己所有物品卖掉，作为革命经费。后随孙中山走遍美国各地，向广大华侨宣传，为革命募集大量款项，为辛亥革命作出了贡献。孙中山任临时大总统时，陈耀垣出任孙的秘书长。

旅澳华侨孙智兴，原籍香山井岸。他积极动员华侨捐款，支持民主革命。孙中山对他非常器重，多次委任其为香港及海外筹饷委员。

旅美华侨李君勤，原籍香山南朗，积极捐款资助革命。其子李禄超毕业于美国一所大学，早期加入兴中会，曾担任孙中山的英文秘书。

香山华侨踊跃捐助，为革命筹集经费。据有些学者分析估计，从 1894 年兴中会成立至 1912 年南京临时政府成立时期，华侨捐款 700 万～800 万元（港币）之多。此外，还认购了各种债券。其中仅檀香山一地华侨先后捐助美元 8000 元，银洋 63255 元。

旅美华侨杨仙逸（1891～1923），香山北台人，一家三代都是爱国者。父亲杨著昆，早年在檀香山因经营粮食生产、销售以及房地产业而致富发家。杨著昆是孙眉的挚友，对孙中山革命主张十分赞同，也是早期同盟会会员。他不仅多次捐献巨款支持孙中山，而且积极响应"航空救国"号召，于 1913 年、1918 年先后成立过"中华飞船公司"、"图强飞机公司"。后来，孙中山为加强军力，扫除军阀，挽救共和，在华侨中募捐飞机，杨慷慨独资捐赠飞机 4 架。杨老夫人不但鼓励儿子竭力捐输，帮助孙中山建立飞机队，还鼓励其孙杨仙逸跟随孙中山尽义务于国家。杨仙逸 1919 年回国参加孙中

① 蒋祖缘、方志钦：《简明广东史》，广东人民出版社，1993，第 618 页。

山声讨袁世凯的斗争，出任航空局长，在讨龙济光战争中驾驶战机立下赫赫战功，被授予中将军衔。

香山华侨积极创办各种革命报刊，运用舆论工具，宣传革命思想，唤起民众。1903年，香山华侨程蔚南积极贯彻孙中山的决定，把他创办的中文报纸《隆记报》改为革命党报。孙中山"亲撰论文与保皇报大开笔战，揭露康有为的保皇派面目，使华侨迷梦渐醒，兴中会因之复兴"。1910年，孙中山之子孙科在《自由日报》担任编译，进行革命宣传，写过《扬州十日》、《文字狱》、《焚书》等文章，后曾任孙中山大元帅机要秘书和广州《英文时报》主编。旅澳华侨马应彪（1860～1944），香山沙涌人，先施公司创始人。他抱着"国家兴亡，匹夫有责"的爱国思想，回国跟随孙中山奔走革命。为了唤起民众，他在省港渡轮中，以唱圣诗传教为名，宣扬孙中山的革命主张。辛亥革命后，他曾任大元帅府庶务长。

檀香山华美银行总经理、檀香山华侨唐雄（1865～1958），为了支持孙中山革命，散尽家产，欠下银行大笔债务。华侨巨商陈芳之子陈席儒（1859～1936），1890年与其兄陈赓虞资助孙中山100万港币创办《中国日报》；陈芳之孙陈永安是同盟会会员，出钱出力，热心支持香山起义。郭标（1868～1931），百货巨商郭乐堂兄，澳大利亚华侨领袖，上海永安百货公司创办人，积极支持孙中山革命活动，协助建立国民党澳大利亚支部并创办《民国报》。马玉山（1878～1929），企业家，积极捐款支援孙中山革命。还有香山旅日华侨、音乐家萧友梅，画家和文学家苏曼殊，他们都是辛亥革命时期非常杰出的革命志士。

二 澳门是香山革命者的活动基地

1. 启蒙思想家郑观应在澳门完成了他的名著《盛世危言》

辛亥革命前夕，中国内地极端专制的政治环境下，人民不能集会结社，难以公开发表意见，因此中国革命党人最初的政治活动是从境外开始的。而香港和澳门既是中国的国土，当时又在外国人直接统治之下，遂成为革命人士密谋策划行动的最好基地。特别是香山的革命指挥中心更是设在了澳门。

当时澳门是文化交汇的港口城市，也是中国新文化、新思潮的发源地之一；近代辛亥革命时期，它又是各种进步思潮汇聚、革命情绪激荡的地方。

由于西方新文化的传入和促进，明朝时中国就出现了一些改革家，如徐光启、李文藻等人，他们通过各种渠道与澳门联系，希望利用西洋科技富国强兵。及至近代，中国一些爱国的、追求改革和革命的人士，也很重视研究澳门，并以澳门为其活动舞台。

郑观应（1842～1922）

中国近代启蒙思想家郑观应 1842 年 7 月 24 日出生于香山县雍陌乡。出生不久郑氏举家迁移至澳门，成为澳门居民，在澳门购置房产，建造郑家大屋，长期居住。其父郑文瑞至 1893 年因病辞世，终年 82 岁，继母也于 1906 年病故。郑观应出生后随父母到澳门生活，入塾读书。至 1858 年 16 岁时，其在香山应童子试未中，遂奉父命离开澳门到上海学贾，从此长期在外经商做官，活动于沪穗等地，但他常常返回澳门探亲。

1885 年，郑观应经商亏欠，事业受挫，遂返回澳门隐居多年。他在住处潜心写作，辑著《盛世危言》和《中外卫生要旨》等书，1890 年出版了《中外卫生要旨》。4 年之后，另一部五卷本巨著《盛世危言》终于在澳门问世。这是郑观应的代表作，闪烁着他先进革命理念的光芒。他在书中写道："有国者欲攘外，亟须自强；欲自强，必先致富；欲致富，必首在振工商；欲振工商，必先讲求学校，速立宪法，尊重道德，改良政治。"在这里，郑观应以其简洁的语言、严密的逻辑，正确地论证了强与富之间的关系，指明了中国登于富强之境的必由之路。

郑观应激情四射的先进革命理念，散发出非常强大的思想魅力，吸引着许多先进的中国人去思考、去学习，去为中国的奋起而斗争。毛泽东青年时代就曾深受郑观应的影响，他说："我读了一本叫做《盛世危言》的书，这本书我非常喜欢。……激起我想要恢复学业的愿望。"同为香山人的年轻的孙中山穿梭往来澳门，深受新思潮影响，并立下革命志向。孙中山在香港西医书院求学时，每逢假期由香港回家，必经澳门与郑观应交谈对时局的看法及研习西方之主张，两人来往密切，志趣相投。通过广泛的交流，受到维新思想的启发，以及得到一些反清好友的鼓励，孙中山坚定了改造旧中国的决心。1890年，孙中山曾致函同乡洋务派官吏郑藻如，建议在本县倡行振兴农桑，戒绝鸦片，遍设学校，再向各地推行。《致郑藻如书》是孙中山早期改良主义作品之一。1891年前后，孙中山撰写了《农功》一文，阐述了他对改良农业的看法，文章中建议清廷"派户部侍郎一员综理农事，参仿西法"，派员出洋考察，学习西方"讲求树艺农桑、养蚕、牧畜、机器耕种、化瘠为腴一切善法"，回国加以推广，并强调"以农为经，以商为纬，本末备具，巨细毕赅，是即强兵富国之先声，治国平天下之枢纽"。《农功》一文被郑观应收入《盛世危言》。郑观应在编著《中外卫生要

郑观应著述《盛世危言》

旨》时，曾得到过孙中山的帮助，其在该书的《序言》中提出要"中西医相结合"的见解。孙中山在《上李鸿章书》中也曾引用了郑氏"人能尽其才，地能尽其利，物能尽其用"的观点。1894年，孙中山上书李鸿章时，亦得到郑观应引荐，结识了另一位著名维新思想家王韬。王韬当时任上海格致书院院长，他与孙中山一见如故，并帮助孙中山润饰《上李鸿章书》一文，又函李鸿章文案罗丰禄引荐。同年6月，孙中山与陆皓东由澳门到天津佛照楼客栈会见罗丰禄，罗并委托同事徐秋畦向李鸿章呈送这万言上书，可是李鸿章没有采纳孙中山的救国大计，使孙中山消除了改良主义的幻想，决然开拓民主革命道路，用革命手段来倾覆清廷的腐败统治，以实现振兴中华的目标。

2. 孙中山与"四大寇"早期在澳门的革命活动

孙中山的父亲孙达成，早年在澳门当过鞋匠，少年时代的孙中山常随父母往来澳门与家乡之间。1878年，孙中山13岁的时候，随母亲到美国檀香山跟哥哥孙眉生活，也是先到澳门坐轮船到香港，再转到檀香山的。在澳门，"始见轮舟之奇，沧海之阔，自是有慕西学之心，穷天地之想"。1884

年夏，孙中山 17 岁时回国，在村中因反对迷信，与好友陆皓东一起损毁了村中北帝庙的神像，为乡绅所不容，便经澳门到香港读书。1885～1890 年的五年间，孙中山常于课余假日到澳门、广州等地，发表反清言论，与同村邻居杨鹤龄、同学陈少白、朋友尤列等相交最密。在澳门水坑尾巷 14 号杨鹤龄的家中，他们一起抨击清朝政府的腐败，畅谈革命救国，公开提出"勿敬朝廷"的口号。孙中山回忆当时的情况说："数年之间，每于学课余暇，皆致力于革命的鼓吹，常来往于香港、澳门之间，大放厥辞，无所忌讳。时闻而附和者，在香港只陈少白、尤列、杨鹤龄三人；而上海归客，则陆皓东而已；若其他之交游，闻吾言者，不以为大逆不道而避之，则以为中风病狂相视也。予与陈、尤、杨三人常往香港，昕夕往还，所谈者莫不为革命之言论，所怀者莫不为革命之思想，所研究者莫不为革命之问题，四人相依甚密，非谈革命则无以为欢，数年如一日。故港澳之间戚友交游，皆呼'四大寇'，此为予革命言论之时代也。"[①] 他们在澳门经常聚会的水坑尾巷 14 号，由此被称为"杨四寇堂"。

前排左起：杨鹤龄、孙中山、陈少白、尤列（1888，后立者为同学关景良）

---

① 《孙总理修正〈伦敦被难记〉第一章恭注》，冯自由：《革命逸史》第 3 集，第 125 页。

1892年秋，孙中山以优异的成绩毕业于香港西医书院，随即在澳门康公庙前创设中西药局，悬壶济世。孙中山医术高明，手到病除，很快成为当地远近知名的医师，他托迹行医，开展革命活动，在其中西药局中赠医施药，义务行诊，不收诊金，所需费用由澳门巨绅吴节薇署名担保，向镜湖医院借银2000元，5年归还。孙中山在澳门行医期间，结识了许多富商和绅士，其中具有较高声望的有何穗田、卢九、萧瀛洲、吴节薇、陈席儒、陈庚虞等人。但卢萧二人为烟赌巨商，向以交结中外官宦为光耀，对革命不反对也不支持；二陈是香山人，檀香山华侨巨商陈芳之子，思想开明，同情革命，曾参加反抗澳葡扩张澳门界址的斗争；何吴二人思想先进，热心爱国，吴更是杨鹤龄的妹夫，但二人倾向于较温和的改革，而不赞成激烈的革命。这些人虽与孙中山交情较深，但都不算政治上的志同道合者。① 当时只有孙中山少年时代的同村好友陆皓东、杨鹤龄、杨心如等常往来澳门，与孙中山畅谈时政，这个小群体成员后来成为中国最早的资产阶级革命家，他们的进步活动在近代中国产生了深远的影响。他们不但宣传革命，而且商讨组织革命团体，策划武装起义的秘密机关，名义上是以"医学问世"，实是集结同志，筹谋组党，准备"造反"。后来孙中山为了更好地推动革命运动，决定离开澳门这个小地方，前往省城广州开设东西药局，开展革命活动。

3. 香山革命者在澳门建立同盟会机关

辛亥革命前夕，随着民主革命派组织的建立和纲领的制定，对开展革命活动基地的需求愈来愈迫切了。当时，无论是清朝统治下的内地，还是远处海外的檀香山、东京，都不可能成为国内革命活动的基地。最后革命党人选择了香港和澳门。

澳门虽连接内地，但因其处在葡萄牙人的管治之下，政治、经济、文化都与内地大不相同；清朝的苛政在这里也起不到作用。基于这些特殊条件，澳门成为革命派活动的秘密通道。孙中山迁居广州后，他在澳门建立的中西药局成了革命党人的活动据点。1895年1月，孙中山到香港与陆皓东、杨鹤龄、杨衢云等筹备成立香港兴中会，对香港和澳门的民众进行革命宣传。同年重阳节，孙中山领导广州第一次起义，因事机不密，叛徒告发，不及起事，10月27日，陆皓东等50余人在广州被捕，惨遭杀害。事发当晚，孙中山越城逃出广州，乘煤汽艇经顺德、香山抵达澳门下环正街，找到葡人朋

---

① 《澳门华侨与革命运动》，冯自由：《革命逸史》第4集，第72～73页。

友飞南第。此时，飞南第已从澳葡当局获悉清廷悬赏缉拿孙中山等人，便立即设法安排孙尽快离开澳门。为求安全，飞南第陪同乔装打扮的孙中山一起乘船转移香港，避过了清廷的耳目。30 日，孙中山偕郑士良、陈少白离开香港赴日本，从此，开始了他职业革命家的生涯。

孙中山很重视香港和澳门作为革命基地的作用，当 1905 年同盟会在东京成立时，他即签发委任状，指派冯自由、李自重至香港联络陈少白、郑贯公等建立香港、广州、澳门等处同盟分会。委任状全文如下：

> 中国革命同盟会总理孙文特委托本会会员，冯君自由、李君自重二人在香港、粤城、澳门等地联络同志。二君热心爱国，诚实待人，足堪本会委托之任。凡有志入盟者，可由二君主盟收接。特此通知，仰祈察照是荷。中国革命同盟会总理孙文押（印）天运乙巳年八月十日发。①

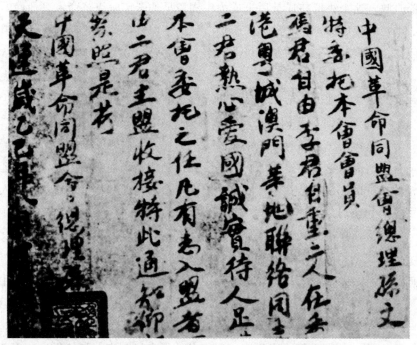

孙中山给同盟会会员冯自由、李自重的委任状

① 《同盟会四大纲领及三民主义溯源》，冯自由：《革命逸史》第 3 集，第 203、220 页。初建时孙中山提出建立中国革命同盟会，经讨论去掉"革命"二字，以利活动。但委任状仍保留"革命"二字。天运为洪门会年号，说明了二者之间的关系。

1907 年香港同盟会分会会长冯自由派遣刘樾航、刘思复主持澳门和香山两地同盟会事务，联络点分别设在澳门荷兰园和隆街 21 号乐群书室、香山石岐西门外武峰里书报社。后来刘思复献出自己澳门的房子用做同盟会支部的会址。

自从以孙中山为首的革命党人举旗反清之日起，澳门同胞就给予大力支持。兴中会组织初期，很多主要人物如陆皓东、杨鹤龄、杨心如等均是孙中山的香山同乡，常往返于香山与港澳之间，他们在澳门也有很广的社会关系，因此，一批批澳门的爱国志士追随孙中山参加兴中会（后为同盟会），成为革命党中的一员。参加者来自社会各阶层，有学生、商人、职员、教师、工人等。孙中山早年在澳门行医时，得到澳门绅商吴节薇为其担保向镜湖医院借钱开办医药局赠医送药，1897 年，孙中山借款的揭单到期，但此时他早因革命流亡海外，不在澳门，吴节薇就替孙中山还清借款及利息。吴节薇是澳门社会名流，他同情反清，热心支持革命。

由于同盟会会员出色的通俗宣传和深入工作，革命主张逐渐在澳门深入人心，有不少学生还走出课堂，加入革命队伍，如冯秋雪、古桂芬、区韶风等。与此同时，林君复等人又成立濠镜阅书报社，以此作为联络群众及活动的据点，并向社会各界发动筹款捐书供群众借阅，公开吸收社员。在濠镜阅书报社举行成立大会的当天，澳门女同盟会员赵连城向两三百名与会者作反清革命、提倡女权之演说，开澳门女子演说主张反清之先河。当时康有为弟子陈子褒开办的子褒学塾中，亦有许剑魂、梁国体、陈秉卿、尹淑姬等多名女生加入了同盟会。

1911 年 8 月（辛亥年闰六月），培基学堂女学生梁雪君的养母贪图金钱，与媒人串通拟骗梁远嫁新加坡为人妾。时为培基学堂校董兼义务英文教员的吴节薇获悉此事，便和学校的同盟会师生商量，向其宣传妇女解放的道理，鼓励她要坚强地站起来，反对封建家庭压迫，与封建的买卖婚姻作斗争，争取婚姻自由。梁在大家的帮助下，决心离开家庭参加同盟会闹革命，成为同盟会在澳门发展的第二位女同志。同盟会澳门分会成立后，以海为家的澳门水上居民梁镜清慨然曰："吾等水上人家，受尽屈气，非革命不可！"毅然加盟。起初，他常用自己的渔船秘密为革命党人送枪械弹药接济内地民军，后闻孙中山为筹集经费奔走内外，梁有感于此，先后将自己的 3 艘渔船变卖支持孙中山的革命事业。3 艘渔船变卖后，梁一家生活日趋贫困，但他毫无怨言。此外，他还晓以大义，力劝朋友香山绿林头目梁义改邪归正，为革命效力。梁义悦服，遂参加同盟会，率部配合"香军"活动，还把自己在澳门白鸽巢由义巷 11 号的寓所作为澳门同盟会人士开会和通信的地点。

支持孙中山革命的还有居住在澳门的葡萄牙人。飞南第 1863 年出生于澳门，比孙中山年长 3 岁，父为葡人，母是华人，是个典型的混血儿。飞南第几代世居澳门，在香港法院任翻译时，认识了当时在香港读大学的孙中山。孙中山在澳门行医时，为取得合法执照，曾委托飞南第代为申请，继而成为一对异国好友。飞南第 30 岁时创办葡文周刊《澳门回声》及《镜海丛报》，孙中山亦经常为之撰写文章。1895 年 10 月 26 日，孙中山因广州起义失败而逃去澳门，飞南第不顾一切极力掩护孙中山，帮助其从澳门渡海过香港去寻恩师康德黎和律师丹尼斯。为提防可能被引渡回内地，飞南第还特意从香港汇丰银行提取美金 300 元交予孙中山。飞南第除挺身掩护孙中山出走外，还于 11 月 6 日在《镜海丛报》刊登起义之电讯及全文"特录"，还有经修订过的孙中山《农学会序》；事隔 3 天，又在《澳门回声》刊登孙中山在澳门行医的文章。辛亥革命成功，中华民国成立之时，时任澳门议事公局（参议院）议员的飞南第建议庆祝，该建议被采纳，澳葡当局在市政厅升旗举行大会，隆重庆祝中华民国诞生和孙中山就任临时大总统。1912 年元月 11 日，飞南第在祝贺孙中山出任临时大总统的致函中，高度评价了孙中山的丰功伟绩，并对中国的革命事业寄予期望，希望孙中山继续完成"伟大的任务"。信中还提到"素为友好的中葡两国，在一年内均成为共和国，真是太棒了"，字里行间洋溢着真挚的中葡友谊并表达了中外人士对孙中山的崇高敬意（该英文信原件现存翠亨村孙中山故居纪念馆）。

辛亥革命成功后，在广东独立和新政权成立的进程中，澳门同胞又作出新的贡献。武昌起义成功的消息传来，澳门同胞大受鼓舞，澳门一度出现热烈的革命气氛。同盟会发起穿华服剪辫子的倡议，争取到当地一些上层人士如卢怡若、刘公裕、刘大同等的支持，在澳门当时最大的戏院——清平大戏院举行"澳门华服剪辫会"，赴会人数逾千，同盟会会员在大会上发表演说，已剪去辫发的人穿着华服到会作示范，受感动而当场剪去辫子的就有百余人。澳门各界人士还以镜湖医院的名义向广东军政府捐输数万元巨款，缓解了广东军政府的财政困难。不少热血的澳门青年报名参加广东北伐军，一直战斗至徐州前线。

三　前山新军起义与香山的光复

1. 武昌起义后香山革命党人的起义计划和准备工作

1911 年 10 月 10 日，武昌起义的枪声拉开了辛亥革命的序幕，起义迅速在全国引起强烈反应。各省革命党人纷纷举起义旗，在以后的 7 个星期之内，中国 15 个省陆续宣布脱离清室独立。关内 18 省中只剩下甘肃、河南、直隶 3 省仍然效忠清廷。革命烈火已经蔓延，成为不可收拾之势。港澳同胞和海外华侨也表示拥护革命，不再悬挂龙旗，而改为悬挂三色旗。一两家坚持悬挂龙旗的商店遭到人们的谴责，人们采取了激烈行动。据报道："历年香港孔子诞，街闸店户无不遍挂龙旗，今年则绝无仅有，独海旁妖党某报，及太平戏院（孔圣会假座于此）挂有龙旗。前月二十七上午，有劳动社会数十辈，群拥至其门首，以石掷之，大声呼喝，当即除去，群众始散。尤奇者商号多改悬三色旗，最动目者荷李活道某绸缎庄，悬方长数丈之三色旗，见者咸鼓掌称赞。噫，龙旗者大清国旗也，三色旗者，所谓大逆不道之革命旗也，乃华侨舍龙旗而悬三色旗矣。"①

随着革命形势的迅猛发展，广东人民也起来响应革命。九月初八日广州城内九大善堂、七十二行商、总商会等群众团体齐集爱育善堂讨论时局。到会人数众多，群情激昂。主持人提出的议案是：粤省当此危急存亡之秋，吾粤人士万无模棱两可之理，就粤省人心趋向，应承认专制政府，抑承认共和政府，以图永久之保存。请众表决。与会人士经过热烈讨论，一致认为：旧日专制政府政治势力已失，共和政府势力已成，友邦公认。为保存永久治安起见，应即承认共和政府。② 当时两广总督张鸣岐虽然觉得清朝大势已去，但又不愿弃旧迎新，遂公开宣布广东中立，企图拖延时间，观察形势，期待变数。对于广东当局幻想中立的谬论，同盟会会员郑道实撰文给予猛烈抨击。他在《广东中立问题》一文中明确指出：广东是中国的一个省，而不是与新旧政府无关的第三者，要么继续站在旧政府一边，平定乱事，要么与清廷决裂，支持革命，中立是不可能的。一旦宣告中立，旧政府将视为叛

---

① 《香山循报》第一二一期，辛亥（1911）九月初三日。
② 《粤人集议承认共和政府详志》，《香山循报》第一二二期，辛亥（1911）九月初十日，第 79 页。

逆，而加以制裁，新政府也不会对广东置之不问，必定挥军南下，结合人民起义，共同光复广东。[①] 郑道实的文章揭穿了张鸣岐等当局者的阴谋，使香山人民免遭伪装中立的迷惑和欺骗。

香山人民为革命形势的到来欢欣鼓舞，革命党人审度形势，认为起义时机已至。而当时香山旧政权的情况又是怎样的呢？

起义前夕，石岐驻有清副将一员（俗称协台），率奉领防勇数百名。这些绿营防勇本毫无战斗能力，但副将马德新（湖南人）头脑顽固，防勇也多自他湖南老家带来，号称善战。当时，马德新派防勇把守城厢内外，颇为严密，是革命的最大障碍。除了防营之外，石岐尚有一"县团练局"，主持人郑雨初，游击队长为武解元黄龙彰，队兵约八十人，驻扎在石岐龙王庙；还有县衙亲兵约三十人，由王作标带领。三人均经郑彼岸分头说服，于事前宣誓加入同盟会。

石岐对海的长洲、隆都，村多族大，如黉角刘姓、安堂林姓、南文萧姓，均为人口逾万的巨族，华侨甚多，富于民族思想，郑彼岸派人分头联络

林君复（1879～1942）

各族姓的志士和团勇。小榄方面，地方辽阔，绿林最多，某中李就成、伍顺添二人亦早已进行联络，约期举事。

1911年10月10日武昌革命爆发后，广东方面香港同盟会总机关决定先在香山发难。主持这一工作的有香山人林君复、郑彼岸、林警魂、萧楚碧、萧叔鸾、郑仲超、刘卓棠和东莞的莫纪彭、何振及湖南人任鹤年等。早在武昌起义前，林君复、郑彼岸等就在澳门南环41号设立机关，召集各地党人，秘密进行革命工作。当时议定由林君复、林警魂在澳门主持总机关，并由林君复和莫纪彭、何振、郑仲超等负责策动驻前山的新军，郑彼岸负责策动石岐城的防营、团练，以及联络石岐的绅士。同

---

① 道实：《广东中立问题》，《香山循报》第一二三期，辛亥（1911）九月十七日。

时先派萧聘一和萧世冰兄妹返石岐在正熏街萧聘一宅设立机关，为党人会议和秘藏军火之用。

此外，械弹军火，乃起义的必需品，主要由澳门、香港两方面运入。当时有安香兵轮管带，是同情革命的，林君复等商得其同意，不时有大批军火托他运入。为避免洋关检查，黄文干（黄文铎妹）、萧世冰十六姑（何振妻，当时未结婚）、刘振群（萧叔鸾妻）、黄芙蓉等一些妇女同志担任押运。抵岸后，即由她们乘肩舆将军火运入萧宅，或在大涌林家秘藏。这些女同志都勇敢沉着，因此当时虽然巡逻者满布街头，亦无从发觉。

当时担任联络各方面的尚有清举人高拱元和他的儿子高西平，长洲黄尧轩、黄普明，黐角刘卓棠、刘蔚池、刘日三，龙聚环刘汉华，象角彭雄佳，豪吐高胜瑚，申明亭乡杨藻云，港头乡胡孔初，安堂乡林少愉、林耀南、林仲达，及南文乡萧某等。此外前山方面，香山籍同盟会会员苏默斋（苏曼殊之兄）、刘希明、陈自觉（陈景华之弟）等也从日本返回家乡前山，暗中做地下工作。同盟会会员、富商陈芳之孙陈永安，更是既出钱又出力。莫纪彭等通过同窗关系进行策反，很快便控制了驻前山的广东督练公所新军。在县城石岐方面，经郑彼岸等人活动，香山县团练主持郑雨初、游击队长黄龙彰、县衙亲兵头目王作标均加入了同盟会，从而控制了县团练和县衙亲兵。他们又派人分头联络各村志士和团勇约期起事。同情革命的安香兵轮管带还出动兵轮协助把军火从澳门运回香山，巧妙地避过了海关的检查。香山起义还得到不少香山籍的海外乡亲、港澳商人积极捐款支持。起义的筹饷工作由同盟会澳门支部机关负责人林警魂担任，他从港澳商人、海外侨胞中募集了部分活动费用，其中澳门富家子弟、同盟会会员提供了相当多的经费。革命党人周密的准备工作，保证了香山起义的成功。

2. 香山革命主力军新军的起义

武昌首义成功，促使香山起义加快了步伐。这时候，驻扎前山的广东新军的反正，成为香山革命的主力军，保证了香山革命的胜利。这支队伍有着十分复杂的背景。

广东新军创建于1903年。这一年清朝命令在武备军的基础上整编建成广东新军。但官兵的旧习惯重，素质很差，名为新军，实与旧军无异。于是清朝政府想从官兵的挑选和训练，以及武器、服装、给养等方面，着手改善，逐渐把新军巩固提高起来，为保护清朝统治效忠。这样至1905年左右已成立新军1协（旅）、3标（团）共11个营，人数达6000人。

清末广东办军官学堂和建立新军的时候，正是广东革命运动逐渐激烈的时候，但许多武装起义都因革命党人的经验不足而失败了。虽然如此，革命的风暴仍方兴未艾，党人从失败中吸取了教训，认识到在清军中发展革命势力，组织有觉悟的官兵，掉转枪头来推翻清朝，是比较容易见效的手段。于是同盟会在东京成立后，革命党人纷纷在各省潜入新军活动，秘密发展革命力量，凡赞成"建立民国"口号的人都可以加盟。当时入盟的新军官兵很多，革命党人赵声和黄士龙等均任新军标统（团长）。

有了新军这支生力军的加入，广州的革命气氛顿时浓厚起来。1909 年 10 月，同盟会领导人黄兴、胡汉民与新军标统赵声一起策划广州新军起义，结果不幸走漏了风声，起义遭到失败，牺牲十分惨重。但霹雳一声已给清朝的统治以沉重打击，并为辛亥革命开了先声。

一般认为，1910 年农历正月，同盟会在广州发动的"庚戌新军起义"失败后，清廷为了省垣的安定，而将剩余的新军调到毗邻澳门的前山城驻防。但事实却并非如此简单。当时前山与澳葡对峙形势之紧张，乃是派出新军驻防前山的决定因素。①

中葡两国因澳门划界的分歧，正在进行谈判，可是葡人却企图向中国武力施压。澳门葡兵已由三百余名增至七百余名，土生葡人更集聚民团百余名，经常派兵船闯入前山海面游弋，并拟添置大批军火，附近乡民异常惊惶。1910 年 12 月（农历十一月十五日），葡人名甘时持枪到恭都南屏乡，枪伤乡人面部，当即由该乡巡警将葡人拿获。与此同时，葡领事又认为中国在澳门湾仔设立鱼苗局有悖条约，于是照会广东总督，要求撤销。葡人还阻禁前山人民填筑海坦围基，公然宣称该处系属澳门海界，始终不允由当地人填坦筑围。

1910 年 7 月初，中葡双方在澳门划界交涉中陷于僵局，澳葡竟借口"剿匪"，用武力并吞路环岛。与此同时，澳葡当局又出动兵船强行疏浚前山河道，激起当地乡民愤慨，强烈要求政府派兵保护。

清政府鉴于香山人民强大的反对澳葡扩张澳门界址的斗争形势，态度也强硬起来。1911 年 7 月，张鸣岐派员到澳门交涉，要求葡萄牙当局立即停止疏浚工程。同时又派二十五镇参谋官黄士龙巡查澳门附近的防务。② 8 月

---

① 《澳门华侨与革命运动》，冯自由：《革命逸史》第 4 集，第 75 页。
② 《广东咨议局呈请督宪阻止葡人浚河及张督答咨议局文》，郑勉刚：《澳门界务录》卷四。

25 日，广东政府向前山增派新军以后，照会澳葡当局，要求立即停止疏浚行为。[①] 当时派往前山的新军为 1000 多人，还有军舰 4 艘。以后继续增派新军，最终军力达 2000 多人（据郑彼岸回忆，前山新军有 3000 人）。新军的入驻前山，大大增长了人民保卫乡土的斗志，灭了葡萄牙人的侵界气焰，迫使其立即停止了侵入前山内河疏浚河道之工程。

新军是具有较高素质的军队，充满爱国和革命思想，不愿为腐朽的清政府效力，在革命党人的争取下，许多爱国军官带领新军成为旧政权的掘墓人。这支由"广东督练公所"以西式武器装备、训练的劲旅，经过广州起义的洗礼，自标统（团长）以下各级军官均系陆军学堂毕业的进步青年。其中营长任鹤年（湖南人）是同盟会中坚分子，很快就与澳门同盟会支部取得联系。[②]

《香山循报》关于香山起义的报道：

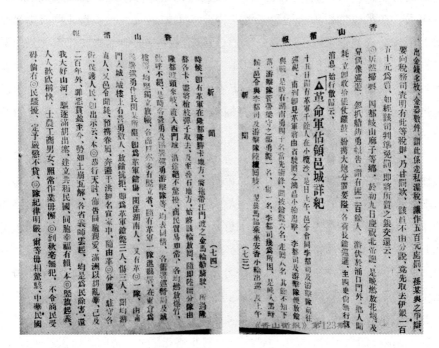

《香山循报》第一二三期

① 《黄士龙禀陈澳界情形》，郑勉刚：《澳门界务录》卷五。
② 《澳门华侨与革命运动》，冯自由：《革命逸史》第 4 集，第 75 页。

郑彼岸、何振、林君复、莫纪彭等与任鹤年联络后，[①] 同年 11 月 2 日（农历九月十二日），当小榄起义成功消息传到澳门，以前山镇恭都小学堂（后改称凤山小学）为活动基地的党人苏默斋（苏曼殊兄长）、刘希明、陈自觉、陈永安（陈芳孙儿）齐集在陈芳祖居石室内策划起义。随后于 1911 年 11 月 5 日（农历九月十五日）傍晚，在一声暗号之下，新军的革命官兵第二次起义开始行动了。前山城遍竖白旗，标统何某仓惶从城墙跳下，向澳门逃去，前山城就在兵不血刃的情形下起义成功。次日众人推举任鹤年为起义军司令、何振为副司令，立刻向石岐开拔，配合小榄义军进攻石岐城。

3. 小榄、石岐的起义及与新军的会师

小榄起义较石岐提前两三天，于 11 月 2 日（农历九月十二日）起义，当时小榄镇有一位局绅何倍樵，他是前清生员，但头脑比较清醒，平时对清室的倒行逆施深表不满，听到武昌首义成功，立即和当地绿林李就成、伍顺添等人，在小榄竹桥头全记酒米铺秘密会议策划起义，缴了当地两百多个乡勇的枪械。这些枪械除了大部分是土打单响以外，其他都是驳壳枪，当时算是新式犀利火器。他们提出的口号是"推倒满清，有平米吃"。由于连年统治阶级不断地压榨剥削，土地大量集中，米价飞涨，民不聊生，因此，他们提出的口号得到小榄镇全体人民的拥护，旋踵之间，全镇铺户竖起白旗响应，热烈拥护。

11 月 5 日（农历九月十五日），香山知县覃寿堃听闻有革命军千余人在小榄沙活动，便会同李都司及游击队带兵前往巡视，与革命军发生遭遇战，被革命军用鸿昌小轮追击。李都司及游击队便放枪还击。是时有湖南乡勇 40 名当先冲锋，结果被击毙 6 名，走回 8 名，其余不知下落。游击队管带梁守之部勇被击毙 1 名，伤 1 名。入黑时候，覃寿堃与李都司及游击队败退回石岐。第二天，香山协镇马德新亲自带领他的军队数百名将士和小火轮数艘，从石岐开来小榄镇压人民起义。何倍樵、李就成等率部迎击马德新军于小榄沙口（渡头）。由于马军士无斗志，而民军士气旺盛，火器又犀利，且得当地民众的支援，更兼以逸待劳，激战三四个小时，把所谓"官军"打得落花流水，马德新狼狈逃回石岐，中途被革命军截获处决。这次战斗的结果，清军死伤四五十人，而民军只伤亡三四人而已。香军成立后，李就成的队伍编为就字营，奉命开赴广州。

---

① 郑彼岸：《香山起义的回忆》，《广东辛亥革命史料》，广东人民出版社，1981，第 231～237 页。

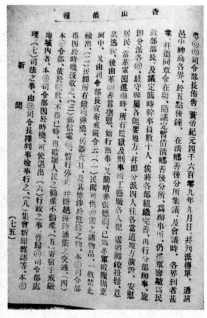

《革命军占领邑城详记》（《香山循报》第一二三期）

前山新军起义后，林君复以事机迫切，即日兼程返岐。6 日在正薰街萧宅，召集党人开紧急会议，决定即日起义。下午隆都方面的各乡团勇纷纷集合，浩浩荡荡向西河路进发，直趋石岐。其中谿角乡的民军由华侨刘卓棠统率，有数百人，龙聚环乡的民军由刘汉华统率，象角乡则由彭雄佳统率，豪吐乡由高胜瑚统率，坎下乡由梁守统率，港头乡由胡孔初统率，安堂乡由林秀统率，申明亭乡由杨藻云统率，南文乡由萧某统率，总共不下两千人。带领各乡团勇的，有的是华侨，有的是学生，有的是绿林豪杰，但事前已收编为乡中团练。"沿途绝不惊扰，商民贸易如常，各均放爆竹，欢呼不绝。是时各营勇及县署、巡勇、游击队等，均表同情。各衙署巡警局及各城楼等，均竖独立旗帜。商户亦有竖立者。"① 各队伍到达石岐后，先在龙王庙集合，分作两队，一队由梁守带领，由南门入城；一队由郑彼岸带领，由西门入城。当时因马德新已离开石岐，一时军中无主，守城的防勇不敢抵抗；县知事覃寿堃是湖北孝感县进士，曾留学日本，头脑稍开明，到任仅一月，见大

① 《革命军占领邑城详纪》，《香山循报》第一二三期，辛亥（1911）九月十七日。关于香山起义日期，有人说是 11 月 5 日，但据本文报道和戒严令所署日期，应为 11 月 6 日。

势已去，亦不敢抵抗，因此两队人马遂安然入城。除在南门城头及县署击毙两名防勇外，双方并未发生冲突。由西门进入的队伍首先占领县衙，王作标带领的亲兵便即投入革命队伍。县知事覃寿堃听到外面人声嘈杂，知革命军已到，即时匿避在邑绅洪式文家内，旋被革命军侦悉，带回县署，他表示降服，次日将印信缴出。覃寿堃亲自写了如下申缴文：

> 前广东广州府香山县知县覃为申缴事，窃知县怀抱民族主义，十年于兹，以事势禁格之故，延误至今，未有所展。乃者天假之缘，当知县奉檄出宰之日，值民国军政府莅邑之时。知县为中国计，为前途计，为地方治安计，为同胞生命财产计，均有应尽之义务。现已担任军政府事件。所有前县印乙颗，应即备文缴销，以为与满清政府断绝关系之证据。为此备文具申，伏乞照验施行。①

革命军进入县城后，即派出小分队，在各街道要隘巡逻，保护人民，并贴出由郑彼岸等起草的安民告示：

> 本军恭行天讨，布告同胞亲爱，满洲以胡乱华，以及二百年外，罪恶贯盈至今，势如土崩瓦解，各省义师云起，均是为民除害，还我大好山河，驱逐满胡出塞，建立共和民国，同胞幸福有赖，本军竖旗起义，人人欢欣称快。士农工商男女，照常作业无懈。军到秋毫无犯，不令商民受碍。倘有军民骚扰，定予严责不贷。军队纪律严明，尔等毋相惊骇。中华民国粤军军司令部长布告。黄帝纪元四千六百零九年九月十六日。②

革命军从覃寿堃手上接收了县印后，立即派发传单，通请邑中绅商各界，于五点钟后，在清乡善后分所召开会议。各界到者甚为踊跃。并邀请覃寿堃在场列席。遂议定暂借清乡善后分所为办事所，仍推覃寿堃为民政部部长，议定临时干事员数十人，公推郑彼岸（当时名岸父）、高拱元和附城一些士绅担任。同时召集石岐绅商各界，公开组织筹饷。一切部署既定，秩序

---

① 郑彼岸：《香山起义的回忆》，《广东辛亥革命史料》，广东人民出版社，1981，第 231 ~ 237 页。
② 《革命军占领邑城详纪》，《香山循报》第一二三期，辛亥（1911）九月十七日。

迅速得到恢复。俟将各部组织完善，再行分部办事。旋即分派各军，驻守县属各扼要地方。并分派四人往各当道地方演说，安慰居民。当革命军开进县城时，所有监狱及刑事所、工艺厂各人犯，尽将脚镣扭松，企图乘机逃脱。后由革命军善言抚慰，始行无事。当时西门大街的振兴商店店主人热心革命，预制了一大批青天白日旗帜，及至起义之日，革命军旗帜竖在城楼和通衢大道，随风招展，气象一新。又由革命军司令部宣布石岐全城戒严令：

（一）民间可供军需之诸物品，一概禁止输出；

（二）民间所有枪支弹药、兵器火具，及其他涉于危险之物，本军司令部得因于时机没收之；

（三）邮信电报暂行停止，并断绝海陆通衢之交通；

（四）本军司令部依于战状，不得已时得破坏人民之动产不动产；

（五）寄宿于戒严地域内者，本军司令部因于时机，可使退出；

（六）行政之事，皆归军司令部处理；

（七）司法之事，由军司令长择判事检事行之；

（八）集会新闻杂志等，本军司令部认为于事势有妨碍者，得禁止之。中华民国粤军司令长，黄帝纪元四千六百零九年九月十六日。①

石岐光复后，当时广州方面尚未起义，总督张鸣岐和水师提督尚欲顽抗，派江大兵舰，于8日（农历十八日）开赴石岐，相机收复。不料江大到达石岐海面后，见民军沿岸设防扼守，声势浩大，不敢妄动。相持至下午，前山方面起义新军全部进抵石岐市郊，革命军势力大增，敌我双方力量对比完全逆转。兵舰见势不妙，不敢登陆攻城，只得撤退回广州。于是全城秩序人心大定。

起义新军到达石岐后，立即收编小榄等地的民军和绿林队伍，改编为香军，仍然由任鹤年为司令，何振为副司令，莫纪彭为参谋长，即日由郑彼岸、林君复等领队出发支援光复广州，驻扎广州西关一带，严密保护市民生命财产，受到广州市民的热烈欢迎。未几，又改编为北伐军，随姚雨平北伐。至南北议和后，始告解散。②

---

① 《革命军占领邑城详纪》，《香山循报》第一二三期，辛亥（1911）九月十七日，第79~80页。

② 郑彼岸：《香山起义的回忆》，《广东辛亥革命史料》，广东人民出版社，1981，第231~237页。

4. 香山人民反军阀斗争

清廷统治结束以后，袁世凯便转身扼杀革命，在派人刺杀宋教仁的同时，从帝国主义手中大借外债作为镇压革命党人的军费，篡夺辛亥革命的胜利果实。1913 年秋，袁世凯安排他的爪牙、军阀龙济光任广东省都督。龙济光入粤后，秉承袁世凯的旨意，为加强对香山的控制，特派袁带以一个旅的兵力，进驻香山，解散县议会，恢复清朝的部分政制，开放赌禁，镇压革命人士。士兵不时骚扰居民，洗劫商店，严重影响地方治安。作为民主革命策源地之一的孙中山的家乡，笼罩在白色恐怖中。

1914 年，老同盟会会员朱执信以澳门为根据地，召集同盟会会员、绿林朋友与龙进行斗争。当时朱执信主持中华革命党广东军务，李文范、古应芬、邓铿、李朗如等人担任助手，其指挥部则设在澳门。他们联络了大批转移到澳门的老同盟会会员，奔走珠江三角洲一带以发动绿林为主，策划讨龙军事斗争。

朱执信安排林警魂在香山策动讨龙。林警魂吸收了一批中华革命党的新党员，以香山革命党人为骨干，组织了一支讨龙的部队，包括香山二区（今沙溪）的李万、梁有，三区（今小榄）的林五、林泗，八区（今斗门）的赵慕澄、赵煜林，五区（今三乡）的黄章、黄义等近 1000 人，决定在八区黄杨山举行武装起义。但因走漏风声，被龙济光派驻香山的县知事厉式金、县护沙统领袁带率领兵丁、警察 1000 多人前往围捕，导致起义失败。

1915 年春，原《香山循报》记者、编辑李锐进、刘善余、黄冷观、刘诵芬、毛仲莹等人在《香山新报》上撰文讨伐龙济光，均被龙的爪牙拘捕，解赴广州。毛仲莹大骂审员，被害于越秀山下。其余各人直到龙济光被驱逐出广东后方才获释。

1916 年春，香山人民再度爆发声讨龙济光的起义。4 月 9 日晨，林警魂率民军从二区出发，向石岐推进。龙威舰长杨藻云（香山二区人）率三舰（龙威、龙飞、龙翔），从狮窖河出发，直指县城。当民军进至马山、西河路时，遭到截击，二区民众为援民军运送弹药、粮食补给，且杀鸡宰猪，到战地慰劳。水路，三舰刚入石岐水域，就遭到猛烈截击，杨藻云下令发炮还击，将敌军火力压住。然而，守军却集结兵力，抢占高楼，以居高临下之势，用密集火力猛扫河上三舰。龙威舰冒着炮火强行驶靠岸边，战士杨桂手握驳壳枪，一马当先，跃到岸上，不幸中弹牺牲。杨藻云还拟率队继续抢滩，突然舰上的油箱被击中着火，杨藻云也中弹牺牲。龙飞、龙翔两舰边作战边将着火的龙威舰拖出战场。但因火势过于猛烈，舰上官兵们只好跳水离舰，随同两舰撤退。陆路民军因水路受挫，孤军苦战至傍晚，也只得暂行撤退。这场战事，牺牲的将士有杨藻云、杨桂、刘草堂、刘拱星等共26人。

　　4月下旬，驻香山的龙济光部队的纳顺洪旅易帜反正。与此同时，林警魂亦统领民军进逼县城。邑绅梁鸿洸等则穿梭调解，最后起义军同意让纳顺洪旅于5月初以不缴械的方式撤离香山，林警魂等随即率民军进城，在香山重建革命政权。

　　1927年，美洲香山华侨集资，于石岐孙文中路西山公园内，修建了一座"殉国烈士纪念碑"，又称"讨龙纪念碑"，以纪念1916年讨伐龙济光战斗中牺牲的26名香山烈士。

　　1920年冬驱逐广州军阀陆荣廷、莫荣新之役中，香山革命者驾驶的轰炸机起了重要作用。当时中国尚无空军，但有几名香山人在美国接受飞行员培训毕业回国，他们是杨仙逸、张惠长、李光辉、陈庆云等。杨仙逸奉孙中山之命在美国发动侨胞筹款购得12架飞机，分别运到菲律宾和澳门。1923年1月，因急需飞机打击陈炯明叛军，杨仙逸等经过周密策划，决定先把放在澳门的飞机拆成配件运回广州，当装载飞机配件之轮船驶入广州起卸后，迅速把飞机装配好。[①] 与此同时，孙中山派张惠长、陈庆云前往澳门与利古洽谈购买水上飞机

杨仙逸（1891～1923）

事宜。澳门商人卢廉若获悉，主动出钱购买大鸭婆机一架送给孙中山，增强粤军飞机力量，积极支持孙中山驱逐桂系军阀。之后，孙中山筹得一笔款项，陆续购买了利古的另五架大小鸭婆机。当时，澳葡当局唯恐卷入中国内战，不准革命军使用澳门水上飞机场。国民党元老朱执信为了使这支年轻的空军早日建功，奔走于虎门、香港、澳门之间，亲自策动虎门要塞司令丘渭南反正，于9月中旬，在虎门建立了第一个空军水上机场，又在澳门招聘两

---

① 《澳门华侨与革命运动》，冯自由：《革命逸史》第4集，第75～76页。

名美国飞机师史密斯和维纳,以及 10 名中国籍地勤人员。这支队伍在随后的战斗中表现十分出色。9 月 26 日(农历八月十五)深夜,杨仙逸偕两名美国飞机师驾驶着大鸭婆机,张惠长独驾小鸭婆机(两架飞机均装上炸弹)飞往广州观音山,在空中向莫荣新的军队驻地投下 3 颗炸弹,吓得岑春煊、莫荣新等狼狈逃跑。第二天清晨,叛军即退出广州,经三水向广西撤退。孙中山的军政府遂得以重返广州。

辛亥革命时期香山人民经过艰苦奋战,推翻了本县的封建统治,其后又驱逐军阀的入侵,建立了民主新政权;文化上的破旧立新也取得了重大的进展。同一时期,香山人民又通过顽强抗争,制止了澳葡扩张前山界地的侵略活动,维护了乡土安全;同时创建了香洲商埠,在摸索新城市发展经济方面也进行了有益的尝试。这些香山人民所经历的重大事件,今天回顾起来,仍令人深感震撼。总之,香山辛亥革命是全面的,因而也是典型的。香山人民通过这次革命,冲破了封建主义的桎梏,迈步前进。虽然在文化和意识形态领域,反封建的任务尚未完成,但新社会已经建立起来,历史开始进入新的时代。

第二章
辛亥时期香山的社会改革

辛亥革命又是一场意义深远的思想启蒙运动。香山人长期接受西方文化的影响，还有本地区的启蒙思想家林则徐、魏源的"师夷长技以制夷"思想，康有为、梁启超的变法维新思想，郑观应的富国强兵思想，孙中山推翻清朝专制统治、建立民国的民主共和思想，等等，这些启蒙思想形成强烈的舆论力量，催动着香山地方的文化变革，破除封建旧文化、旧风俗，树立民主的新文化、新风尚。这场变革早在人民起义之前就发生了，而且新旧矛盾十分尖锐，斗争非常激烈。

一 《香山旬报》的问世吹响社会改革的号角

1. 1908 年末，香山同盟会的机关报高调问世

（1）香山同盟会机关报的创刊和办报宗旨。《香山旬报》是香山同盟会的机关报，也是香山地区最早出版的报纸。报纸出版之目的是加强舆论宣传，鼓动人民起来进行革命和改革。同时该报也是加强香山革命党人联系的纽带，发挥盟员革命激情和战斗力的阵地。

该报开头为旬刊，从 1911 年 2 月 7 日第 84 期起改为周刊，并易名《香山循报》（有时亦名《香山纯报》），总共刊行 123 期。1911 年 11 月香山光复后又改为日刊，更名为《香山新报》，不久又更名为《香山日报》。

《香山旬报》版面为 32 开，每期篇幅约 100 页。栏目分为以下内容：

论著：每期 1 篇，类似报纸之社论。

时评：每期约有 2 ~ 3 篇。

中外要闻：包括外国新闻、国内新闻和本省新闻。

本邑新闻：包括本县城镇和乡村新闻。

小说：包括创作小说和翻译小说两类。

文苑：有诗词、粤曲、剧本等。

此外尚有谈丛、谐薮，以及杂录、调查录、香山文献录，牌批、县批和省批；又有图画、漫画，以及告白和商业广告等。

《香山旬报》的读者十分广泛，本邑以外，国内外各大城市，如上海、天津、汉口以及香港、澳门以至南洋、旧金山、檀香山、温哥华、纽约各处都拥有广大读者群。尤其是檀香山，那里香山华侨占90%。他们远适异国，无时不渴望家乡消息，他们把《香山旬报》当做自己的喉舌，对《旬报》所报道的祖国消息和乡情倍觉亲切，对《旬报》所揭发抨击贪官污吏、土豪劣绅之罪恶行为则切齿痛恨；特别是对《旬报》特设便利同胞寻访亲人的免费广告极为称赞。有不少人出国多年，渺无音讯，借《香山旬报》之助终于复得与家乡联系，因此他们纷纷捐募，资助《香山旬报》出版。

当时的报纸杂志，例于报头刊大清光绪某年字样以为纪岁，但《香山旬报》则并不奉清王朝之所谓正朔，仅以甲子纪岁，以表示对清王朝的反抗和蔑视。

《香山旬报》编者又阐明他们将以"监督地方行政，改良社会风俗，提倡实业，网罗文献"为办报的四大宗旨。① 这十六字归结为一句话就是：推进香山社会的改革。《旬报》每期的论著和时评，以及它的各个栏目无不围绕这个主题。今试举其第1～10期的部分论文题目为例：

第1期：对于清审积案之刍言（慈光）

第2期：匡俗议（亦进）

第3期：论教育与改良风俗之关系（醒汉）

第4期：论教育会为教育行政之赘疣（毅魂）

第5期：论旋风（平子）

第6期：论振兴香山实业自农务始（毅魂）

第7期：对于本邑新事业之愤叹（维伯）

第8期：论石岐商务凋敝之原因（丹鹤）

第9期：论香山留省学生宜组织团体（劲草）

第10期：读本报第7期邑事感言（干公）

仅从以上部分文章题目就可以看出《旬报》那种以推动香山社会改革

---

① 发刊词、叙言均见《香山旬报》第一期，戊申（1908）八月二十一日。

为己任的精神。他们在全县率先吹响了改革的号角。

清末香山县的几任县令均是昏庸无能的官吏，尤其是凌以坛更是贪赃枉法，以致死后遭到查抄家产的处罚。但其后任沈瑞忠却是个好官，当时以倡办新政驰名。因此1909年7月间，当新任县令沈瑞忠履新之时，《旬报》特意发表《对于新邑令之希望》一文，提出9点改革建议：①整顿学务，认真查处毁坏隆都小学，以及瓜分卓山书院公款事件；②改良警政，通过巡警讲习所培训，提高巡警素质；③清查公款，公布账目，取信民众；④严厉禁烟，特别要求稽查员认真查处违章烟犯；⑤加大力度禁绝赌博；⑥讲求卫生，包括禁止宰卖病猪病牛，开通沟渠，清洁街道等公共卫生；⑦疏通河道，运输通顺；⑧禁止迷信，破除神权；⑨改良监狱，人性对待犯人。除了以上9条之外，还提及整顿差役、提倡实业，等等。①

（2）主编郑彼岸和编辑部班底。
《旬报》主编郑彼岸（1879～1975）是一个具有传奇色彩的爱国者，又名岸父，号伯瑜，笔名品珣、郑洵，濠头村人。少年有神童之誉，参加童试中秀才头名。他从小就有反封建的叛逆精神，童年在祖祠读书，他把祠堂内之族规用打油诗逐条加以批驳，闹得满城风雨。绅士父老气到要把他"出族"。1904年，国事日非，列强大嚷瓜分中国，孙中山先生为挽救中国，在海外宣传革命。进步青年郑彼岸、刘思复等受到启发，也在邑城设立演说社，宣传革命。宣讲内容多取自《扬州十日记》、《嘉定屠城记》等，讲到清军残暴时，声泪俱下。一次在演说会中，彼岸自举他的辫

郑彼岸（1879～1975）

道："这条豚尾，杀了许多人。"顿时满座大惊。1905年，林君复在他的家乡安堂创办"觉群"学堂，邀彼岸相助。觉群学堂成立典礼，礼堂照例要

_____

① 精一：《对于新邑令之希望》，《香山旬报》第三三期，己酉（1909）七月初一日，第1～8页。

安大成至圣孔子先师和皇帝万岁牌位。彼岸和君复把皇帝牌位废除，把三跪九叩礼也改成鞠躬礼。

后郑彼岸赴日本留学，相遇孙中山并接受其革命思想，加入同盟会，1906年与林君复等衔孙中山命，负责策划香山起义。回国后郑彼岸在澳门组织同盟会南方统筹总支部，积极宣传革命思想，秘密组织武装活动；1908年创办《香山旬报》，以文章声讨清王朝。1910年、1911年郑彼岸曾两次参加刘思复秘密组织的"支那暗杀团"，冀图刺杀清廷摄政王载沣。1911年郑彼岸回香山组织群众响应起义，并率领武装入城；县城光复后，又与林君复共率香军支援广州起义。1912年1月中华民国政府成立，广东都督府委任郑彼岸为香山县第一任县长，但他婉言辞却，无意仕途。龙济光祸粤时，郑彼岸于1914年因遭广东都督府通缉而逃往美洲，漂泊20余年。1937年，中山县县长杨子毅邀请他回国主持编修县志，抗战时期修志中断。1946年，郑再次受聘主持修志。次年出任中山文献委员会主委。在此期间，他手订编志大要、体例，搜集大量史料，把修纂县志作为晚年的主要事业。中山解放后，他转任中山纪念图书馆馆长，1951年调省文物委员会，不久任省文史研究馆副馆长。1975年病逝，终年96岁。

《旬报》的撰稿人和记者组成人员尚有：刘思复（字寓生，号子麟，笔名抱蜀居士、丹水、寥士、净慧居士、教齐）、李怜庵、郑自强（郑彼岸弟，笔名建初）、李锐进（笔名亦进、愤血、民声、枕戈）、郑道实（笔名阐微、讽一、亦讽、求是）、黄冷观、杨子毅、秦侣尹、毛仲莹、余晓峰、曹纯武、林继昌、林冠廷、毛嘉翰、黄慈伯、郑精一、郑守愚、黄轩胄等。报社发行人李怜庵，督印人肖硕璜，他们都是同盟会会员，胸怀炽热的报国之心，拿起手中的笔杆做武器，声讨封建黑暗势力。所有人全不支薪，写稿也没有稿费，还得负责向各方面募捐，补助报社经费。报社另设立一"国光排印所"，由彼岸之弟郑自强经营。除承印《旬报》外，并

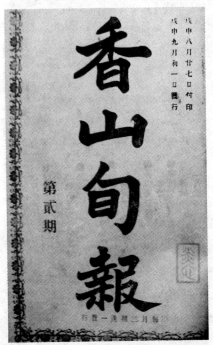

接印社会各界的文件，所得盈余，用以补助报社经费。《旬报》从第九期起，督印人由郑自强兼任。

刘思复是同盟会香山支部负责人，是香山地区革命队伍的核心人物。当时他身陷囹圄，仍积极投稿，宣传民主革命和社会改革。由他执笔写的《香山旬报》发刊辞，虽寥寥二百字但充满革命激情，号召民众改革旧风俗、旧习惯，走革命的道路。发刊辞写道："中华开国四千六百有六年，岁在戊申八月之二十一日，我《香山旬报》出世。本报同人，惧《小雅》尽废而中国亡，咸抱大悲，发无边宏愿，为欲令邦人士女，拂拭真智，咸革旧染，兴化厉俗，作我民气，因以恢复自由，振大汉之天声，发扬我邑人耿光，被于中土，乃黾勉而作斯报。扬海潮之音，逌铎为民。美满光大，将自今始。我先民陈天觉、马南宝诸公在天之灵，实式凭之。呜呼！风雨如晦，鸡鸣不已。凡我仁、良、隆、黄梁、所、得、四大、黄圃、恭、常、谷、榄、旗十三都五十万诸父老、昆弟、姊妹庶奔走偕来，听我法音，无怖！"文章表现了刘思复、郑彼岸等人关心国家民族的安危，以及通过办报纸改革社会的决心和勇气。思复除了写作论著和时评之外，还在《旬报》发表几个连载栏目：《寒柏斋剩言》（笔名寥士）、《净慧堂随笔》（笔名净慧居士）、《粤语解》（笔名寥士）、《绚庵谰语》（笔名丹水）、《佛教大意》（笔名抱蜀居士），等等。这些文章展示了思复的学识和才华，充分证明他的战士和学者的本色。其他撰稿人也是文坛健将，个个笔锋犀利，齐向封建势力开火。《旬报》大力传播革命思想，报道中外革命动态，反对邪恶，伸张正义，联络同志，营救战友，鼓舞了人民的斗志，在香山地区掀起了一股强烈的改革潮流。

2.《旬报》鲜明的革命立场深受欢迎

《香山旬报》是革命志士所编辑的刊物，因此除了把推动香山社会改革作为办报宗旨之外，还努力宣传国内外的革命事件、讴歌为革命事业献身的仁人志士。尤其是辛亥年间，广东地区事变迭出，计有3月10日广州将军孚琦被刺、3月29日广州起义、闰6月19日水师提督李准遇刺（未死）、9月4日新任广州将军凤山被刺，乃至辛亥革命爆发后的广东独立和新军起义，等等，该刊均有详尽报道和评论。

孚琦事件发生后，反动政府大肆捕杀革命党人，该报讴歌了革命者温生财视死如归的英雄本色：3月17日"11时许，张督升堂，讯尔是温生财否，答称不错，并谓今日死得其所矣。及由颜番禺在头门点刑捆缚时，温复顾刽子手，谓各官不中用，必紧记尽要杀绝。仍复大笑，首不可仰。沿途欢呼，谓死而无憾。沿途及在场观者不知凡几，见其神色不变，皆为之起敬云"。①

"三·二九"起义失败后，该报接连发表《革党起事详志》、《省城乱事详情》、《审讯党人供词略述》等新闻专稿，又刊载时事南音《革命者死》等文章，描述了许多革命党人的英雄形象。兹录一例："党人某，系闽籍人，据供年24岁，在党内排至第六，是晚在花厅约七点钟时候，先由委员问供，操福建语，传供不甚了了。改操英语，问各位懂否？说至此，黄广协、吴参议、某洋务委员均出厅问话。无何，李水提亦由楼上客厅，与之问答。侃侃而谈，畅论世界大势、各国时事，了然胸中。随即开去镣扣，命起（初坐地问供），给以位。李提、黄协、吴参议围桌而问。是时厅外管带、差弁、兵勇等，环而听之。李提给以笔墨，写尽两纸，不假思索，顺笔而挥，搁笔三次。写至激烈处，解衣磅礴，以手捶其胸。李提亲手持上督院阅看。某官命人给以茶烟，起身行立正礼。迨将就刑，尚如此从容。写完供词，在堂上演说。说至时局悲观，捶胸顿足，劝各官长，将来政治上，如此如此，切不可如此如此。吾死犹生，虽千刀万斩，亦所甘心云。"②

广州起义失败后，黄兴、赵声、刘思复等在香港举行会议，鉴于革命失利、党人遇害甚多，反动势力极其猖獗，决定进行反击，对张鸣岐（两广总督）和李准（水师提督）执行死刑。林冠慈慷慨请命，担任暗杀。闰6月19日上午时许，林冠慈身携炸弹，守候路旁，等李准轿至，将两枚炸弹抛出，李准负伤倒地，轿夫卫兵等死伤二十余人。林冠慈亦当场被卫队击中牺牲，另一革命党人陈敬岳被捕就义。这一事件打击了反动派气焰，李准惊魂甫定，连忙向清政府递上奏疏，再三请求调离广东。该报先后发表《李水提被刺详情》、《最近省城之暗杀案》等报道和评论，指出，"自李提遇险后，凡各团局所委员出入多不乘舆，甚至有改穿短衣者。昔日之舆从赫赫，叱咤道涂，自昨至今，颇罕见矣"。张鸣岐也稍为收敛，"深以党人改用暗杀方针，实在防不胜防，我苟无瑕，何恤乎人言，此后只有修德以弭之，使彼无从下手，可勿庸遇事过于操切，亟当秉公办理，则党人无不甘服云云"。③该刊还特地在一一九期刊登了革命烈士林冠慈的照片和小传。除了详尽报道事件经过外，还特别颂扬林冠慈的人品和视死如归的革命精神。

① 《香山循报》第九十五期。
② 《审讯党人供词略述》，《香山循报》第九十七期。
③ 《张督之意见》，《香山循报》第一一二期，辛亥（1911）六月二十八日，第79～80页。

武昌起义后，革命形势迅猛发展，该报及时报道了湖北和其他地方的革命情况。其中有关港澳同胞和海外华侨拥护革命的报道甚多，还发表多篇评论，阐明人心向背是革命必胜、清朝必亡的根本原因。如一二二期民声的《论收拾人心之不易》指出："国家所赖以成立者人心耳，人心去矣，可若何？""鄂省之乱，黎元洪以新军协统为革军领袖，此朝家所指为大逆不道、罪不容诛者也，宜乎诛锄背叛，人有同心，声罪致讨，遍于都邑。乃武汉之间，革军所至，人民不闻反抗，兼且纪律严明，秋毫无犯，商民贸易如故。所乘机抢掠者不过土匪而已。至咨议局议员，人民之代表、舆论之准绳也。乃正副议长皆参与革军事务，议员亦多为革军规划布置者。至初三日警电所称长沙既陷，湖南一省，半皆传檄而定。而人民应革军召募者，解囊以助革军者，则络绎而不绝。噫，不知国家果何负于人民，人民之甘心附和革党，弃国家如敝屣，而曾不少悔也。然此不过就内地而言耳。若夫海外侨民，去国万里，日夕胼手胝足，博取蝇头，得赀良不易。乃自革军起事，警电所传，今日则曰华侨助革军费用三千万，明日则曰汇助数十万，兼且开会庆祝革党成功，相继而起。噫，人心如此，岂不大可惧耶。"

当时一些人为了抗拒反清革命思想，到处散播反动谬论，说什么中国本非汉族领土，汉族也不过是强占苗族土地的侵略者，如果不承认汉族是侵略者，那么满人也就不是侵略者。他们用这些谬论来迷惑一些人，目的是瓦解群众反清的斗志。《香山旬报》就发表了刘思复写的名为《民族与国土》的论文，对中外民族、国家的发展历史作了科学分析，严斥奴才谬论。

清朝统治者企图苟延残喘，延缓革命危机，遂颁布上谕宣布预备立宪。为了揭露清廷这种换汤不换药、麻醉人民的鬼把戏，《香山旬报》发表了刘思复用笔名"教齐"写的《立宪之里面》一文，用极为尖锐嘲谑之笔调，拆穿了伪立宪的真相。文章表面上似乎是向光绪帝献策，但实质上是揭穿他们的老底。这篇文章引土耳其曾宣布立宪而仍不免于革命作为论点，认为光绪皇帝颁布立宪之煌煌上谕，是"口言立宪，而实则无一不违反立宪"，所谓立宪是"口意耳、虚声耳，公文上之名词耳"。文章一开头便提出"可恨哉伪立宪，可惧哉伪立宪适为革命之先导"，文章提出"满汉平等之不能实行也"，"禁制言论出版集会之自由也"，"尊崇孔教之剥夺信仰自由也"，以这三点来论证光绪颁布立宪是伪立宪。特别对于"满汉平等之不能实行"，列举了清朝统治"恐遗民逸老之或萌叛志也，则大开博学宏词……以网罗之，其犹有心术不端或倡邪说者，则大兴文字之狱以戒惧之"，揭露很深。

这些言论，在当时是起了鼓吹革命的作用的。①

《旬报》还利用其舆论机构的有利条件，尽力掩护同志、营救难友。除了实施营救刘思复出狱之外，对"徐桂案"的大力援救更是突出的例子。"徐桂案"是香山一桩土豪劣绅制造的冤案。徐桂是香山县石门九堡乡人，1903年，思想先进的徐桂与刘思复、郑彼岸等成立阅报社，曾在檀香山经商，留学日本，政治上靠近康有为、梁启超的保皇派，后回乡在崇实学堂任教员。光绪三十一年，有恶弁何天保恃劣绅何鼎元势力，在乡横行霸道，鱼肉乡人。徐桂欲为桑梓除害，乃揭发劣绅恶弁之罪恶行为，被恶弁劣绅何天保、何鼎元及水师提台何长清串通陷害，将徐桂和石门耆老甘胜芳等三人，一并诬陷为会党。徐桂定为永远监禁，因在南海县狱中，甘胜芳等则押在香山县狱中。胜芳老人不堪虐待，死在狱中。

徐桂陷狱七载，邑人莫不为之呼冤，其中尤以华侨争之最力，但均无效。《香山旬报》在庚戌年二月十一日刊登一篇时评《因华侨联保徐桂事敬告袁督》中有句云："……以徐之无辜，士商联保者先后千百人，岂大吏充耳若不闻乎？朝廷日言保护华侨，华侨中之热诚如徐者，尚久系囹圄，黯不见天日，将何以慰归者而劝来者？……"又同年四月初一日出版的《香山旬报》时评《华侨尚欲徐桂省释耶》说："休矣华侨，休矣华侨，日夕所望省释之徐桂，今又有'谣言甚重，碍难轻释，坚请毋容覆讯'之详文矣。呜呼，以数十万华侨之禀保，堂堂公使之咨文，皆归无效。司局势力之大，有如是者！……今日之迭保徐桂，亦确知其为良民，故敢联名环求昭雪耳，而其结果也竟如是。吾敢忠告华侨一语曰：操生杀人民之权者，皆有官吏在。你慎勿发此妄想，迭来干预。……呜呼！政治不良，人命蝼蚁。沉沉冤狱，落叶无声。吾今而知所谓预备立宪时代之官吏，吾今而知所谓预备立宪时代之国民。"

《旬报》主编郑彼岸眼看清廷官吏土豪劣绅横行霸道，蹂躏人权，违悖公理，迫使人民不能再生活下去了，遂挺身而出，坚决斗争。除在《旬报》上对官绅声罪致讨外，并于1909年冬带同苦主甘胜芳之子上京控告，向全国人民宣布奸官污吏、土豪劣绅的罪行。这期间，《旬报》主编改由李怜庵担任。最后，在全国革命浪潮激荡下，在人民压力日渐加强下，清政府被迫把"碍难轻释"之徐桂发回香山县覆讯释放了。从营救徐桂一事，也可见

---

① 教齐：《立宪之里面》，《香山旬报》第四十一期，己酉（1909）九月二十一日。

主编郑彼岸之为人耿直仗义,《香山旬报》不愧为人民的喉舌。郑彼岸与康梁派的徐桂政见对立,但激于义愤,而倾其全力相救。

《旬报》以鲜明立场横空出世,在香山引起巨大社会影响,在香港、澳门、广州乃至海外各埠华侨中也拥有不少读者。第六期的一篇名为《香山人对于香山报之心理》的文章指出:"黑夜行人,方针莫辨,醉夫梦里,感觉全无,其为我香山前此一般社会之现象乎。醉梦之中一声雷,长夜漫漫初晓日,则我《香山旬报》之出现也。"总之,《香山旬报》的问世,成为本地区社会改革的巨大推动力量。

二　自治会社和咨议局的成立

如果说,《香山旬报》在舆论宣传方面强力推动着香山社会的改革,那么香山自治会社和咨议局则是议定具体改革方针的机构,并且配合地方政府执行改革。清政府于 1901 年宣布实施新政,1905 年又颁布上谕预备立宪,虽然这一招为时已晚,无法挽回政局危机,但资产阶级立宪派和革命派接过这面令旗,掀起立宪运动,借此宣传革命主张,推动香山的社会改革。1907年底,广东出现两个立宪团体:粤商自治会和广东地方自治研究社。前者是商人自发组成的民间团体,后者则是官方的机构,其成员以有地位、有功名的绅士居多。两团体的成员良莠不齐,按政治倾向可分为三派,即封建顽固派、立宪派和革命派。香山不仅在人口相对集中、经济文化相对发达的城镇建立民选的自治机构,而且在广大的乡村也推行自治,这在全国较为少见。在自治运动时期,绅商参与了政治,分享了权力,并且为城市取得某种自主性和独立性而努力,经常对地方重大事件的兴革进行讨论。而由于自治运动内部存在不同政治派别,在议政时总是发生重大分歧和辩论,其中同盟会会员与豪绅之间的矛盾尤其突出,同盟会及其机关报《香山旬报》发表的许多评论都是与香山地方豪绅进行针锋相对的斗争。

1908 年 11 月,光绪帝和那拉氏相继去世,年仅 3 岁的宣统帝继位,由醇亲王载沣摄政。为了缓和社会矛盾,清政府下诏"重申实行预备立宪",①令各省成立咨议局。次年 2 月,粤督张人骏着手成立广东咨议局筹备处,筹划议员选举。当时清政府对咨议员选举有严格条件限制,规定凡属本省籍贯

---

① 《清末预备立宪档案史料》上册,中华书局,1979,第 71 页。

男子、年满 25 岁、具有下列条件之一的人，方有选举权：一是在本省从事教育及其他公益事业满 3 年以上；二是具有本国或外国中学堂以上毕业文凭；三是举人贡生以上出身；四是文官七品、武官五品以上官员；五是拥有 5000 元以上资产的富人。① 很明显的，这一选举资格限制，剥夺了广大贫苦劳动人民和妇女的选举权。实质上这不过是由官员、绅士和商人联合组成的一个选举俱乐部，所谓的咨议局议员就由这一小部分人推举产生。

1909 年 7 月间，香山县进行咨议局选举。共分九个选区，每区一个票箱，六月初六、初七两天将票箱集中在县署开票。各区投票人数不等，第一区仁良都最多，共有 378 票；第九区黄旗都最少，只有 90 票，其他各区介于 100~300 票之间。全县总投票人数为 2286 人，与当时香山县共有 822218 人相比，② 这种"民主"参与是十分有限的。当选议员共 37 人，其中 4 人为候补议员。③ 这些当选者中固然不乏思想开明、德高望重的人士，如北山志士杨应麟积极投入反对澳葡扩张界址的斗争、高拱元是参加香山起义的同盟会会员；但也有一些目不识丁的商人和声名狼藉的劣绅，如用诬陷迫害手段制造了徐桂冤案的何鼎元等人也混入咨议员队伍之中。这就警示同盟会会员提防豪绅操纵自治会社和咨议局，阻挠和破坏会议的正常运转。在以同盟会会员为核心的先进人士的倡导下，香山人民积极投入社会改革之中。

三　移风易俗的几件大事

社会改革首先从移风易俗入手。千年封建社会所形成的种种旧俗，早已深入人心，被奉为金科玉律。随着社会的前进，欲求跟上时代、开通民智、振兴实业，则非匡除旧俗寻求变通不可。辛亥革命时期，香山人在移风易俗和除旧立新方面，做了以下几件大事。

1. 禁赌禁烟

赌博作为一种社会文化现象，已经在中国流传了数千年。赌博是凭机运和策略促使财物所有权发生频繁转移，它并没有造成财富的丝毫增值，却养

① 《清末预备立宪档案史料》下册，中华书局，1979，第 671 页。
② 《香山县调查属内各境名称户口总表（据己酉年调查报告）》，《香山旬报》第五十二期，庚戌（1910）二月初一日，第 17~20 页。
③ 《本邑初选举开票详情》，《香山旬报》第三十一期，己酉（1909）六月十一日，第 13~14 页。

成了人们的侥幸和投机心理。但是赌博所含有的竞争性和娱乐性，会产生巨大的诱惑力量，现实生活中的人，凡是有好胜心、侥幸心和敛财欲望的，往往会去赌一把，而这正是赌博至今得以存在的社会基础。可是赌博无论输赢，均以损人利己为前提，钩心斗角十分激烈，给社会造成无穷危害，历来被视为社会之毒瘤。广东赌风之盛，举世瞩目，山票、铺票、彩票这些所谓的公共赌博触目皆是。赌博也同样流传于香山县，但香山地区更大的危害是私设的赌局，这种赌局普遍盛行于城乡之中，致人倾家荡产，为害极大。更因毗邻澳门赌城，该县受害较诸其他地方尤为严重。因此禁赌被列为移风易俗之头等大事。香山人民对赌博之害可谓深恶痛绝，对禁赌态度十分坚决和积极。1908～1909 年间，香山县各乡镇都依次成立了戒赌会，乡绅带头劝诫人们戒赌，巡警查禁甚严，对地方遏制赌风起了一定作用。其中安堂乡和大岭乡禁赌素严，遇有私设赌摊或借演戏开赌，都由乡绅出面禁止。同盟会会员郑道实更公开倡导"家族禁赌说"，① 他认为，开设私赌，各县必多于省会，各乡镇必盛于县城，而乡镇大抵聚族而居，因此可以在家族之中宣传教育，集众公议，明定罚则，发现有人赌博，重则解官惩治，轻则出族革尝，这样禁赌的效果会更好。

鸦片是危害健康的毒品，19 世纪英国通过大量输入鸦片扭转贸易逆差，造成大量白银外流，并借口中国政府禁烟而发动了鸦片战争，从此鸦片更加在中国泛滥成灾。香山烟民众多，烟膏店铺公开出售鸦片烟膏，流毒甚广。有识之士对鸦片流毒切齿痛恨，强烈要求禁烟，并在城镇和乡村普遍建立了戒烟会等团体。恭都山场乡黄完伯、吴润文、鲍伯康等人组成禁烟宣传队，自编街头剧，配以铜鼓、喇叭等器具，在各乡巡回演出，其形容烟膏种种丑恶，入木三分，感动观众，宣传效果极佳。② 在民间禁烟呼声的推动下，1906 年 7 月清政府颁布谕令，宣布禁烟。"著定十年以内，将洋土药之害一律革除净尽。"③ 对待嗜烟之徒，政府采取渐禁手段，先劝导而后惩戒，宽既往而严将来。具体办法是对 60 岁以上的烟民从宽免议；60 岁以下者发牌限制烟量，规定其吸烟量逐年减少，逾期未戒断者，即强行停止供应烟膏。1908 年 10 月 20 日，香山知县谕示，宣布发给嗜烟人士甲乙两号牌照，年

---

① 道实：《家族禁赌说》，《香山循报》第九十二期，辛亥（1911）三月初六日。

② 《现身说法》，《香山旬报》第五十三期，己酉（1909）七月二十一日。

③ 《东华续录》（光绪朝），卷 202。

满 60 岁以上的烟民给甲牌，60 岁以下给乙牌，无论绅民，都遵照办理。此后烟民到烟店买烟膏，均要对照牌照年龄按规定烟量供给，无牌照者不得供应烟膏。如有违反，定予惩罚。由此可见，在禁烟和禁赌问题上，对烟鬼和赌徒的处理政策是有区别的，禁烟更强调思想教育，劝令戒断。当时县令沈瑞忠对禁烟十分认真，县城各处的售烟店均已不敢再违例开烟灯招人吸烟。但各乡仍有烟馆开灯招客现象，因此特派出调查员分赴各乡镇，会同当地巡勇、捕头等严密稽查，如发现违例开灯聚众吸食鸦片，即行查封究办。①

由于香山城乡戒烟会和戒赌会能够积极配合地方巡警行动，故香山禁烟禁赌运动效果良好。

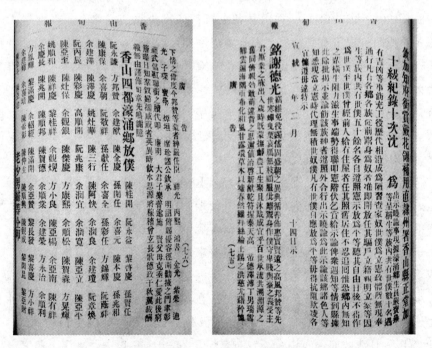

《香山知县沈告示》与《铭谢德光》
[《香山旬报》第五十六期，庚戌（1910）三月十一日]

2. 剪辫和天足

提倡剪辫，也是荡涤旧染的一个重大行动。蓄留辫发之事，本非汉人习俗，而是满人入关以后才有了这种规定。随着近代民智开通，清朝封建专制

---

① 《香山旬报》第三十六期，己酉（1909）八月初一日。

统治的腐朽衰落，人民揭竿而起，进行革命。其所做的第一件事，便是消除疑虑，执剪除辫。早在容闳组织学童赴美留学之时，便有香山学童剪长辫、着西服。他们此举可谓开了风气之先。但直到辛亥革命发生之前，香山县令仍对剪辫运动采取压制打击态度。如 1908 年底，有 5 名剪辫人被县令判处各打 100 大板；又有张溪人黎生在澳门剪去长辫，回到石岐后他在南门内请理发匠廖阿角为其接假辫，被巡勇捉去，县官也以"不守国制"罪名将二人枷号半月。① 1910 年底，剪辫同志会散发传单，宣布将在崇义祠开会演讲，本年刚上任的知县包允荣却"诚恐人心浮动，别滋事端，出示严禁"。② 尽管如此，在同盟会会员的推动下，香山人民无视当局的威胁和打压，全县各乡镇纷纷成立"剪辫会"，形成一股剪辫新风。其中尤以恒美乡剪辫表现最为突出。据《旬报》报道："近日剪辫之风盛行，而以良都恒美乡人为最多。剪发会未发现以前，该乡剪去辫发者有二百余人，月来自由剪去者又有百余人，现乡间剪发者触目皆是。有一十余令学童，见人剪辫，即浼人代他剪去。归家为母所见，竟将该童鞭挞。其伯某晓以剪辫利益，其母怒乃息。"③

剪辫之外，全县还开展天足运动，成立天足会，号召妇女抛弃裹脚布，还原天足。

3. 释放奴婢

蓄养奴隶是封建社会中保留奴隶社会的残余物。中国奴隶制的发展不很成熟，它是以家内奴隶为主的，因此，贯串整个中国封建社会，奴隶作为封建贵族和富人家庭的附属品而存在，即把奴婢使用于侍奉、歌舞、扈从以及家庭杂务。但封建社会里也有使用奴仆从事生产的，例如在香山沙田地区，就普遍使用世仆从事耕作。

清代法律明确规定可以蓄养奴婢。香山地区买卖奴婢之风极盛，蓄奴现象较为普遍。光绪年间，香山"县城富家妇女，出必肩舆，亲串遣婢媪随行，多者二三十人"。④ 因此释放奴婢、废除蓄奴陋俗是香山地方肃清封建残余、推动社会改革的重大问题。

释奴经常成为《香山旬报》的评论以及自治会社演讲的中心议题。质直《释奴私议》一文认为，蓄奴对社会至少造成三大危害：一是部分人卖

---

① 《香山旬报》第十一期，戊申（1908）十二月初一日。

② 《政界取缔剪发会之无谓》，《香山旬报》第八十三期，庚戌（1910）十二月十一日。

③ 《恒美乡之特色》，《香山循报》第八十七期，辛亥（1911）正月三十日。

④ 《香山县志》（光绪），卷五，舆地五，风俗。

光汉女学校招生广告　宗旨

教育之　校址　城内狮子街

編制

初等學級學科凡七日修身國文算術中國歷史中國地理格致女紅圖畫音樂圖畫體操音樂學科惟女紅體操音樂圖畫高等學科按女子兩等小學程度分班教授不拘年齡長幼祇以學生學力之深淺配置之

授業時間　每星期約三十小時

畢業年限　初等高等俱四年畢業

入學資格　(一)年在七歲以上二十五歲以下者　(二)不纏足者　(三)品行端淑身體健全者

學額　限招學生六十名額滿不收

學費　下學期開學日各納其半每人每年收學費二十員

報名處　香山旬報社西門振興店

開學期　己酉年元月二十日

《香山旬報》第10期 戊申十一月二十一日

以德育爲經智育體育爲緯務求養成女子自立之資格竝爲家庭樂音樂三科則聘男女教員教授其餘各科則聘女教員教授

操音樂三全香科敎員

《光汉女学校招生广告》
[《香山旬报》第十期，
戊申（1908）十一月二十日]

身为奴，丧失人身自由，没有独立人格尊严；二是奴隶做牛做马，任人驱役鞭打，过着非人生活；三是赌徒烟鬼卖儿女为奴婢，以供赌博嗜烟之用，造成社会道德的沦丧。因此必须制止人口买卖，释放奴婢。①

贵刚《释奴议》一文指出："何谓之人，就法律上言之，则有权利义务之谓人也。"卢梭倡导"天赋人权"，人人自由平等，皆有权利义务。罗兰夫人说得好，妨碍他人之自由是莫大罪恶。香山西南乡盛行蓄奴，奴隶处境悲惨，有义务而无权利，过着非人生活，因此解放奴隶实为当务之急。他认为释奴之方法不外两条，其一，发动奴婢控诉其悲惨生活，以唤起社会的同情和法律的保护，使奴婢得到解放；其二，从法律上制定对买卖和蓄养奴婢的惩戒条款，如有奴婢控诉或有人举报，查实之后，轻则处以罚金，重则判处若干年监禁，则蓄奴者人人自危，势必不敢以身试法。②

香山著名同盟会会员刘思复和郑彼岸也大力宣传释放奴婢。刘思复盛赞香山申明亭乡首倡释放奴仆，认为这是"民族平等观念之发达"的表现。③郑彼岸则倡导释奴，身体力行，从自己做起。据其亲人回忆："岸父在《香山旬报》倡导释奴放婢，自己以身作则，把他的妻杨幼庄之随嫁婢宝珍解

① 质直：《释奴私议》，《香山旬报》第四十期，己酉（1909）九月十一日。
② 贵刚：《释奴议》，《香山旬报》第二期，戊申（1908）九月初一日。
③ 《香山旬报》第三十二期，己酉（1909）六月二十一日。刘恩复在《民族平等观念之发达》一文中写道："吾于最近时事中得两事焉。恒人所不甚注意，而实于民族前途关系至巨，且足觇吾国人平等观念之日渐发达者。斯何事？其一则为吾邑申明亭乡之倡放世仆，其二则为南海某君之倡建暨民学堂也。"

放了。并请宝珍的父母前来，交还卖身契，宝珍父母愕然，不敢接受。他们说没有赎身钱。岸父笑说，我不要你赎身钱，你父女可自由往来，如自愿仍在我家工作，按月给予工资。这个解放奴婢创举，邑人视为奇事。"①

1909～1911年间，香山各个乡村，一批批奴婢陆续获得解放，他们恢复人身自由后，登报向社会和原主人鸣谢。例如1910年2月14日，香山知县沈瑞忠发布告示称，濠涌乡严姓家族释放奴仆50多名，"放为平等，听其自由，日后不得作为世仆。至世仆曾经前人给有住屋者，任其照旧居住，不忍追回"。对此，濠涌乡被解放的奴仆也发表"铭谢德光"的公开信，表示将永远"饮水思源，长歌德政"。②

4. 教育革命与新学堂的创办

改良风俗不能只靠行政手段推动，普及教育才是根本。因为愚昧无知和习惯势力对移风易俗造成巨大的阻力，必须经过普及教育提高人们的道德文化素质以后，才会自然地抛弃一切腐朽的旧风俗和旧习惯。当时香山人认为，普及教育要从三个方面入手，即家庭教育、学校教育和社会教育。当然这里所说的学校教育是新学堂教育，即西方的教育体制，而不是旧式的学塾教育。经过香山同盟会会员和先进知识分子的不懈努力，香山各乡镇纷纷兴办新学堂。从全县来看，上、下恭都开办新学堂最早，1902年前山寨刘永枬创办刘氏初等小学，1903年上栅乡邓兆凰创办公立两等小学，两地均属今珠海市。这里毗邻澳门，早在鸦片战争前后，就有人通过澳门出洋留学，对创办新学堂态度尤为积极。这些新学堂分为初等小学、高等小学和中学堂三类。当时全县只有县城有一所中学堂，即如今石岐市一中的前身；另外包括初等和高等小学在内的学堂称为两等学堂。当时全县先后建立新学堂62所，覆盖全县各个乡镇。新学堂教学内容大体上有修身、国文、算术、中国历史、中国地理、格致（物理、化学）、图画、体操、音乐等课程；学制为初等小学4年，高等小学4年。人民对这些新学堂的发展十分关心，地方当局也很重视，专门设立了劝学所教育会机构，大力整顿学务，监察学界。学堂奉行新学制，采用新教材，讲授科学新知识，这无疑是一场教育革命。经历了这场革命之后，新的教育体制建立起来，成为普及教育的主流。当然，旧的教育体制并没有完全消失，当局也设立了私塾改良会，仍让塾师任教，使其不致失业而

---

① 郑佩刚：《香山旬报及其创办人郑岸父》，《广州文史》第25辑。
② 《香山知县沈告示》，《香山旬报》第五十六期，庚戌（1910）三月十一日。

生活无着，但指导其改进教学内容和方法。私塾教育直到民国初年仍然存在。

旧学塾是科举时代的教育，当时只有男子能参加科举考试，于是学塾也只收录男生攻读八股文，而排斥女生。兴办新学堂后，教学目的和内容完全变了，妇女与男子享有同等的受教育权利。但当时男女同校尚未出现，于是用兴办女学堂的办法解决招收女生的问题，使广大妇女得以接受近代文明教育。刘思复率先于1904年创办了隽德女学堂。尽管一共只招收了27名女弟子，但开风气之先，树立了典范。女学堂的学制和课程，除了增加女红一课之外，均与其他学校相同。隽德女学堂于1908年由私立改为公立学校，由于得到公款资助，设备更加完善，学生报名异常踊跃，该校开设新班，分堂讲授。此后随着渴望求学的女子逐渐增加，从1909年起，香山又陆续增开光汉女学校、同仇女学校等几所女学堂招收新生。其中光汉女学堂是刘数初独出巨资开办，报名就读的也不下数十人。同仇女学堂是彼岸所创办的一间女学堂，他取校名"同仇"，并亲自写了一副对联："同袍同泽，仇满仇洋"，挂在女学大门上，在香山县人民中引起不少轰动。

隽德女学生合影（《香山旬报》第五十六期）

5. 改良监狱

我国封建专制时代司法腐败不堪，官员审讯犯人，往往采用极其残酷的刑讯逼供手段，致使犯人屈打成招。至于监狱关押犯人，大都腐败刻酷，惨不忍睹。犯人服刑往往刑期未满，就已在狱中受折磨死去。即使幸而苟存生命出狱，也往往习染群犯的恶习，回归社会时又重新犯罪。因此，在革除旧的封建司法体制弊端之时，必须同时切实改良监狱。①

当时有识之士认为，改良监狱首先要把犯人当人看待，反对任意虐待和欺凌犯人。需要做好两点：首先是对犯人区别对待，分类关押。例如罪行轻的犯人和重刑犯、死刑犯应该分别关押，而不能混押一室。又如已经判刑的人犯和尚未定罪的人犯、男犯和女犯也必须区别对待，不能混在一起关押。分类关押有助于监狱的安全和教育管理的方便。其次是改善监狱的条件，包括：改建牢房；对犯人实施教育和传授工艺，使犯人在狱中学得一技之长；改善伙食；不对犯人肆意虐待，等等。

香山人民要求改良监狱的强大压力，以及《香山旬报》舆论的推动，1909~1910 年间，香山县利用政府经费以及商民捐款三万元，将原有监狱拆卸，修建了一座较为宽敞的新监狱，其结构甚为讲究。监狱头道门的门楼驻扎巡勇，二道门两旁是委员书记的住所，中部分别为监狱牢房、刑事看守所、女犯看守所。另有已定死罪的犯人单身牢房 8 间。监狱的正中央为习艺场，分上下两层，第三层为守望处。此外，监狱还设有宣讲处、养病室和黑监房等，设备颇为完善。3 月 27 日，犯人全部迁入新监狱。当天沈县令亲到监房点名安置犯人，并发给每名犯人衣服、被席、洗脸盆、梳子、毛巾等日用品。同时在监狱管理方面也有革新，全部撤换原有的狱役牢头，革除种种积弊，派遣监狱管守讲习所的毕业生当监狱长，并派驻巡勇 15 人轮班看守，从而使监狱面貌焕然一新。②

6. 注重卫生和推广西医

当时的香山革命者也十分重视城市文明卫生的建设。《香山旬报》在向县令沈瑞忠提出的 9 点建议中，就有一条是讲求卫生，包括禁止宰卖病猪病牛、开通沟渠、清洁街道等公共卫生，并普及卫生常识，让民众养成合理的卫生习惯。《旬报》上经常刊载有关卫生知识的讲话，教育人民注意日常卫生，把卫生提高到强种和强国的高度。讲话中指出："今夫国也者，人与地之谓也。是故我同胞无国家之观念则已，苟有国家之观念，则非提倡卫生之

① 自觉室编述《改良监狱概论》，《香山旬报》第三十六~三十七期，己酉（1909）八月初一日。

② 《改良监狱工程完竣》，《香山旬报》第五十七期，庚戌（1910）三月二十一日。

道以自强其种，使人人共勉为完全之国民不可。洛克氏有言曰，完全之国民，即备健康身体与健康精神之谓也。"①

与城市文明卫生改革相关联的是推广西医。香山人早就通过澳门接触到西方的医药知识，同时有香山人居住澳门而接受过西医治疗，所以香山人对西医并不陌生。早期与容闳一道出洋留学的黄宽，1857 年毕业于英国爱丁堡大学医学系，获硕士学位，回国后在广州开办第一个西医诊所。孙中山于1892 年在香港西医书院毕业后，曾在澳门、广州等地开办中西药局，设馆行医；又与他的同乡南朗人程北海合伙，在石岐西门口开设中西药局的分店，地点就在今中山文化宫的斜对面。这些事实说明，西医早就在香山地区存在，而在辛亥革命时期又有了新的发展。不仅有男医生，还有女医生开设诊所，其精湛医术和医德多次受到病人登报称颂。

有识之士为了推广西医，造福民众，让普通市民享受医疗服务，还先后成立保育善会和赤十字会（红十字会）。保育善会设在东城内的崇义祠，由本县士绅和商户于1908 年捐款成立，目的是为保障妇女安全生育提供服务。其章程规定，聘请女西医 2 名，担任接生及产后护理事务。凡由该会医生经手接生的产妇，包括接生费和产后两个星期内所有护理医药费用，一概免收。② 如果预约上门接生，则只收取医生往返之轿资，如是贫苦人家，则连轿资也免收。保育善会开办之初，人们囿于旧俗习惯，对西法接生颇存疑虑，很少有人挂号求医接生。但过了几个月，西法接生"功效卓著，远近称善，以故日来报请接生者，几有日不暇给之势"。③

赤十字会（红十字会）是1910 年底，由香山热心公益的人士联合品学兼优的西医所创办，会所亦即诊所，设在石岐怀德里安得烈氏二楼。该会目的是为贫苦无助、军战重伤或地方灾变的伤病人员实施人道主义的救死扶伤。"赠医施药，闻警即至，赴期奏效，遐迩无误。"④ 当时聘请了西医刘浩如、萧泽垣 2 人，另有佐医 8 人，担任疗治，在会所内赠医施药，每日由上午 11 点钟至下午 2 点钟止。无论男女老少，凡患病者均得入诊，以尽爱群之义务。但花柳疾概不施赠，每星期停医一天。或遇急症，可随时到会所驰报，俾即派医生前往护救，也是分文不取。

① 雨人：《寻常卫生讲话诸言》，《香山旬报》第二期，戊申（1908）九月初一日。
② 《保育善会广告》，《香山旬报》第二期，戊申（1908）九月初一日。
③ 《邑人已知西法接生之益》，《香山旬报》第二期，戊申（1908）九月初一日。
④ 《赤十字会缘起》，《香山旬报》第八十二期，庚戌（1910）十二月初一日。

这些热心人士充分认识到，创办保育善会和赤十字会事体重大，经费浩繁，非少数人所能胜任，如要长期坚持下去，必须发动更多人士参与进来。因此，发起人又特定简章，公开征求有热心、有能力者出而赞助之、扩大之。会章规定，凡入会者，纳入会费1元，另每年例捐1元，以5年为满，如有热心志士，能慨助会费20元以上者，均推为名誉会员，免纳会费年捐，并给名誉徽章。

保育善会和赤十字会赠医施药、推行社会医疗福利的善举，深得民心，也受到广大殷实商家的热烈支持和响应，他们纷纷捐款入会。当时香山知县沈瑞忠和军队副将、巡警局长等主要官员均带头各捐款100元，营造善捐的风气。《旬报》则经常发布那些热心捐款的商铺和人士的名号以示表彰。①

辛亥革命时期香山人民在宣传科学文化、移风易俗、破旧立新方面，还有揭露官吏昏庸腐败、抨击土豪劣绅恶行、维护社会正义、倡导成立读书会以及各种先进团体等行为，使革命发生之前，香山民间早已出现一派弃旧迎新的气势，为新社会的来临做好了准备。而革命发生以后，这种思想文化上的新与旧的斗争，又在新的形势下继续深入发展，直至新文化在社会上完全占据主导地位。

---

① 《香山旬报》第五十二期，庚戌（1910）二月初一日。

第三章
香山人民反抗澳葡扩张的斗争

香山地处南海边缘，濒临港澳，近代以来，这里既是殖民主义者入侵中国的门户，也是中国人民反抗外来侵略的前哨阵地，频频遭受帝国主义的侵略和压迫。1833年英国战船入侵淇澳，淇澳人民奋起抗击，毙敌4人，迫使侵略者投降，赔偿白银3000两；1840年8月19日，英国战船由九洲洋驶至澳门关闸，突然开炮，强行登陆，当地军民团结一致，英勇抗敌，击沉英舰数只，击毙英官兵10余名，缴获炮弹200发，英军只好向九洲洋逃遁。随后英人又欲侵犯前山，香山知县吴恩树用8艘船堵塞内河隘口，林则徐又增设各路兵共8000名把守，致使英舰不得逞而退却到磨刀门及伶仃洋。还有1841年英军侵入渡头之战、1849年葡萄牙进攻拉塔石炮台之战，等等，反对殖民主义侵略压迫的斗争十分激烈。

在1895年中日甲午战争以后，帝国主义掀起瓜分中国的狂潮，香山也备受澳葡当局疯狂扩占前山地区的威胁。恰逢辛亥革命动荡时期，香山人民高举反帝旗帜，奋起抗争。杨应麟是这次反对澳葡扩张领土的英勇斗士，1909～1911年三年划界交涉期间，他曾经创建香山勘界维持会，领导当地乡民进行艰苦卓绝的斗争。

一 前山与澳门的界务争端

19世纪末20世纪初，中国接连遭受列强侵略战争的蹂躏，危机日益加深，这时候，盘踞澳门的葡萄牙殖民者也趁机伸出侵略魔爪，向澳门周边地区加速扩张活动。

葡人约于1553～1557年间，进入澳门贸易和居留。初始并未划定界址，1622年，葡人私自建造围墙一道，聚居墙内，这道围墙便成为澳门的自然界址。城墙有三道城门，即三巴门（上有大炮台）、水坑门和新开门，这个原租界一直维持到 1849 年。在此期间，澳门一直是在香山县管辖之下。

1849 年，澳葡兵头亚马勒挑动澳门事件，不仅破坏我国对澳门行使主权，而且开始向澳门以外地区扩张。1863 年，葡人拆毁澳门城墙，先后占领了附近的塔石、沙岗、新桥、沙梨头、石墙街等村庄；并在澳门南面的西沙、氹仔、路环等海岛上建造炮台，作为殖民据点。这些都发生在 19 世纪 50～60 年代。

19 世纪 70 年代至 80 年代初，澳葡先后占据龙田、旺厦（望厦）、荔枝湾、青洲等地，这样从围墙以外到关闸地方都被澳葡兼并。80 年代以后，出现了有利于葡萄牙对中国进行外交讹诈的形势。在 1883～1885 年的中法战争中，清政府打了胜仗，却签订了屈辱的和约，其昏庸腐败暴露无遗。此后，帝国主义列强在中国的扩张更形猖獗。澳门葡萄牙殖民者虽然"生计日蹙，贫不能自给"，也跃跃欲试，乘机扩张。1887 年 3 月，赫德、金登干等与葡萄牙外长罗果美共同策划签订了中葡条约。然而，中葡条约墨汁未干，葡萄牙又开始在澳门附近地区进行新的扩张活动了。当时澳葡的扩张活动包括以下几个方面。

北面，侵略关闸以北地区。1890 年在关闸外设立路灯，宣布不许中国在北山岭炮台和汛房驻军。

西面，占领对面山各乡村，借口曾在湾仔和银坑附近水面设立过航标，宣称这些乡村在其统治之下。1900 年，香山县令孙盛芳乘船经过湾仔附近海面，竟被澳葡指为侵犯其水界而强行扣留。1907 年，葡萄牙当局派兵侵入湾仔和银坑，向村里的渔民草油厂和医院勒缴捐税。

南面，夺取十字门的几个岛屿。1890 年，葡萄牙强行在氹仔岛和路环岛上修建炮台和兵房，并向当地人民勒收船税和房产税。后又一度侵入大、小横琴岛，在岛上修建兵房，并公开向中国索取这两个岛屿。两广总督谭钟麟严正拒驳，并拆毁葡建兵房。1902 年，葡萄牙公使白朗谷仍照会清外务部，借口疏浚河道，索取大、小横琴岛为澳门属地。1908 年，葡人在九澳修建兵房，开辟马路。

东面，则企图把澳门水界扩展至九洲洋的中心。

葡萄牙的扩张活动还伴以外交上的讹诈。1889 年 12 月 11 日（光绪十五年十一月十九日），拱北关税务司贺璧理（英国人）作为葡萄牙的交涉使来到前山，向澳门同知蔡国桢出示一份"澳门水陆地图"。① "该图东至九洲洋，南至横琴，过路环，西至湾仔、银坑，北至前山城后山脚，周围百余里，皆加以红线划入葡人界内。"葡人据此反诬中国轮船停泊青洲海面是侵犯澳门水界。蔡国桢予以驳斥，严正指出："若徒以一国所绘地图红线即云定界"，则"我亦可另绘一图，自三巴门起加一红线至海边为止，谓葡人仅管澳门半岛，并无水界，彼允乎不允？"贺璧理理屈词穷，竟蛮横地威胁说澳葡当局准备出动军舰轰开中国轮船。蔡国桢当即指出："若说到轰船之话，一切道理都不必说，请阁下代为寄语，等他轰轰看。……原想他派兵轰船，由他开端起衅，我方好乘机做事，愿他速轰为幸。"贺璧理见讹诈不成，只好灰溜溜地返回澳门。

澳葡当局频频侵犯中国海权，先后挑起多宗海权争议。首先是拱北关驻军问题。因日本船军火走私案件发生，广东政府加强了拱北关缉私工作。澳门附近马骝洲是拱北关原有驻营之地，它在澳门西南 145 公里，湾仔、银坑以南 11 公里，地处虎跳门、崖门、泥湾门等口入港的必经之途，附近港叉分歧，环境复杂，盗匪出没，走私活动十分猖獗。在这里驻兵设防，很有必要。然而澳葡却公然声称，马骝洲属于澳门领海范围之内，反对中国驻兵。1908 年 5 月 1 日，葡使向清外务部照会称："粤督在拱北关设立一营，驻兵百名，请撤回，以符条约。"② 对此，粤督予以反驳："查澳门葡国租界原址具在，并无领海，何能越海问及马骝洲中国设关之地。"③ 外务部也答复葡使称：马骝洲一向属香山县管辖，1887 年中葡条约签订以前，就在此处设卡驻兵，"此次粤督因整顿捕务，饬于旧址驻营，即属遵约办理，未便令其撤回"④。

其次，是移动湾仔河浮标问题。澳门与湾仔河中央原设有浮标，本来是作停船之用，并非界标。但是习惯上，中国民船往往沿浮标左侧湾仔岸边航行；而葡船则沿浮标右侧之澳门岸边航行。自从 1908 年初 "二辰丸"走私军火案件发生后，澳葡当局竟然偷偷地将浮标从河中心移至湾仔

---

① 蔡国桢：《澳门公牍录存》，第 5、7~8 页。
② 《外部发粤督张人骏电》，黄福庆主编《澳门专档》（二），台北近代史研究所，1992，第 58 页。
③ 《外部收粤督张人骏电》，黄福庆主编《澳门专档》（二），台北近代史研究所，1992，第 59、66 页。
④ 《总署发葡森使照会》，黄福庆主编《澳门专档》（一），台北近代史研究所，1992，第 500 页。

岸边；同时又在鸡头山外海道添设浮标。其险恶用心，就是"意欲占领水界，并觊觎环澳岛地。纯用阴险影射手段，以无据为有"。因此，中国政府于 5 月 22 日照会葡使，严正指出这是一种违约行为，责令立即"撤去浮标"。①

再次，澳葡当局居然在中国领海上巡逻，并稽查中国民船乃至兵船。1908 年 6 月 9 日，广东水师"广元"号兵船在澳门对岸银坑河边停泊，澳葡兵船竟然闯入中国海面，进行稽查，并将一张表格勒令"广元"号兵船填写。表格内容是：这是到哪里去的兵船，兵船指挥官是谁，船的马力多大，载重量是多少，船上官兵有多少，枪支子弹有多少，驶到此处干何事，等等。"广元"号指挥官认为："银坑系中国河面，未便任令葡人稽查，致失主权，不允填单。随因有事，驶赴马骝洲巡缉。"② 这是中国兵船官员维护主权的正义行动，然而葡使当天就向清外务部照会，公然颠倒黑白，声称："中国官船一只驶进澳门内口"，船长拒不在该口进口册登记画押，希望今后中国船长不要再有此种举动。③ 对此，外务部于 6 月 23 日给葡使照会答复称：此次华轮停泊中国银坑河面，自无画押之理。并电饬该处葡轮嗣后不得驶入中国管辖河面任意稽查，以免纠葛，是为至要。④ 外务部的照会反驳葡人的无理指责，揭露葡人的侵略阴谋，义正词严，充分反映了中国政府对澳门海权的原则立场。

1908 年 4 月初，东莞县三艘出港蚝艇驶到银坑河道，被葡人巡船勒令交费领照。蚝艇认为葡人违反条约，断然拒绝。葡人遂将该艇扣留，逮捕艇主，罚款 5 元。此外葡人又在路环九澳地方大兴土木，建造兵房。中国外务部向葡萄牙政府进行质问，并要求葡国保证今后不再做此类违约举动。但是葡萄牙政府对所有这些罪行一概予以否认。6 月 28 日，葡萄牙外交部官员答复中国公使，称建兵房设浮标查无其事；拘蚝艇系在澳门界内。很明显，葡人一方面极力抵赖侵略罪行，另一方面又明确要求扩张澳门海权，并希望通过会查界址达到其扩张目的。

7 月 17 日，葡使照会清外务部，再次声称，中国在湾仔、横琴等处驻兵，"有背条约"，希望中国政府迅速将驻兵撤去，并且今后澳门划界时，

① 《外部发葡公使森德照会》，《澳门专档》（二），第 67 页。
② 《外部收粤督张人骏电》，《澳门专档》（二），第 71 页。
③ 《外部发粤督张人骏电》，《澳门专档》（二），第 71 页。
④ 《外部发葡公使森德照会》，《澳门专档》（二），第 74 页。

不能以曾经驻兵作为这些地方应属中国的证据。^① 这种无理态度，遭到了中国政府的有力反驳。7 月 31 日，中国外务部复照葡使，严正指出："查本部前次照会中曾以横琴岛各处向隶香山县管辖，本有防营驻扎。……来照所请将湾仔、横琴各处驻兵退去，并谓立约以前管守各地，应永归贵国管理等节，本部难以承认。相应照复贵署大臣查照可也。"^② 至此，澳门附近的海权争端日趋严重。

中国人民对葡萄牙殖民者表示了极大的愤慨。香山人民对澳葡肆意扩占澳门以外领土的行径本来就深恶痛绝，要求划界的运动迅速发展起来。

1908 年底，在人民的强烈要求下，清政府指派驻法公使刘式训前往里斯本，同葡萄牙政府商谈澳门划界问题。1909 年 2 月，中葡双方达成协议，决定派员查勘澳门界址，并规定：划界期间，澳葡必须停止在中国领土征收地钞，并不得借浚海或浚河名义扩占领土；已经侵入中国内地的船舰必须撤出，等等。葡萄牙表面上表示接受这些规定，但又提出要中国撤走前山至北山岭一带的驻军，以作为交换条件。^③ 实际上，当中国方面忠实履行协议撤走北山岭驻军后，葡舰游弋内河、勒收船钞和浚海活动并没有停止。

1909 年上半年，中葡双方为划界谈判做准备工作，首先确定谈判地点和代表人选。中国方面主张谈判在广州举行，但是澳葡当局对广东人民的反抗怒潮非常恐惧，极力反对广州作为谈判地点。他们与港英当局串通，提出以香港为谈判地点，其目的是便于向中国施加外交压力。

葡萄牙派马沙铎担任谈判代表。此人曾任葡属东非殖民地总督。在马沙铎到达中国的同时，一艘葡舰开抵澳门，向中国炫耀武力。清政府原拟派广东籍官员担任谈判代表，但葡人断然拒绝，清政府只得改派曾任中法云南交涉使的福建籍官员高而谦担任谈判代表。

二　杨应麟挺身而出倡建勘界维持会

澳门划界交涉进行期间，香山人民也在北山乡举人杨应麟带领下，奋起进行抗争。

---

① 《外部收葡国署公使柏德罗照会》，《澳门专档》（二），第 79 页。
② 《外部发葡国署公使柏德罗照会》，《澳门专档》（二），第 80 页。
③ 参见《外部致张人骏准刘使电澳门事葡请两国各派员会勘电》，《清宣统朝外交史料》卷一。

杨应麟（1864～1925），香山下恭镇北山乡人，本名瑞初，字训强，号应麟。杨氏是北山乡名门望族，其始祖于南宋嘉熙年间（1237），自南雄移迁中山北山乡定居，生息繁殖，于今子孙支脉繁盛，已历25世，成为当地第一大族。明朝始建杨氏大宗祠，此后子孙又陆续建造26座家祠。杨氏家族十分重视后代的培养和教育，历代人才辈出，晚清以来曾先后出过杨雄超、杨云骧、杨镇海等清朝武将，以及华南地区早期传播马克思主义的先驱杨匏安（1896～1931，杨应麟的堂弟）、杨章甫（1894～1977，中共早期党员）、杨辛锦（1899～1969，凤山中学创始人、校长）等名

杨应麟（杨瑞初，1864～1925）

人。杨应麟是杨氏家族第21世孙，他出身书香门第，家中藏书颇丰。良好的社会和家庭环境对他的教育和成长产生了深刻影响，他自幼勤奋好学，总角之年被父亲送到杨氏宗祠义塾蒙学。"完篇"后进入由十三乡联合创办的凤山书院读书。随着年龄的增长，他受到同族名人金榜题名、光宗耀祖事迹的激励，树立了报效国家的志向。他学习十分刻苦，期望有朝一日能够实现自己的宏图大志。1893年（光绪十九年癸巳）得中举人第176名，任候补同知。因其使用"杨应麟"名号应考中举，随后官场通用此名。但在家乡人中又往往"杨瑞初"、"杨应麟"二名交替使用。1909年（宣统元年）杨应麟任广东咨议局议员。

澳葡当局在澳门附近地区开展殖民扩张活动，北山乡亦在其吞占计划之中。殖民者的猖狂侵略行径激起当地乡民的愤怒和反抗，具有爱国传统的北山乡站在这场斗争的最前列，曾经多次自发组织武装反抗澳葡入侵和勒收租税。杨应麟是一个思想开明的知识分子，一贯关心时政，爱国爱乡，在凤山书院读书时，目睹了侵略者贪婪无耻的行径，以及清政府腐败无能、任人宰割的现状，内心充满悲愤。当时澳门划界的争议集中于恭都和谷都所辖地区，两都人士深感祸及生命财产，危不自安，情绪激愤，均想力筹挽救之策。杨应麟作为一个举人，是当地的知名人士，当此家乡危难时刻，深感责

任重大，遂挺身而出，联合当地绅商学界人士，印发传单，号召人民奋力抗争。传单说："切启者，葡人图占附近地方，迭经我都人士齐起力争。现闻政府已派专使划界，事关都人身命财产，种种问题，均须研究。兹定本月十七日暂借北山乡恭都联沙局开会集议，届期务请各都绅商学慈善各界踊跃赴会，切实研究，联请钦使督宪力扶危局。幸毋自弃，是所切祷。此布。"①

1909年2月17日，在北山乡恭都联沙局举行划界会议。据北山乡父老回忆说，恭都联沙局是当地管理沙田的机构，设在杨氏大宗祠内。大宗祠占地面积达8838平方公尺，主体建筑为2520平方公尺，体势恢弘，厅堂宽敞，历来是乡人集会议事之场所。到会人士公推杨应麟为会议主席，并就如何发动人民抗争、反对澳葡扩张等问题进行了热烈的讨论。会议决定：

（1）设立划界维持会，该会以上保国权、下顾身家为宗旨，必俟划清界限，妥善无误，始行解散。同时确定恭都联沙局为开会场所。

（2）确定划界的基本立场：澳门无海界，葡人只是租借澳门半岛一隅之地，所有澳门附近海面主权均属中国。陆地则坚持旧有围墙为界。力求争回界外已占之地；而对图占之地，万勿退让。

（3）立即向省、府、县各级政府和谈判大臣提交报告，强烈反映人民的意见和要求。同时分别向同乡京官、各埠同胞、海外华侨呼吁支持这场维护主权的抗争。

（4）划界抗争任务艰巨，急需筹集经费。当即由杨应麟所在的北山乡，以及南屏、造贝等乡带头捐款白银300多两，其余各乡代表允诺回乡筹集经费，3天后再来联沙局集会，报告认捐款项。②

杨应麟把家乡的力量动员起来，组成香山勘界维持会之后，就开始筹划在广州组建省勘界维持会总会。他首先开展宣传活动，争取海内外人士的声援和支持。当时许多香山人在广州和香港谋生，对家乡事件甚为关心，是勘界维持会宣传求援的重点。杨应麟和陈仲达二人赶到广州，于闰二月初七日邀集绅、商、学、报各界人士在政府内的明礼堂举行特别会议，会上，杨应麟演讲澳门租界之历史以及葡人扩张之野心。到会人士多为香山乡亲，眼见家乡遭难，无不义愤填膺，表示坚决声援香山划界斗争。随即于十一日成立广东勘界维持总会，通过会章，选举易学清任会长，杨应麟任副会长，并产

① 《邑人研究澳门划界问题》，《香山旬报》第十七期，己酉（1909）二月二十一日。
② 《恭谷都士绅因中葡划界集议纪事》，《香山旬报》第十七期，己酉（1909）二月二十一日。

生各部门干事人员。确定以制台前杨家祠为勘界维持会办事会所，遇有大会议，则仍在广府学宫明礼堂举行。①

以下是勘界维持会所通过公布的章程。

勘界维持会章程

第一章，定名。（第一条）本会为维持勘定澳门旧界发起，定名为勘界维持会。

第二章，宗旨。（第二条）本会以搜辑证据、发明法理为勘界大臣之补助为宗旨。

第三章，范围。（第三条）本会设在省城，作为总会。（第四条）香山原设之勘界会，作为分会。对于本会仍当联络一气，匡助本会所不及。

第四章，会员。（第五条）凡愿赞助本会热心界务者，皆得介绍为会员。（第六条）会员有履行本会宗旨及谨守本会所定规律之责任。（第七条）会员关于界事有建议之权。（第八条）会员有关于界事有调查报告之权，兼有介绍调查报告之权，应先由本会议决定调查事项俾易着手。（第九条）凡会员皆由选举及被选举为干事及代表之权。（第十条）本会只举常川干事，不举会长。倘有各种交涉干事难于分任者，随时得由会员公举代表，代表之权限由会员委任之。

第五章，干事。第一节，总则。（第十一条）本会暂设编辑干事四人，调查干事四人，书记干事四人，广务干事四人，招待干事十人，皆由本会会员分别选举充之，唯兹事体大，将来各部干事如须添设之处，可由干事员介绍，但得干事员过半数之认可，即可公布选充。（第十二条）常川住会之干事得酌支办公费。（第十三条）干事任期以会事完了止。（第十四条）有干事多数之同意，得随时为召集全体大会。

第二节，编辑干事。（第十五条）本会搜集一般舆论，暨各种凭证，编辑干事当分别条理辑成一册，俟分布决定后，以备呈诸当道。（第十六条）编辑干事对于前条文件有决定去取权。

第三节，调查干事。（第十七条）本会有特别调查之事，当委任调查干事充之。（第十八条）调查干事有特别调查时得酌支公费。（第十

———————

① 《勘界维持会三次会议详情》，《香山旬报》第二十期，己酉（1909）闰二月二十一日。

九条）调查干事于调查事竣得交意见书于本会，以凭公定。

第四节，书记干事。（二十条）书记干事专司来往书札及记载会议时提议决议之件。（二十一条）应设簿籍如下：一会员册，二职员册，三通信部。但司记述，不必详论。

第五节，庶务干事。（二十二条）庶务干事管理本会收支及一切庶务事宜。

香山勘界维持会会址——北山乡杨氏大宗祠

第六节，招待干事。（二十三条）招待干事有绍介热心界事者入会之责任。（二十四条）对于新到会员，须宣示本会宗旨，并增以本会章程，告以事务所所在。

第六章，会议规则。（二十五条）本会以星期日为会期。但遇有特别事情，有干事多数同意，得召集特别大会。（二十六条）开会时得举临时主席。（二十七条）庶务干事设会员到会册，凡到会者皆署名。（二十八条）凡提议及引申者皆须起立，演说未竟，不得从中搀越。（二十九条）在会场中宜肃静有序。（三十条）凡发议用官话或白话各从其便。（三十一条）凡赞成以举手为议，如有反对不陈述意见者，作为默认。（三十三条）有不守会场规则者，主席得命其退出。

第七章，经费。（三十四条）本会经费分二种：（一）会员捐，本会不定会员捐额，惟其量力协助，不拘多寡。（二）会员外之特别捐，如有热心本会愿协助经费者，本会亦得领受。

第八章，附则。（三十五条）本会章程经会员多数决议，即当实行。（三十六条）本会章程将来如有提方改良者，须得本会会员多数之许可。（三十七条）本会于勘界事竣，宗旨既达，即行解散。①

三　开展声势浩大的抗议运动

勘界维持总会成立后，随即向总督张人骏和谈判代表高而谦递交勘界意见书，坚决反对澳葡的无理扩张行径。并庄严宣告："绅等上仰朝廷邦交之意，下竭乡井友助之情，特联全体粤人，设立勘界维持总会。会内唯一主旨，不外研究国际理法，搜集界务证据，为政界之补助。"意见书列举葡人侵犯我国领土主权的大量事实后，指出："查葡人永居管理澳门之权，系由中国允认而来，其主权自在中国。故澳门之界址如何，当以中国主权所允认者为凭。葡人于光绪十三年以后，违反条约越界侵权，是葡人不守条约。按国际法，结约之一国不守条约，他之一国亦无遵守之义务。但中国不因葡人不守约而废约，现唯确守十三年条约之意义办理。今当勘视界址再订专约之始，宜先提出此意见以质葡人。若葡人不依此办理，则宜诘以背约之罪。"这份意见书充分反映了人民保卫家园、坚决反对澳葡越界扩张的强烈愿望，给清政府的官员们留下深刻的印象。当时葡人依仗有英国人的支持，采取种种手段向中国政府施压，扩张澳界志在必得。但是由于中国人民的奋起反抗，政府的谈判代表不敢轻易违反民意、妥协退让。

香山人民在杨应麟的领导下，积极参与划界斗争。6月间，中葡划界交涉前夕，香山勘界维持会又先后两次召开特别会议，研讨划界局势，决定联合各界人士，选派杨应麟等代表前往香港面见中国交涉代表高而谦，反映香山民意，并印发传单，揭露澳葡压制香洲埠，以及逼迫澳门华人加入葡籍的阴谋，号召人们参加特别会议，"联合大团，实筹对待，冀救垂危"。通过多次召集会议、大张旗鼓的宣传活动，香山人民普遍地动员起来，义愤填膺地投入划界斗争之中。②

---

① 《勘界维持会章程》，《香山旬报》第二十二期，己酉（1909）三月十一日。
② 《香山勘界维持会开特别大会议》，《香山旬报》第三十期，己酉（1909）六月初一日。

其后6月30日，香山勘界维持会鉴于"当地事迫势危，若非合力维持，恐一失败，则身命财产悉为葡缚，惨痛曷可胜言。于是决定仍在恭都联沙局开特别会议，联合大团，实筹对待，冀救垂危"。① 这次特别会议前，恰好广东总督张人骏去任，由袁树勋接任总督。面对这种形势，会议着重讨论了两个问题，会议过程发言踊跃，与会人员情绪激昂热烈。会上，杨应麟首先提出向省府总督呈禀报告问题。由于新任总督袁树勋"对澳界恐未透悉，应以速递公呈为是，梁君虞廷和议，众赞成"。其次，如何防止澳葡侵界问题。鉴于"葡国新造炮船，竟于本月中旬连日驶入前山、南屏一带内河，游弋测绘，背约骚扰，狡谋难料。彼蓄阴谋，我无预备，万一事机决裂，何以自存，加以土匪乘机，在在可虑，应如何续请督宪水提派兵拨轮驻扎湾仔、关闸及九洲洋等处，以资镇慑，请公定"。会上经过热烈讨论，决定"为自卫计，莫如赶制军火，举办联乡团防，较为有济。杨君瑞初等人均极力赞成。随公决先由本会刊印劝办联乡团防传单分送各乡，草拟联乡团防章程。并公举李君声桃、蔡君雄枢亲赴各乡联络，宣布理由，众赞成"。②

杨应麟还利用其新任广东省咨议员的身份，继续在广州进行宣传鼓动。当时人民已经广泛动员起来，群情激昂，形势大好。考虑到人民的激愤有可能导致突发事件，反而造成澳葡攻击的借口，因此杨应麟通过广东自治会散发传单，号召人民实行文明抗争。传单指出："杨绅之意，以勘界在即，阖省共谋对策。各乡民异常愤激，大有拼死力争之势。万一界务稍有损失，人心激烈，恐致不可收拾。故力请布告实行文明办法，免贻口实，用心良苦。连日迭接本会演说员由香山来函，均以所到各处各乡镇先经订立家法，约束子弟，不许前往澳门嫖赌吸烟，如违定行革胙出族；并悬红截缉铺票、天行票等类久已实行。现在各乡民男妇老幼尤极愤激，声言葡人如侵占我丝毫海权，及不将侵占陆地交退，誓死抗拒，迭经演说劝令遵守文明规则，切勿暴动，致碍大局。惟群情汹汹，非口实所能遍及。请速布传单，并力劝等语。顷阅西报载澳门访函，种种诬陷华人，及阴行反间，有意驱散本会，情见乎词。亟应广为布告，凡我同胞，既实行约束子弟不往澳门赌荡烟花是文明办法，切不可稍有暴动，贻人口实。现在葡人痛心仇视，有意倾陷。我同胞尤

---

① 《香山勘界维持会特别会议》，《香山旬报》第三十三期，己酉（1909）七月初一日。
② 《香山勘界维持会特别会议详纪》，《香山旬报》第三十三期，己酉（1909）七月初一日。

不宜往游澳门，致中奸计，至盼至祷。此布。"①

恭谷都人民奋起反抗澳葡扩张界址的斗争，在香山县城石岐引起强烈反响。杨应麟代表香山勘界维持会致信县城各界人士，推动县城开展反对澳葡扩张界址的斗争。十月初二日，由香山地方自治研究社牵头，在石岐惠爱医院召开群众大会，城乡各个社团均派代表参加，到会人数达千人以上。会上决定成立香山城勘界维持会，当时中葡交涉已成僵局，形势危急，遂决定创办民团，誓死保卫家园。接着，初九日又在惠爱医院举行第二次会议，鉴于初五日已发生澳葡兵船侵入内河、士兵登岸滋扰事件，城乡震动，冬防吃紧，内乱堪虞，于是决议由各乡赶速兴办团防，仍以附城为总机关，以资联络。又因急需筹措经费，以资办公，决定由崇义祠公款酌拨白银1000两，作为香山城勘界维持会开展活动的经费。同时决定派代表前往省城勘界维持会总会，共商防止中葡代表签订秘密条款，割让领土，谋求妥协。又广泛通电海外华侨，动员他们电促清政府保护疆土，反对妥协。电文说："南洋石叻同济医院庇能中国南华医院均鉴，海军为保护疆土而设，诸君热诚慨捐，佩甚，惟中葡界务，两使停议，深恐秘密画押，断送疆土，大局濒危，人心震动，乞通各埠飞电政府，设法抗争。"②

另一方面，杨应麟和勘界维持会派出代表奔赴香港进行活动。香港有许多香山商人，恭谷都商人更不在少数。北山乡旅港商人杨瑞楷是杨应麟的同族兄弟，当时在香港经营太平商行，对家乡的抗葡斗争尤其关切。经过杨应麟等人的努力，很快就成功地组建旅港勘界维持会分会，由北山乡旅港商人杨瑞楷出任会长。随后杨瑞楷立即开展活动，配合省城和香山两地勘界维持会进行斗争。③

与此同时，勘界维持会又发动其他地区和海外华侨参加抗争。其中尤以上海、汉口等大城市为重点。而在海外，则从美洲至澳洲，许多华侨团体纷纷来电声援，造成强大的抗议葡人扩张、保卫家园的舆论声势。"十五日于上海广肇公所，会议澳门划界事，到者甚众。兹将往来电文录下。澳门划界维持会致广肇公所电文：广肇公所同胞鉴，澳门划界高使到沪，请面禀维持，莫让寸土。电覆港太平行杨有成，维持会叩。广肇公所复电云：香港太

① 《自治会关于澳门勘界事之传单》，《香山旬报》第三十期，己酉（1909）六月初一日。
② 《香山城勘界维持会成立》，《香山旬报》第四十三期，己酉（1909）十月十一日。
③ 《请维持界务批词两志》，《香山旬报》第三十五期，己酉（1909）七月二十一日。

平行杨君鉴，函电悉。中葡划界，事关系国家主权及民生财产，自应协力维持。现已集众会议，并详达高使。乞贵会速即调查葡界始终原委，及葡人近日行为，详细函知，俾筹对付。余函详。沪广肇公所叩。"①

关于杨应麟组织领导勘界维持会进行抗葡斗争事迹，《香山县志》亦有记载："三月云南交涉使高而谦奉命勘界，邑人开勘界维持会以举人杨应麟为会长。又在粤城开广东勘界维持总会公推易主政学清为正会长，杨应麟、陈德驹（南屏人，字衍韬，光绪举人，工部郎中）为副会长，坐局办理。另设一分局于香港接洽商界，举杨瑞楷为代表。两三月间，接海外各埠华侨及省县乡协助力争电文共一百二十三起。时粤督张人骏俯念民情，顾全国体，奖励会董，默授机宜，得有简派专使勘界之命。葡公使深忌之，照请外务部查禁。部覆云：粤省士绅设立勘界维持会，系为研究澳门历史，搜查澳界证据，不涉他事，宗旨正大，万无解散之理。赖张督先有陈奏也。高使莅粤，在香港与葡使马沙铎开议。维持会绅亦驻港，迭有咨陈。"②

中葡谈判前夕和谈判开议前夕，维持会适时地直接致电北京清政府，提出自身的主张和要求。"北京法部戴尚书，暨梁尚书，各同乡京官转呈张相国钧鉴：中葡划界，葡欲无厌，稍任混越，全粤堪虞。请电粤督外务部，坚持陆界旧址，尺寸勿让。水界非葡所有，尤宜保守。张相督粤，力筹挽救。现局危迫，仍乞保全。覆港陈赓虞，香山划界维持会，杨应麟等（即杨瑞初）叩。"③

1909 年 7 月 15 日（宣统元年五月二十八日），中葡谈判在香港开始举行。会上，马沙铎宣读了事先炮制好的一份"说帖"，抛出了他的勘界方案，声称：葡萄牙管辖的澳门包括：一、澳门半岛，由妈阁至关闸；二、海岛，有对面山（包括湾仔、银坑、南屏、北山等 28 乡）；四、关闸至北山岭为"局外地"。④ 按照这个方案，葡萄牙新扩占的领土将比原租居地面积大 30 倍。马沙铎在谈判中声称：澳门从来不是中国领土，早在 1574 年葡人已占领关闸以南整个半岛，因此，1887 年条约所说的"属地"，应当是指澳门以外的各个岛屿。马沙铎还公然把澳葡多年来闯入澳门附近各乡村张贴的告示、勒收租税的单据，以及擅自建造炮台和开辟马路等等，都作为葡萄牙已对这些

① 《旅沪粤人集议澳门划界纪闻》，《香山旬报》第二十一期，己酉（1909）三月初一日。
② 《民国香山县志续编》卷16，"记事"。
③ 《划界维持会致北京电文》，《香山旬报》第十八期，己酉（1909）闰二月初一日。
④ 《澳界骇闻》，郑勉刚：《澳门界务录》卷二；又见黄培坤《澳门界务争持考》，广东省图书馆，1931 年刊印，第 13～17 页。

地方拥有主权的证据，并声称："久占之地，即有主权。"① 企图以这种强盗逻辑来为其殖民扩张主义辩护。当时清政府明知马沙铎的种种谬论不值一驳，② 却准备以让步谋求妥协。外务部当时的主张是，查明葡人的原租界作为澳门本土，原租界围墙外已被占领的地区划为属地；至于澳门附近岛屿，不论是否已被占领，一概极力驳拒，并不许葡萄牙人在澳门附近划定水界。至于葡萄牙人在氹仔、路环两处占领地所建立的炮台，则计划在澳门半岛上觅地抵换，收回炮台。③ 这些意见传达到谈判代表高而谦那里时，他又擅自作了修改，变为允许澳葡在氹仔和路环已占地居留，而不作为属地。④ 但马沙铎对中方这种妥协仍不满足，划界交涉从一开始便陷入僵局。

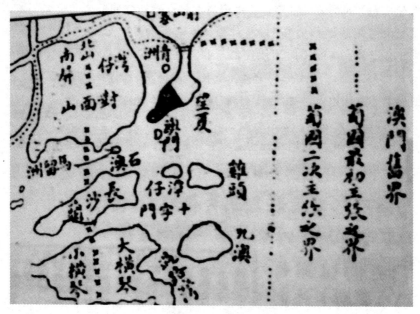

中葡澳门划界交涉参考图

---

① 《澳门勘界大臣高而谦呈外部葡使谓久占之地即有主权应调查再议电》，《清宣统朝外交史料》卷六。

② 《澳门勘界大臣高而谦呈外部报与葡使议潭仔路环及内河海面事彼置若罔闻电》，《清宣统朝外交史料》卷九。

③ 《澳门勘界大臣高而谦呈外部澳门附属地应否承认乞裁夺电》，《清宣统朝外交史料》卷五；《外部致高而谦葡人所占潭仔路环可以龙田旺厦抵换电》，《清宣统朝外交史料》卷七。

④ 《澳门勘界大臣高而谦呈外部澳门划界葡使奢求只得停议请旨定夺电》，《清宣统朝外交史料》卷一。

此时葡萄牙人加紧采用讹诈手段，企图以炫耀武力打开僵局，达到其侵略目的。谈判期间，他们不断向澳门增兵，使澳门驻军由 400 人增至 700 多人。同时，增派兵舰，扩建炮台，不断加强其作战力量，并侵扰附近各岛各村。7 月底，葡萄牙兵舰侵入我内河游弋、测绘，夜间停泊南屏乡河岸，用探照灯照射村庄，惊扰村民。8 月 21 日，澳葡当局勒限望厦村居民一周内拆毁该村全部民房。① 与此同时，葡萄牙在外交上不断向清政府施加压力。葡外交部宣称，中国如不满足它的索地要求，将把澳门划界问题提交海牙国际法庭"公断"。如果清政府既不妥协，又拒绝接受公断，他们就要把澳门送给其他大国，而向中国宣战。②

葡萄牙还利用英国的势力压清政府屈服。8 月间，英国公使公然出面干预中葡谈判，对清外务部宣称，中国应无条件地接受葡萄牙的全部要求，否则就交由海牙法庭"公断"。面对葡、英两国的恫吓威胁，清政府态度软弱，步步退让。高而谦向葡使提出，中国愿意"割弃澳门半岛（由妈阁至关闸）。以及青洲、氹仔、路环等地，附近内河和海面由中葡共管"。③ 他认为既然上述这些地方已被葡人占领，或已处于其势力范围之内，"无索回之望"，不如奉送葡人以达成协议，澳界"尚有得半失半之望"。④ 但葡方并不因此而满足，仍坚持索取对面山和大、小横琴岛，全部控制"水界"。清政府想以妥协求和平，结果更助长了侵略者的气焰。

当时的中葡划界谈判代表严守秘密，不向外公布谈判情况。但勘界维持会和杨应麟等人敏感地意识到谈判形势的严重性，于九月初四日下午在广州西关文澜书院举行千人盛大集会。会上提出有关划界谈判的 8 个问题，并当场做出应对措施。

（一）宣布高使与葡人会议，前后凡九次，日前在港特传见吾粤绅商，到行辕宣示自第一期至第六期议案。而第七、八、九各期议案，仍守秘密。此事乃吾粤人切肤之痛，利病得失，理当与闻。今高使既不能

---

① 《黄士龙禀陈澳界情形》，郑勉刚：《澳门界务录》卷五。《论葡人蔑视我国》，《香山旬报》第三十五期，己酉（1909）七月十一日。

② 《外部复高而谦葡若借他国势力强占小岛人心不服希婉劝葡使电》，《清宣统朝外交史料》卷六；《外部致袁树勋澳门界事停议请饬维持旧状勿生事端电》，《清宣统朝外交史料》卷一二。

③ 《澳门勘界大臣高而谦呈外部澳门事似以延宕为愈电》，《清宣统朝外交史料》卷七。

④ 《澳门勘界大臣高而谦呈外部海牙判断恐各国袒葡不如自与磋议电》，《清宣统朝外交史料》卷七。

力争，又复于最契紧处秘不宣示，宜如何对待，请公定。颜小初发议，拟一意见书向高使质问，请其将前后议案一律宣示。随举定杜贡石、莫任衡协同拟稿，众赞成。主席梁小山起言，现事机已急，若政府一经画押，则成事不说，无可挽回。宜立刻电致外务部，诒勿遽行画押，庶可力筹补救。众赞成。其电文仍由杜贡石、莫任衡协同担任。

（二）宣布香山士民，前在内河填筑，葡人竟照会高使禁阻。高使模棱两可，糊涂覆答，绝不驳拒，宜如何对待，请公定。林子祥言，此系我国领土主权，葡人断不能干涉，宜并于意见书内，切实揭出，向高使质问，众赞成。

（三）宣布葡人自议界后，擅将兵船驶进内河，游弋测绘，以至人心惶惶，高使绝不向葡人诘责，宜如何对待，请公定。杜贡石言：葡船驶入内河，擅行测绘，地方官有禁止之权。宜禀请大吏，饬该地方实行禁止。众赞成。

（四）宣布现外间传说有某吏受葡人贿托，甘心卖国，隐为公敌。并谓吾粤人办事，只有虚声，全无实力，此等民气，实不足畏等语。宜如何对待，请公定。众议宜调查实据，宣布罪状。并于意见书内，明白揭出，请将其摈斥，不使与闻界务。

（五）提议公举明达大绅，晋谒袁督，面禀界务危急，请其极力维持。宜举定何人，请明举。随以多数举定易兰池、邱仙根、卢梓川、杨瑞初、陈仲葵、何子峰、邓毓生。

（六）提议将高使退让及葡人横索各情形，电达外埠华侨，请协同誓死力争，如何请公定。众议华侨爱国，必表同情，随公举杜贡石拟定电文，明日即发。

（七）提议多派演说员，往香山各乡，将界务利害得失之关切，及乡民文明对待之办法到处演说，以激发乡民爱国之热心，如何请公定。众议宜派演说员多名，分头下乡，其经费即由会员担任。

（八）提议公举明达大绅，赴京面禀外部，请其极力维持。众以时将入夜，公举需时，候下期再议，随摇铃散会。[①]

与此同时，杨应麟又代表香山勘界维持会向省咨议局提交信函，请求支

---

① 《勘界维持总会初四日议案》，《香山旬报》第四十期，己酉（1909）九月十一日。

援："公启者：澳门勘界一事，节节失败，危机在即，人心惶惶，全粤父老子弟呼号奔走，冀谋挽救之策。窃查咨议局章程廿一条十二项，有收受自治会或人民陈请建议事件之规定。本会于九月初四日会议全体议决，遵照咨议局章程廿一条规定，提出澳门勘界一案于贵局，请为一议当道，以挽危局而靖人心。贵局议员公正明通，素负人望，定能合力筹维，顾全桑梓，或者至疑咨议局应办事件，原以本省之事为止。澳门勘界，事关外交，似非咨议局所能涉及。然廿一条案语有与资政院所定权限，有国家地方之分一语，是国家之行政，资政院议之，其在地方之一部者，选议局亦得言之。论者谓咨议局议事之范围，即以督抚行政之范围为标准，信不诬也。况决议与建议性质不同，决议之事，即交督抚执行，故当在咨议局职任权限以内者建议，不然在督抚职任权限内之事，均得开陈意见，以俟采纳，执行与否，听之督抚，在咨议局不为逾越权限也，前曾将所呈递前督部堂张勘界大臣高意见书，并节略地图，早呈台电，倘以后有查询之件，本会当随时开陈以备考核。"①之后，杨应麟、陈仲达前往香港活动，11月初由港返省，宣布与旅港同人议定秘密办法数条，公决次第举行。②

接着，勘界维持会又向省咨议局送交请愿书，指出："前月初一日，勘测界大臣高与葡国大臣马末次会议，界务已成决绝，据葡使要挟扩张附近前山一带水陆地方，提议以拱北关附近一截为港内水界，以大小横琴及澳门附近等处海岛为港外水界，统归澳门全权节制等语，是粤省门户，尽被强占，摇动全局，何以图存？……应请诸公建议，详请督宪，电致外务部立行废去光绪十三年之约，以保主权而安民命。又现在冬防吃紧，民志汹汹，内讧外忧，时虞暴动，若不加厚水陆边防，添兵派舰，镇守前山内河，万一变生不测，谁任其咎，盖弭患于未萌，较易措手，若惶惶于事后，患甚养痈，并请诸公建议，详请督宪重民命注意冬防，界事幸甚。"③

在广东咨议局第五次会议上，杨应麟和勘界维持会的呼吁得到全体议员的支持，并决定此事重大，关系全国，须联合各省咨议局，协商办法，共同应对。④

由于当时爱国民众团体抗议声势巨大，清政府感受压力，不得不表示

---

① 《香山勘界维持会致咨议局函》，《香山旬报》第四十三期，己酉（1909）十月十一日。
② 《勘界维持总会议案》，《香山旬报》第四十六期，己酉（1909）十一月十一日。
③ 《勘界维持会致咨议局请愿书》，《香山旬报》第四十五期，己酉（1909）十一月初一日。
④ 《咨议局关于界务之议案》，《香山旬报》第四十三期，己酉（1909）十月十一日。

"此事上关国家疆土，下系舆情，自应格外审慎，妥筹兼顾"①，驳拒葡人的无理要求，并提出将谈判地点移至广州，"藉示葡使以粤民固结，不肯弃地之意"。② 马沙铎见讹诈手段难以得逞，在 11 月 14 日第 9 次会议上"拂衣而去"。③ 悍然破坏谈判。

谐画：《划界问题》，《香山旬报》第八十八期

四　组建民团保卫家园

香港谈判失败后，英国跳出来横加干涉，向清政府施加压力。1909 年 12 月 24 日，英国公使朱尔典照会清政府外务部称，葡国提出将澳门界务提交其他国家"调处"（公断），英国认为这个解决办法"颇属有理"，但中国政府予以拒绝，英国认为十分可惜，因为英葡两国有盟约，"凡遇无故侵攻葡境之

① 《外部复高而谦青洲潭仔路环不得割予应妥筹电》，《清宣统朝外交史料》卷八。
② 《外部复袁树勋澳门事如移省会议仍由高使会商电》，《清宣统朝外交史料》卷九。
③ 《澳门勘界大臣高而谦呈外部澳门划界葡使奢求只得停议请旨定夺电》，《清宣统朝外交史料》卷一。

事，英政府即有保护之责"，因此，希望中国政府对"调处"之事，"再行斟酌"。在照会中，还特地附上英葡盟约的全文，很明显要威胁清政府就范。①当日下午 4 时，清外务部大臣那桐约见朱尔典，明确告诉他，中国不能同意马沙铎所提请的将澳门界务提请"海牙公断"，这是因为："中国以此事关系中葡两国尽有机会可以和平之结，不必由海牙公断。"② 但朱尔典仍提出，中国不愿交海牙公断，英国很希望见到中国提出由其他国家公断的办法来。那桐答称，关于这一点，今天不能作答，待仔细研究再定。

12 月 30 日，外务部复照英使朱尔典，再次明确提出，关于海牙公断之事，早已在中葡双方交涉中表明了中国的态度："中葡敦睦已数百年，该处界务系属中葡两国之事，所关系者系属中葡两国之民，非局外所能制定，应始终由我两国和商议结。但能彼此退让，则现虽停议，将来派员接续会商，尽有机会，无庸交公会公断。"③ 这样，英国插手澳门界务的企图遭到了失败。

12 月 31 日，葡萄牙公使柏德罗又来函称，葡国界务大臣马沙铎已来到北京，希望拜晤外部，举行会谈。外务部定于 1910 年 1 月 4 日与其会见。外务部由梁敦彦、联芳和邹嘉来三位大臣与其会谈。马沙铎一开口就大肆攻击中方的政策，他声称，本大臣是为了澳门划界而来，可是高而谦大臣却把谈判视为要求澳门"割地归还中国"。对此，外务部官员也毫不示弱争辩道："中国所争者，并非欲葡国割地还我，只愿取还中国所固有者耳。"④ 中国希望马沙铎回国后告诉本国政府，澳门并非军事要地，葡国何必力争各处炮台营垒，扩张占地，而应当致力于使澳门华人与葡人和平相处。马沙铎却坚称，现在澳门界务中葡双方各执一词，不如由第三国公平评断，得以迅速了结。但外务部坚持不让第三国插手的立场。这次会晤进一步表明，中葡双方对澳门界务的立场有根本性的不同，在当时情况下，是不可能通过谈判加以解决的。

杨应麟面对中葡谈判的严峻局面，心中充满愤慨，1910 年 5 月，他在《香山旬报》中发表了《镜湖感事十咏》组诗，充分表达出他对澳门局势的忧患意识和爱国爱乡的浓烈感情。在愤怒揭露了澳葡的种种暴行和清政府昏庸无能之后，他写道：

① 《外部收英公使朱尔典文》，《澳门专档》（二），第 433 页。
② 《英使朱尔典问答》，《澳门专档》（二），第 434 页。
③ 《外部发英使朱尔典照会》，《澳门专档》（二），第 436 页。
④ 《葡划界大臣马沙铎问答》，《澳门专档》（二），第 440 页。

彝茜苛暴吏潜逋，谁谓三军胜匹夫；苦忆当年沈义士，万人争看好头颅。（道光季年，葡茜肆虐，民不聊生，左署迁避，大吏钳口，时有沈公阿米，刃杀葡茜，赴官自首，从容就戮，都人义之，至今岁时奉祀。）①

杨应麟的《镜湖感事十咏》，堪称反抗澳葡扩界的战斗檄文，表明他要像当年义士沈志亮那样，誓同澳葡进行决死的斗争。

在中葡澳门界务交涉陷入僵局期间，葡人不遵守维持现状的协议，经常挑起事端，纠纷不断。这期间，澳葡强行在横琴岛的马料河勒收地钞；擅自在湾仔内河设置水泡，圈占水界；反对中国政府在小横琴岛缉捕盗匪，扣留匪船，要求将人、船交给澳门；又公然出兵路环岛剿匪，等等。

这一系列事件使清政府认识到，对澳门界务采取延宕办法，并不能维持现状、制止侵略。因此，外务部于 1910 年 6 月 20 日，去电命驻葡国公使刘式训同葡萄牙政府谈判，争取澳门界务获得解决。② 刘式训同葡外交部商定在当年 10 月举行界务会议。可是会谈尚未开始，葡萄牙即于 10 月 4 日爆发了民主革命，推翻了君主专制政权，建立了共和国。消息传到中国，清政府顿时对澳门界务产生了幻想。10 月 15 日，外务部向刘式训发指示："唯未承认（葡国新政权）以前，能否利用时机，向新外部作为私谈探商澳界让步办法。如能满我之意，即先行承认亦无不可。"③ 不过葡萄牙的临时政府外交部对刘式训的试探反应冷淡。

此时澳葡企图用武力实现侵略目标。它一方面借口澳界"各持旧状"，阻挠我国在对面山、大小横琴、氹仔、路环各岛以及关闸至前山地区行使主权，并要求清政府"弹压"人民自发组织起来保卫家乡的爱国行动；④ 另一方面则积极加强军事部署，武力侵犯这些地区。其攻击的重点在路环。路环岛原名九澳，以岛东北角之九澳湾而得名，后又以岛西部的路环村作为岛名。它位于澳门南面 8 公里的海上，是十字门的入口。当时岛上约有居民1900 人，多以打鱼为生。⑤ 1864 年，葡萄牙侵入该岛的荔枝湾，占地数十亩，建造炮台，屯兵一二十人。

---

① 瑞初：《镜湖感事十咏》，《香山旬报》第六十一期，庚戌（1910）五月初一日。
② 《外部发驻法大臣刘式训电》，《澳门专档》（二），第 515 页。
③ 《外部发驻法大臣刘式训电》，《澳门专档》（二），第 570 页。
④ 《外部致袁树勋澳门界事停议请饬维持旧状勿生事端电》，《清宣统朝外交史料》卷一二。
⑤ 缪鸿基、何大章等：《澳门》，中山大学出版社，1988，第 32、54 页。

1910 年 7 月，广东新宁、开平等县发生教案，某些天主教徒的子女被掳困在路环岛上。教民向澳门主教求救，主教怂恿澳葡当局趁机以"剿匪"为名，派兵进攻路环。岛民奋起自卫，三次打退侵略者的进攻，并夺回葡人在岛上建造的炮台。其后，澳葡增调军舰，倾其全力围攻。清军却坐视不救。岛民奋战半个多月，弹药缺乏。8 月 4 日，葡军在岛上登陆，大肆烧杀抢掠，"村民数百家，惨受锋镝而死"。[①] 还有一艘满载难民的渔船被葡舰击沉，38 人无一生还。[②] 这是葡萄牙殖民者欠下中国人民的又一笔血债。

路环血案发生后，"举国士夫骇汗相告，各埠华侨函电询问"，强烈要求废约收回澳门。[③]

六月十八日勘界维持总会会议，针对路环事件的形势，决定选派杨瑞初、陈仲达二位会长，前往会晤提督李准，商请添派兵轮，驻守要隘，一防逃匪冲突，二防葡兵借端骚扰，以保主权而安人心。据李准答复，现已布置严密，诸君可为放心，如将来有紧要消息，可以随时电闻，即当援应。[④]

10 月间，葡国政局变化的消息传到国内，杨应麟认为形势有利，又起草两封函电，分呈清政府军咨处、外部、资政院、摄政王，请求宣布废除中葡条约，收回澳门。电文称："葡易民主，前约应废，澳地亦应收回，乞速施行，免生别故，并即派轮驻保，香山勘界维持会杨应麟等叩。"

又电云："界议停，葡谋亟，旧未还，图新占，倘失败，全粤危，乞提议力争，收占地，保海权，葡变起，早结尤要，香山勘界维持会杨应麟等叩。"[⑤]

1910 年 11 月 17 日，广州、香山、香港等地的勘界维持会分别举行特别会议，决定组织请愿，要求废约收回澳门；同时发动义捐，筹集经费，以加强民团武装，准备"赌一战以收回澳门"。[⑥] 清政府却指令广东各级官员对爱国民众加以"劝抚"。《香山旬报》发表文章《路环村民之惨死原于界

①　念生：《路环村民之惨死原于界务之未定》，《香山旬报》第六十七期，庚戌（1910）十月初一日。

②　《旅港勘界会上袁督书》，《东方杂志》第 7 卷第 8 期。

③　《省城勘界维持会布告》，郑勉刚：《澳门界务录》卷三。

④　《勘界维持总会议案》，《香山旬报》第六十七期，庚戌（1910）七月初一日。

⑤　《勘界维持会致北京电》，《香山旬报》第七十六期，庚戌（1910）十月初一日。

⑥　茶圃：《今后之中葡交涉》，《国风报》第 1 年第 26 号。

务之未定》对此事件猛加抨击，指出："葡人派兵围攻过路环，致村民数百家惨遭锋镝而死。噫，谁死之，葡人死之也。葡人何敢死之，实政府诸公假手于葡人以死之也。"[①]

葡萄牙武力占据路环岛后，气焰更加嚣张。1911 年初，葡萄牙又在澳门附近的海面和内河航道上大搞所谓疏浚工程，企图通过这种手段取得内河外海的控制权。其具体目的有三：①控制前山内河，即从澳门北至亚婆石，西至对面山岛岸边一带，为下一步侵入对面山和前山一带地区作准备；②控制十字门海面，进而入侵大小横琴岛、氹仔岛和路环岛；③占领九星洲海面，即西起马骝洲、东临九洲洋、北至香洲以北、南达路环一带，以控制珠江口，隔断广东西部高廉雷琼四府至广州的航道，扼杀新建的香洲埠。疏浚航道工程始于 1908 年，凡是已经疏浚过的海面，葡萄牙人均设置浮标，表示该段水界为其所占。由于中国人民的反抗，工程经常中断。1911 年 3 月初，澳葡当局又开始其疏浚活动，它派出军舰 2 艘、快艇 10 艘，运载工役100 多名，曾两次闯入前山内河，掘毁白石角和亚婆石两处田基 123 米，强行疏浚。6 月间，葡萄牙又同香港麦端那洋行的英商订立合同，委托英国人疏浚氹仔以北海面。[②] 澳葡就是用这种"由水及陆"的侵略手法，蚕食澳门附近的中国领土。

1911 年 4 月间，勘界维持会会长杨应麟、陈德驹、张振德等人根据路环农民郑彦庄等人的反映获悉，农历三月二十二日，葡人突到路环附近之九澳等处，丈量田土，勒令纳税，当即报告总督要求查处。信函指出，九澳、黑沙等处系属我国领土，难任葡人占越，且光绪十三年条约载明未经定界以前，彼此不得增减改变等语，今葡人连日丈量九澳等处田亩，勒收税项，限日报名，其任意增减改变，显与前约相违，且被占之地当须收回，固有之地讵能稍弃，现当界事未结之际，稍一退让，香山南境，恐非国有。[③]

杨应麟面对澳葡武力扩界的严峻局面，认为只靠请愿抗议已无济于事，必须发动群众组织武装自卫。早在 1909 年中葡谈判开始时期，杨应麟就于8 月 25 日召开勘界维持会议决定，在形势岌岌可危的局面下，"为自卫计，赶置军火，举办联乡团防"。并通过了"联办九十八乡民团章程"，宣布成

①　忿生：《路环村民之惨死原于界务之未定》，《香山旬报》第六十七期，庚戌（1910）七月初一日。

②　《香山勘界维持会呈张督宪禀》，郑勉刚：《澳门界务录》卷四。

③　《葡人又欲侵占我国领土》，《香山循报》第九十六期，辛亥（1911）四月初四日。

立民团，拿起武器，随时准备给侵略者以迎头痛击。① 1911 年农历正月十三日，杨应麟召开勘界维持会议，决定成立义勇队以图自卫，并商定筹款、筹械，以及名额、驻扎地点等问题。②

在杨应麟的指导下，会议草拟了民团章程，大要是：本下恭都，因中葡澳界交涉未清，近日侵掘内地，几成决裂，拟联合都人举办团练，以为先事预防之法，集合团勇二百名，由各乡选送，每乡约十名，至多以三百为额，事有成效，再行推广。其经费由各乡公约量提捐助，若有殷户义损二元至五元为赞助员，十元为名誉员。公举总副参议，执行本社全体事务，总副司令，实行统率全队，调度指挥。拟在前山租借民房，以为团练公社。该团勇分一大队、两哨队，以一大队驻前山，以一哨队驻北岭，以二哨队驻湾仔，冀与巡防相望，以厚兵力。拟尚请廿六营郑管带担任编练，业蒙允许。团勇月饷七元，办事各员不受薪水，哨长队等由总副司令择能选充，星期常会，特别要事开临时会，器械俱用新式快枪由各乡借用，如不足，备价禀官请领。如能获贼一名，奖给若干，缉拿内线及奸细，奖给若干。若御贼受伤，医愈，因而弊命，补恤。③

4 月间，香山勘界维持会上书请愿，提出了解决澳门划界问题的两点建议：①政府速派军队驻扎湾仔与前山要隘，并发枪给民团，作好武力抗击澳葡扩张的准备；②在广州重开划界谈判，广东官员和勘界维持会的代表共同参加。④ 请愿书受到各界人士的热烈支持。7 月，广东咨议局讨论了该请愿书，通过了相应的决议，要求政府认真对待葡萄牙的侵略企图。两广总督张鸣岐不得不表示俯顺舆情，对澳葡采取强硬态度。⑤ 与此同时总督又决定将恭谷两都举办团防营事宜拨归前山厅庄丞，督同局绅办理稽查，使民团纳入政府的操控之下。⑥

6 月间，澳葡委托英国人疏浚氹仔以北海面，用"由水及陆"的侵略手法，蚕食澳门附近的中国领土。杨应麟、容鹏翔等人鉴于形势危急，决定亲自组建本乡民团以图自卫，编练之法，募集两乡土著、体魄强壮、有职业而

---

① 《香山勘界维持会特别会议评论》，《香山旬报》第三十四期，己酉（1909）七月十一日。
② 《勘界维持会集议再志》，《香山循报》第九十期，辛亥（1911）二月廿二日。
③ 《中国民兵之先声》，《香山循报》第九十期，辛亥（1911）二月廿二日。
④ 李直：《论外部竟无一详细澳图》，1911 年 8 月 1 日《铁城报》。
⑤ 《香山勘界维持会上咨议局请愿书》，郑勉刚：《澳门界务录》卷四。
⑥ 《香山循报》第一百零九期，辛亥（1911）闰六月初七日。

无嗜好者入团，先以一百名为额，妥定团章以训练，无事各安生业，遇变齐起严防，名曰南屏、北山两乡自卫团，由他们自己亲自掌控指挥。至于自卫团所需枪械，即由两乡分筹经费，详请督宪，恩准饬局核给单响毛瑟枪一百杆，子弹一万颗，由民团按价购买，以资自卫。① 人民自卫团从政府那里领到部分枪械装备，活跃在前山防线上。

清政府鉴于香山人民强大的反对澳葡扩张澳门界址的斗争形势，态度也强硬起来，并命令广东政府全权处理澳门划界交涉问题。7月，张鸣岐派员到澳门交涉，要求葡萄牙当局立即停止疏浚工程。同时又派二十五镇参谋官黄士龙巡查澳门附近的防务。黄士龙提出一个军事与商业并举以驭掣澳葡的方案：军事方面，加强北山岭和湾仔炮台，使两处互为犄角，加强各关隘的防务；商业方面，鼓励和支持民间建设香洲埠，并在湾仔开辟商场，动员澳门商民移往开业，从经济上制裁澳葡。这样，"葡人不能以兵力自恃，商务又逐渐凋残，款绌兵单，彼焉能自立？"② 张鸣岐采纳了这个方案。8月25日，广东政府向前山增派新军以后，照会澳葡当局，要求立即停止疏浚工程。③

当时派往前山的新军达1000多人，以及军舰4艘。以后继续增派最终驻军达2000多人。当地人民情绪热烈，纷纷筹饷劳军。《香山旬报》发表评论文章，鼓励军民合作，力挫澳葡侵略阴谋。它指出："今新军之出驻前山，巩固国防，即为新军报国报民之日，亦以雪我国向主退让之大耻，其主要目的纯然为对外而来，比之磨刀霍霍、日以残杀同胞为能事者相去天渊矣。呜呼！新军乎，我之最亲爱之新军乎，尔其奋励猛进，毋忘我邑人之欢迎乎。"④《旬报》同时勉励民团抗葡自保的行动："幸也，南乡已筹办民团矣。是举也，为民为劈头对葡第一举动，不特粤人须注目焉，即葡人亦当奔走不遑，动色相戒也。兹举虽小，谓关于南乡之安危可，谓关于一邑之安危亦无不可。为今之计，开始固难，持久亦不易。竭尔心力，固尔团体，卧薪尝胆以为之，事无不济。抑吾闻之，奉耶教之民，有勇敢好战之风。奉佛教之民，有轻视死生之概。吾民侠烈好义，自昔已然。事变之来，小子虽不

① 《北山南屏保卫严》，《香山循报》第一百零二期，辛亥（1911）五月十七日。
② 《广东咨议局呈请督宪阻止葡人浚河及张督答咨议局文》，郑勉刚：《澳门界务录》卷四。
③ 《黄士龙禀陈澳界情形》，郑勉刚：《澳门界务录》卷五。
④ 愤血：《论邑人欢迎新军之心理》，《香山循报》第一一八期，辛亥（1911）三月十三日。

武，亦堪执以相从也。诸君子其勉之哉。"① 这些舆论宣传，大大增长了人民保卫乡土的斗志，大灭了葡萄牙人的侵界气焰。

中国加强前山防务，使澳葡当局十分惊慌，急忙从本国增调军舰和军队来澳，准备负隅顽抗，同时向其他帝国主义国家请求外交支持。一些大国也企图插足其中。香港的《麻剌西报》首先发难，就新军驻防前山一事进行威胁恫吓，声称："中国岂不知如此一举，必令各国之有权利于中国者尽为葡人之助乎？"② 8月30日，各国驻广州领事联合访问两广总督张鸣岐，要求"调停"。张鸣岐表示："新军驻澳门交界，国防所系，属我主权，断难撤退。"③ 在中国方面坚持斗争之下，澳葡当局被迫表示"愿化干戈为玉帛"，疏浚工程终于停止。

19世纪末20世纪初，列强恃强凌弱，瓜分中国，抢夺权益，予取予夺，唯有葡萄牙扩张澳门界址却遭到重大挫折，未能实现其预定的扩张目标。究其原因，一方面是这个衰落的殖民主义国家缺乏强大的实力后盾，但更重要的是因为遭遇到声势巨大的人民反抗运动，而北山乡杨应麟便是这次人民反抗澳葡扩界运动中涌现出来的群众领袖。

杨应麟以其饱满的爱国热情、昂扬的斗志，在家乡和县城、省城、香港等地奔走串联，精心策划成立群众组织，开展多种宣传运动，利用各种条件，展示人民的严正立场。而且他预见此次划界斗争的艰巨性，从一开始就注意组建人民自卫团，号召人民拿起武器，保卫家园。总之在这次严峻的斗争中，杨应麟充分发扬了敢于斗争和善于斗争的大无畏精神，最终取得了划界斗争的胜利。事实证明，杨应麟和他所敬重的沈志亮一样，是真正的爱国者和斗士，他对保卫家乡免遭澳葡兼并的贡献是巨大的。

民国以后，生性淡泊的杨应麟没有进入仕途，而是全身心地投入教育事业，出任广东肇庆中学校长，④ 走教育救国的道路。去任后返回北山乡安度晚年，仍关注家乡的教育建设。1921年间，杨应麟曾为南屏乡容氏甄贤学校撰写碑铭，刻石碑立于该校内。1925年，北山爱国志士杨应麟去世，享年62岁。

---

① 愤血：《勖南乡之筹办民团者》，《香山循报》第九十三期，辛亥（1911）八月十二日。
② 《广东咨议局呈请督宪阻止葡人浚河及张督答咨议局文》，郑勉刚：《澳门界务录》卷四。
③ 《澳界片片录》，郑勉刚：《澳门界务录》卷五。
④ 《香山县志续编》卷九，"选举表"。

附录　杨应麟的诗文选

1. 杨应麟陈述葡人历年侵界情形的禀呈（原稿手迹）

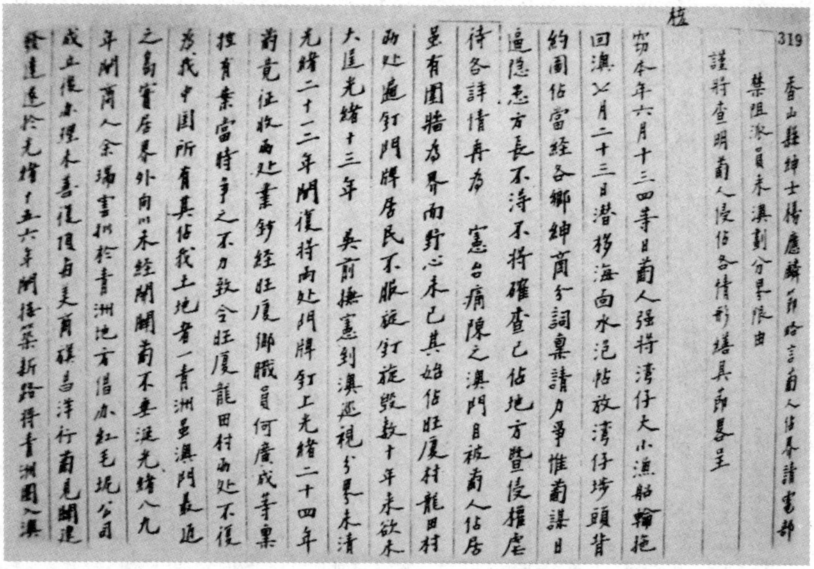

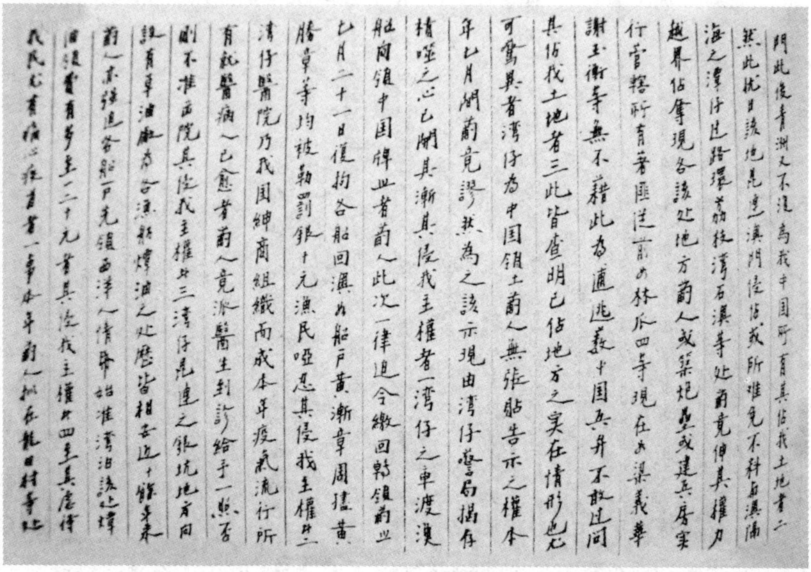

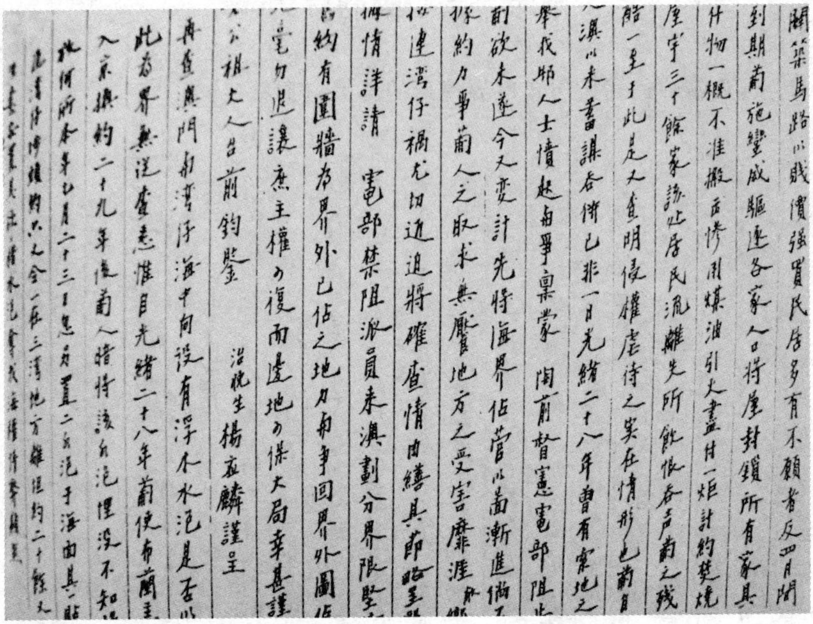

320

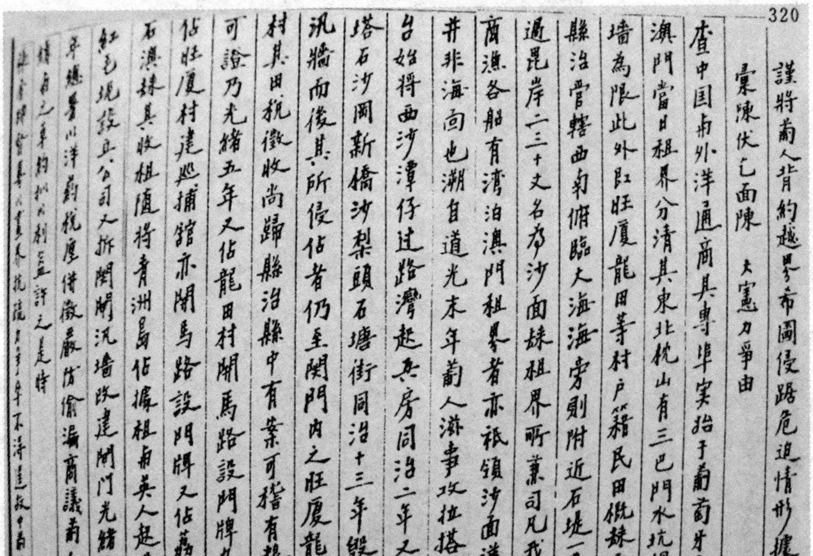

《香山绅士杨应麟节略》（引自《澳门专档》（三），第 457~458 页）

2. 《镜湖感事十咏》组诗

1910 年 5 月，杨应麟在《香山旬报》上发表了《镜湖感事十咏》组诗，充分表达出他对澳门局势的忧患意识和爱国爱乡的浓烈感情：

海疆重镇弃前明，一度胡笳一度警。总是鲸鱼吹浪起，至今江水未曾平。（葡人贪欲无厌，陆界海权频年越占）

博场歌馆充官帑，流寇逋臣作上卿。留得苍生无限劫，钗环纨袴伴霄行。（澳门嫖赌成风，奸宄托庇，民同化外，淫荡卑鄙，为吾族羞）

大三巴外小三巴，雨甸烟村屋万家。聚铁铸成千载错，忍将莺粟换桑麻。（澳地沃壤交错，人民繁盛，与葡通商绝无利益，贩卖洋药一件，种祸尤烈）

日映黄龙上国旗，楼船高挂过瑜矶。蛮风飒飒吹回棹，底事无人问是非。（庚子、丁未两年，有驱逐官舰事，瑜矶，湾仔旧名）

禾黍龙田怅故闉，楚人一炬竟烧秦。白头野老吞哭声，一样中原有弃民。（丁未龙田阖村惨遭焚毁，流离迁徙之苦实不忍闻）

东望洋台鬼火青，雕鞍游子玉亭亭。此中别有伤心事，曾听蛮儿唱后庭。（葡人野心秽行，辱及童乌，种种恶迹言之发指）

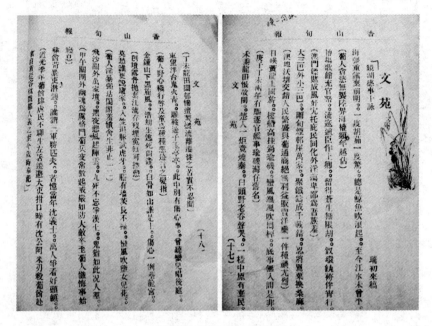

《香山旬报》第六十一期

金钟山下黑旋风，浩劫生逃死尚逢。白骨如山谁是主，伤心一例葬龙宫。（刨坟露骨，抛弃江流，存没埋冤，无可控愬）

莫愁谁更说庐家，八笠追豚试虎牙。剩有墙茨长不扫，蛮风吹堕女儿花。（葡人淫暴，强玷闺阁，羞坟舍生，非止一二）

飞沙关外万家坟，黑夜悲风起阵云。九死不忘争汉土，鬼犹如此况人群。（甲午关闸外幽魂为厉，格斗葡兵，夜常数起，戒严如防大敌，辛至葡人忏悔，事始寝息）

彝酋苛暴吏潜逋，谁谓三军胜匹夫。苦忆当年沈义士，万人争看好头颅。（道光季年，葡酋肆虐，民不聊生，左署迁避，大吏钳口，时有沈公阿米，刃杀葡酋，赴官自首，从容就戮，都人义之，至今岁时奉祀）[1]

3. 撰写甄贤学校石碑碑文

碑文全文如下：

---

[1] 瑞初：《镜湖感事十咏》，《香山旬报》第六十一期，庚戌（1910）五月初一日。

粤以辟雍钟鼓树木铎之先声，秘府图书，纳儒家之正轨。贤为邦本，政以人存。庠序之兴，三代所繇盛也。迨唐宋而逮，里选渐废，科试斯兴。前清末叶，学趋浮靡，士竞夤缘。壬寅秋，遂改帖括旧规复胶庠。古制科分六艺，酌古即以准今。诏下九重鼎新先期革故。一人奋四海从风，不数年而学校遍寰宇矣。南屏容氏，望族也。世产隽英，门旌奇行，是皆培之有本，诲之有方，支粟十年寒饫，文章之富，一树百获阆千，堆苜蓿之钱。社曰甄贤，建始于同治，十有二年矣。是太乙吹藜，就刘向传经之阁。张禹坐帐，阚彭宣听乐之堂。民国初元壬子，甫营校舍，特庋琴书，集狐腋以成裘，裁凤毛而制锦。三年鞋破，万贯腰

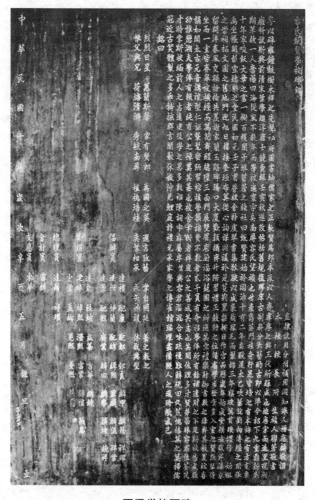

甄贤学校石碑

缠。傍始祖之崇祠，拓文园之旧地。门迎旭日，楼接奎垣，布算从心，询谋同议。于是芟荆置臬揆曰作宫，两历岁年，始成堂构，遍栽芹藻永留。泮春风交映，榆共美谢家兰玉路碑腾口大厦欢颜，摄齐升阶习礼，正鼓钟之位，循学步登堂，多入室之贤，点瑟侍坐而一室皆春；皋皮横经，而万花齐醒窗环。三面门展双眉庖厨，浴苑圉之所，适其宜礼乐射御书数之条齐，其教夏弦春诵，如闻太古元音。讲让型仁，讵袭氂蛮陋习。综核营筑诸费，不敷者贰千员有奇。移学俸所有余，补遗财之不足。斯校告成，厥功谁懋。溯夫学俸有赖者，纯甫公之豫奠其基也。校舍聿口者，梓庭公之善成其志也。其间佐理多才贤劳曷昧，容君位荃茂才，时掌斯校，缅前人之志远，逮后学之恩多，敫祗陈词，申麻属序。仆与容君淄渑合味，疏慢难辞，砚田久荒，愧榛芜之，莫扫儒冠近古，笑体制之多乖，掎摭群言阐扬，休仁见鲤庭诗礼，允承家学之传雀馆，瑶环尽备，挠人之选猗欤。盛已。

铭曰：烈烈日星　蕙兰斯馨　家有贤郎　为国之英　选言考艺　掌自明廷　养之教之　惟父与兄　荷塘清溠　秀毓南屏　植槐培桂　奕叶相承　永矢弗谖　休哉典型

中华民国十年岁次辛酉五月谷旦立　天平允仝刊石

第四章
香洲商埠的创建

一　民心向往改革　自开商埠成风

辛亥革命时期，香山人民在英勇地进行反帝反封建斗争的同时，也憧憬着发展本地民族工商业，建设文明新城市。20 世纪初，香洲商埠的创建，便是一次非常勇敢的试验。

商埠位于香山县下恭都属山场、吉大两乡交界处，该处原有一段民荒，土名沙滩环，地甚宽广，横直 800 多亩，面临大海，背枕群山，距澳门陆路约 13 华里，同香港和广州的交通也很方便，以当时的水程计，由香港乘轮船约两个半小时、由广州乘轮船约五个小时，便可以抵达该地。① 1909 年，香山人民在这里创办了一个商埠，这是一座民办官助的新兴商业城市，以其在香山境内，又靠近九洲洋，故取名香洲埠。开辟香洲埠是香山人敢为天下先的重大事件之一，迅即引起广泛的注意。然而，时隔 3 年，商埠尚未完成建设之际，却又戛然而止。从此香洲埠虚有其名，它仍是一个荒僻的滨海渔港。

为什么香洲埠开始时轰轰烈烈，后来却冷落如斯？有人说，这是肇因于 1910 年发生的一场火灾，使商埠毁于一旦，以后再没有商人投资该埠；也有人说，由于九龙税务司夏利士极力反对，后来又在马骝洲设卡征税，致使商埠免税优惠实际上并未实行。但这两种说法都不确切，没有揭示出香洲埠衰落的真实原因。总之，香洲埠的兴起及其瞬间夭折，仍是一个值得探索的课题。笔者有见于此，近年先后查阅了清朝政府档案、地方志史料、香洲埠公所刊印的资料，以及同盟会会员郑彼岸创办的《香山旬报》所刊载的许

① 《香山旬报》第十三期，己酉（1909）元月十一日。关于这片土地面积，一说 700 亩。

多翔实的史料。现根据这些史料，对百年前这一石破天惊的地方事件做初步的探讨。

香山人当时为什么开设商埠呢？

第一，香洲开埠是当时国内改革政策的产物。经过中日甲午战争和八国联军的打击，清朝政府日暮途穷，顽固派被迫改弦易辙，推出新政，采取优惠政策激励商民振兴民族经济，落实了一些调整官制、整顿吏治、奖励实业等改革的措施，在中央把总理各国事务衙门改为外务部，成立工商部，地方各省设劝业道和商务局，大力鼓励华侨实业界回国投资建设。在清政府优惠政策的感召下，一些有远见卓识的商人开始积极筹建商埠，在全国范围内出现了一批新商埠，称为自开商埠，以表示与此前的约开商埠区别。约开商埠是欧美列强逼迫中国政府签订条约开辟的通商口岸，它是列强侵略战争或外交讹诈手段的产物。从1848年五口通商以来，到19世纪末，中国在东西方列强的武力胁迫下，先后在沿海开放的约开口岸就有22个，其中上海、广州、青岛、大连、福州、厦门等均是较有代表性的约开商埠。晚清自开商埠共12个，其地域分布特点有三种，一是沿海口岸，有6个，它们是三都澳、秦皇岛、鼓浪屿、香洲、公益埠、海州；二是沿江口岸，有1个，即岳州；三是陆路口岸，有5个，它们是济南、潍县、周村、南宁、昆明。香洲埠就是这些自开新商埠之一。由于中国沿海的重要口岸均已成为约开商埠，自开商埠的选择范围较小，故分布在沿海的自开商埠均为小城镇。秦皇岛在19世纪末只是一个小渔村，在开埠前的发展规模是非常小的。同样，三都澳在第一次世界大战前，中国文献记载有人口8000人，说明其发展规模不大。其他如鼓浪屿在开埠前也仅有2000人，而香洲埠、海州埠、公益埠则更不必论。尽管如此，但这些沿海城市大多交通运输便利，面向国外，背靠国内广大腹地，是中外连接部，资金容易筹集；更重要的是沿海便于引进外国先进技术和管理方法，还有比内陆更加开化的气氛，使清廷不得不把开放重点放在沿海。香洲埠在开埠前虽然只是极其荒凉的渔村，但它面向大海，水陆交通均很方便，更兼地接澳门，开放意识浓烈，具备了开辟商埠的天然有利条件。

第二，香洲开埠的一个重要原因是抵制澳葡，以争利权。19世纪下半叶，葡萄牙在英国支持下，悍然使用武力霸占澳门，实行殖民统治，并不断扩占周边各乡村土地。香山人民义愤填膺，奋起抗争，要求划定澳门界限，制止扩张。在此期间，香山人民采取了许多手段遏制澳葡，开辟香

洲商埠就是其中之一。据广东劝业道委员陈庆桂的说法，开辟香洲埠是
"为釜底抽薪之计，使彼狡谋莫逞"，他在奏章中说："广东澳门划界一
事，迭经磋议，至今数月，相持未决，臣屡接乡人函电，均以葡人不遵原
约，恐酿事端为言。则此中为难情形，谅亦穷于应付，臣愚以为外人既不
肯退让，我若急求了事，则所丧必多；然虚与委蛇，究难定议，须另筹办
法，为釜底抽薪之计，使彼狡谋莫逞，自然就我范围。盖葡人之欲推广澳
界者，有利可图也，臣查澳门港地非冲要，每岁所入，全恃妓捐赌饷，以
为大宗，均系吸内地游民之脂膏，我若相戒勿往，彼自无法取盈，为今之
计，莫妙于附近自辟港埠，以为抵制之方。近闻香山商民，新得一港，开
作商埠，取名香洲，今年开埠之日，经督臣张人骏亲临察看，批准商人集
股开公司。"①

可见，同盘踞澳门的葡萄牙人斗争的政治因素，是促成创办商埠的重要
推动力。

第三，香洲开埠是为了振兴地方实业，发展民族经济。1908 年，香山
县贡生王诜（王灼三）、伍于政、戴国安、冯宪章等人联名申请开埠的目的
十分明确，就是决心振兴商务。他们表示："窃土广不治，则启敌人之野
心；民贫无业，则萃盗贼之渊薮。恭读本年十月十五日宪台示谕，劝以振兴
商务，虚己下人，谆谆告诫。宜如何图报，惟查外洋商垦之法，任商人择定
地段，报明官署，定限升科。在商人于领垦界内，有保护利益之实力，法简
令严，大信恪守。职等念此至重，思本其法以行于内地。"② 于是，他们选
定澳门附近名为沙滩环的地方，"拟将该地开作商埠。先筑长堤，后建铺
户，冀创设一大商场，振兴实业"。③

第四，香洲开埠也是为了妥善安置归国华侨。广东历年出国华侨数以百
万计，华侨多因经济破产，无法维持生计，被迫漂洋过海到国外谋生，其间
备受凌辱，历经艰辛，到了晚年十分思念祖国，祈求落叶归根。但由于种种
原因，华侨回国置业安居存在许多困难。当时前山同知庄允懿的报告说：
"同知等伏查近年以来，寄居外洋之华侨，欲回内地，每苦于无可置产，又
迫于外人之欺凌，不甘忍受，偶有挟资而归者，土人或反鱼肉之，故惟有托

① 《陈庆桂奏筹办香洲埠原折》，《香山旬报》第四十八期，己酉（1909）十二月初一日。
② 《香山旬报》第十六期，己酉（1909）二月十一日。
③ 《香山旬报》第十三期，己酉（1909）元月十一日。

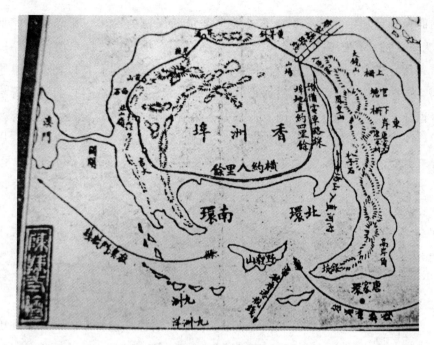

香洲埠地理位置图

足于香港澳门，几同传舍。今得另辟新埠，实力保护，广为招徕，务为宽恤，价不居奇，不难从如归市，转瞬成都成邑，操券可期。"① 从庄允懿的话中可以看出，当时华侨安居问题十分突出，引起政府的极大关注。因此，清政府不失时机地把这次开辟商埠同解决安置华侨问题挂钩。

二　商人创建商埠　拟定开埠章程

开辟商埠是开明士绅提出来的，建设资金自然也由他们设法筹集。1908年12月，王诜（王灼三）、伍于政、戴国安、冯宪章等人联名提出开埠计划，向广东省劝业道申请："在香山县属山场、吉大两乡交界处，有民荒一段，土名沙滩环，纵横约七百亩，地高沙绕。屡遇飓风，未尝为灾。兼以渔船不时出入，可以振兴渔利。背后山石高耸，可以凿石填堤。加以讲求种植，诚可为兴商殖民之一助。即因择定地段、划界、签约、绘图、议章，呈请察核批示祗遵。俟办有成效，再行禀请转详督宪，暨商部注册存案。"并附上粘

---

① 《香山旬报》第十六期，己酉（1909）二月十一日。

章程一扣，绘图一纸，抄白，两乡合约同呈名单各一纸，提交劝业道。"①

牵头开办香洲商埠的王诜、伍于政、戴国安、冯宪章等人，均是地方有点名气的绅士，每人都挂着候补知府、贡生、道员的头衔，属于紧跟潮流的开明绅士一类。

王诜，字灼三，香山石岐北区黄沙港人，他在《开辟香洲埠图记》一文中阐述了建商埠的雄心壮志。表示要"本其山川，相其形势，筑长堤，建楼宇，设巡警，期自治"。他祈望商埠带来莫大的利益："一张航业以维海利也；一兴渔业以裕鱼盐也；一开石矿以筑堤建造也；一化砂质以振兴工艺也；一讲农学以改良种植也；一开道路以备铁路车站也。之数者不假外求操券而获，更加以人事之布置，则今日之草莱沙漠，即他年之锦绣山河也。"②

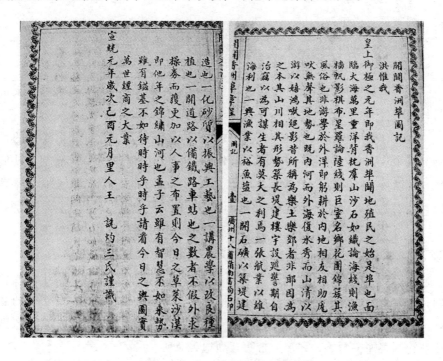

王诜（王灼三）：《开辟香洲埠图记》

归国华侨伍于政，字周屏，新宁（今台山）人，青年时代乘巨舰踏洪波游欧美，所到之处，但见崇楼峻宇，广道通衢，人影衣香，络绎相随。有

①　《香山旬报》第十六期，己酉（1909）二月十一日。
②　王诜、伍于政：《开辟香洲埠章程》，广州十八甫岭南书局石印，1909，第 1 页。

人告诉他，数百年前这里还是荒凉绝塞，历经艰苦开发，才有今日的繁荣世界。于是他慨然想到自己应该返回祖国干一番事业。后来在故乡新宁，风霜两易建成公益埠，然后又到香山，投身创办香洲埠。他把拳拳报国之心投入创业实干上面。同时他呼吁舆论界和商界人士要有自主奋斗的精神："此而不谋自立，纵极唇焦舌敝，羽电交驰，恐终非善后之计也。语云：求在人者难，求在己者易。今日商埠之立，正卧薪尝胆以求在己之时也。盍共起而图之。仆虽不才，愿为之执鞭焉。"①

王诜、伍于政组建香洲埠公所，着手进行商埠的筹建工作。公所的人员配置为：

总理员：王诜

副理员：伍于政

协理员：戴国安　冯宪章

顾问员：陈景伊　印程学

以上人员主理公所日常工作。其余尚有工程技术人员、会计和接待人员另行延聘。

此外，公所聘请了31位名誉赞成员。他们分别是吉大乡和山场乡的乡绅。其中吉大乡乡绅为：曾广浏、叶廷华、叶集宏、叶舜琴、曾锡周、叶显镶、曾彦传、叶显劢、曾翰生、叶孔岩、曾恪韶、曾恪宽、曾玉池、叶秀康、叶宏芳、叶名山、刘生榆、宋渭川，共18人。

山场乡乡绅为：吴国贤、鲍锟、黄福泰、吴寿鹏、鲍祥光、黄渐荣、鲍焕章、鲍炽、鲍桂芬、吴景尧、吴其光、黄嘉祥、吴逊庭，共13人。

这些乡绅都赞成开辟香洲埠，其中大多数人参加了出租沙滩环荒地合约，公所把他们列为名誉赞成员，其用意无非是通过这些在当地有影响的乡绅，笼络乡民，减少干扰破坏，以利商埠建设。但后来由于两乡与公所意见相左，利害冲突严重，许多人带头猛烈炮轰公所。

据当时估计，香洲商埠开埠经费约需银180万元。先由王诜、伍于政、戴国安、冯宪章等人自筹开办经费十万元；另向外埠筹集，初步已得到48万元。其他资金拟在动工以后，陆续筹集。②

---

① 伍于政：《开辟香洲埠序》，王诜、伍于政：《开辟香洲埠章程》，广州十八甫岭南书局石印，1909。
② 《香山旬报》第十六期，己酉（1909）二月十一日。

　　王诜等人通过广东劝业道陈望曾向总督报告了香洲开埠的详细计划，其中包括择地租用、设股集资、认地营业、权利规则，以及设立巡警公所等诸方面，设计得十分细密周详。关于商埠的名称，创办人认为，该沙滩环系在香山县属之九洲洋，拟定名香洲商埠。建埠的宗旨是垦荒殖民、振兴商务和实行公益。商埠准备先于海旁筑成堤岸，然后划分横街道，建铺建屋。先订大中小铺地共一千间，使成一定规模。同时立商务公所一间，以便办事。此外，还要逐步建造学堂、善院、公家花园、休息场、戏场，以及各种公共设施。还要与各乡酌量修整建设附近各乡道路，以便东洋车来往。但在第九条规则一项中，商埠创办人虽然明确规定洋烟赌具，一律严禁，可是对酒楼娼院，则任人择地设立，公开承认娼院营业合法化。《香山旬报》报道了章程的概要：

　　一、宗旨。该环以垦荒殖民，振兴商务，实行公益为旨。

　　二、命名。该环沙石成林，一片平原。建设工艺种植场所，均为合宜。至渔业更为天然利益，故命名为广东实业商埠。查现据该厅县等勘复，以实业商埠命名，未尽包括。折请酌改饬遵。查该环系在香山县属之九洲洋，拟请改名香洲商埠，似较妥切，应候宪台核示遵照。

　　三、择地。该埠择地香山县属山场、吉大两乡交界民荒一段，土名沙滩环。南至崩山角，北至河窖山边，东至野狸山，西至荒地山脚为界约共七百亩。（崩山角今南村隧道口附近，河窖山边今华子石凤凰桥，野狸山今名同，荒地山脚今红山村附近。）由创办人与两乡永远租出，筑堤建户。两乡只收地租，俟十六年报请升科。查现饬据前山厅庄丞，会同香山县凌令，查明折复。该处为山场、吉大两乡蚝塘，据两乡呈验渔照，山场约三分之二，吉大约三分之一，其荒地亦然，与蚝塘相连。惟该两乡虽各有渔照，但只能用于海面，不能用之于陆地，指为官荒亦无不可。惟据该乡等自嘉道年间，相承至今，视为世业。今忽欲令议更张，民情必多惶惑。况现值振兴商埠之始，似宜稍示优异，以资观感。拟请俟办定后，再由两乡所收地租内，每年提出一成，作为地税，毋庸升科等情。所议尚属妥协，应饬于章程内，将十六年报请升科一语核删。改为俟办定后，再由两乡所收地租内每年提出一成，作为地税，毋庸升科。

　　四、财政。该埠系创办人自备资本先行筹办，然后认定酬价，以为筑堤、修路、水渠、水埠及各项公务之用。不招散股，不动公款，不入

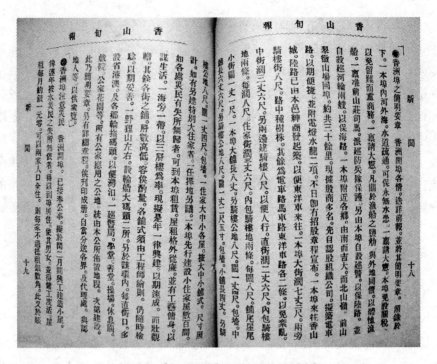

《香山旬报》刊载《香洲埠之简明要章》

洋股。

五、开地。该埠先于海旁筑成堤岸，然后划分横街道，建铺建屋。先订大中小铺地共一千间，大铺长八丈，阔一丈四尺，小铺另议。查现章即称先订大中小铺地共一千间，而建铺之长阔丈尺并未议及中铺，其合约内所议每铺纳收地租，亦只议及大小铺两项，中铺亦未议及。拟饬将中铺一节核删，改为大小铺地共一千间，以免参错。

六、建造。该埠先立商务公所一间，以便办事。其余学堂、善院、公家花园、休息场、戏场及公家所宜办者，逐渐设立。至附近各乡道路，亦与各乡酌量修整，以便东洋车来往。查巡警为保护商场要政，该绅等现拟开辟商埠，则巡警亦宜筹及。应于该环内酌留三四十亩，以便将来建设巡警及各公所之用。拟饬于公家所宜办者逐渐设立一语之下，加入并于该环内酌留三四十亩，以便将来建设巡警及各公所。

七、认地。凡到本埠认地者，须注明省、府、州、县、姓名、职业，由收银处给地票为凭。所认之地，不得转售洋人。即售与华人，亦须到公所报明，方能作准。至地价若干，到时公同议定。查现饬前山厅庄丞会同香山县凌令，查明折复开埠经费，约略核计，须银一百七八十万元。现据该职商折称，由王诜、伍子政、戴国安、冯宪章等四人，自备开办经费十万元，另由外埠承认已有名有数者四十八万元，其余俟发布后再行招认等语。同知察度情形，该埠系认地售价，譬如某户须地若干，自行标插，即缴价若干。所有开河筑堤，修造街道，建筑马头、沟渠等费，即取给于此，无须另行招股。故有不招散股，不招外股之说。闻新宁公益埠，即系如此办理。必须通盘筹定，实须经费若干，方能定地价多寡之数。其开办人之利益，亦即在此。应即责成王诜四人，认真经理。总期款不虚糜，功归实用。其地段酌中定价，禀官核定，不得抑勒居奇，以广招徕，而昭公允等情。所议尚属实情。应饬于至地价若干一语之下，改为酌中定议，禀官核定字样，以昭核实。

八、营业。先立石厂一间，以便筑堤建造。并购置轮船来往省港，以便运载。多立鱼栏山货两行，以招徕渔船。

九、规则。洋烟赌具，一律严禁。至酒楼娼院，任人择地设立。

十、权利。该埠乃系创办人自备资本，先行筹办，又蒙列宪保护而成。自确有成效，核算通盘，提出一成，以为花红，作报效国家及创办人之纪念。

十一、权限。该埠之立，本欲广辟商场，以维商务；广辟住场，以期卫生；所办各事，无非从公益上起见。惟工程甚大，数目甚巨，所有认铺银两，由收银处收齐汇付银行，随时起用。至筑堤修路、建造公所各项，由总协理公同议定，支应员照价支给，司数员照数注部。日间食用各数，由管理财政员交支应员管理，每月一结；另由查数员对核清楚，方免浮费。年终刊印征信录，交众公览，以昭大信。总之公所所推各员，须分清界限，方不至牵制推诿。总协理专管垦荒应行事务，以策划妥善，布置妥当为主义，不必干涉银两，以避嫌疑。协理、直理专管银两数目，以诚信核实为主义，不必干涉别项，以专责成。其余各员，各管各事，务尽厥职。或各员确有见闻高论，亦得面商总协理采择施行。此又和衷共济，相与有成者也。以上各章程，如有未备处，仍须随时改良，呈请核察，以遵完善。[①]

———————

① 《香山旬报》第十六期，己酉（1909）二月十一日。

上述开埠章程着重阐明开发商务方面。但实际上，当时香洲埠总理员王诜和副理员伍于政联名上报清政府的《开辟香洲商埠章程》共有40章，这个章程较诸《旬报》刊载的文字超出好多倍，且内容全面而详细。其章目为：

1. 宗旨	2. 命名	3. 择地	4. 资本	5. 公费
6. 填地	7. 浚河	8. 长堤	9. 街式	10. 店户式
11. 市场	12. 认地	13. 工程	14. 经理	15. 关税
16. 盐务	17. 建造	18. 保护	19. 保险	20. 养生
21. 义冢	22. 规则	23. 工人规则	24. 铺主铺客规则	25. 营业
26. 学堂	27. 邮政	28. 阅书报所	29. 博物院	30. 公家花园
31. 饷码	32. 井厕	33. 洁净	34. 公款	35. 进支
36. 查数	37. 议事	38. 权利	39. 停工日	40. 总结

综观以上40章，王诜、伍于政勾画了一个完整的建造现代港口城市的蓝图，不仅有发展工商业所需要通畅的海陆交通，还有为常住人口提供的学校、邮电、公厕、书报阅览室、博物院、公园、保险和公共坟场等各种社会服务；还规定星期日和其他重大节日放假休息；尤其是提出商埠实行民主管理制度。据第37章"议事"规定："以公所为议所，每月首开议一次，如有要事特别开议。以正副理为主席，在所办事员为议员，每街每行公举代表员到所会议。每议一事，必得议员人数过半方得开议，否则改期。议妥各事，必须议员多数认可，乃由主席签押，舆议各员亦须签押，以昭公允，然后宣布施行。"在清王朝封建专制体制下，居然敢于提出商埠管理民主化，充分表现了王诜、伍于政等创办人的民主革命思想和革新勇气。他们也深知自己在章程的某些观点和措词上已经超越了封建统治者的界限，因此有点惴惴不安，故在第40章"总结"中写道："以上所拟章程，无非为地方上共谋公益，养成自治之基础起见。当此幼稚时代，立言或有过激之罪，伏祈亮宥。"①

三　官府支持创业　批准开埠报告

清朝政府对创办商埠十分重视。接到申办报告后，1909年2月，前山

---

① 参见王诜、伍于政《开辟香洲埠章程》，宣统元年元月（1909年2月），广州十八甫岭南书局石印。

同知庄允懿立即会同香山知县凌以坛，对商埠地址进行实地考察。勘察结果十分满意，对开埠表示大力支持。关于这一点，当时报刊均有详细报道："于去腊二十二日，由创办人随同前山庄分府亲到勘地，极为赞成。称说吉大确系天然商港，在广东当推为第一。并劝勉创办人实行组织以达其目的，地方官无不力任保护云。"①

香洲商埠挂号收条

另外报刊还报道说："前山庄分府勘得该地地势宽广，土质坚韧，自南至北约八九里，自西至东约四五里。一片平原，与民居坟墓，毫无干碍；外滨大洋，以野狸山为屏障；香澳大轮，可以来往；内有港河，可以停泊渔船商艇，洵为天然绝妙商场。且以近年华侨之寄居外洋者，欲回内地，每苦于无可置产；又迫于外人之欺凌，不甘忍受。偶有挟赀而归者，土人反或鱼肉之。故惟有寄居外地，几同传舍。今得另辟商埠，实力保护，广为招徕，不难从如归市，转瞬成都成邑，操券可期。至职商伍于政，系新宁公益埠发起人，办理已有成效，绅耆亦均信服。所拟章程，大致均能妥协。所有工程师测量筑建等事，均雇用华人，尤不致有利权外溢之虞。现已具详督院察核办理云。"②

1909年底，两广总督和分管部门劝业道对开办商埠做出许多具体指示，支持商埠的建设。其中最重要的有两点，一是暂行停免商埠货税以减轻商人负担，吸引更多商人前来投资，以繁荣市场，"俟商务既盛，再行设关榷税"；二是用民办官助的方法解决商埠的资金问题，向民间筹款集资，利息由政府

---

① 《香山旬报》第十三期，己酉（1909）元月十一日。
② 《香山旬报》第十五期，己酉（1909）二月初一日。

偿付。他认为，"假如筹款百万，约以七厘行息，在官中不过岁筹备七万金，民间有厘之息，必争于出资，计日可以成事，是国家有限之资，他日收无穷之益"。① 商埠得到省府总督的支持后，又立即被转报中央政府。很快便"奉殊批该部知道，钦此"。这便是得到了批准。批准的日期是宣统元年四月二十二日。②

四　租沙滩环荒地　奠定创业根基

王诜等人在申报香洲开埠的同时，也开始同吉大、山场两乡交涉办理租地手续。双方经过多次反复谈判，于 1908 年 12 月达成"永远租出荒地合约"十条。规定：吉大、山场两乡绅耆等，缘两乡有民荒地段，土名沙滩环，由两乡绅耆永远租出实业公所，开筑商埠，筑堤建铺，每年按计铺户多寡，纳回两乡地租，其租银统由实业公所缴纳。自建造之后，无论该地价值若干，两乡只收地租，不能别生枝节。其地界以南至崩山角、北至河窖山边、东至野狸山、西至荒地山脚为界。任由实业公所禀明上宪筑堤建造，永作商埠。实业公所在沙滩环建造房屋，大铺每间年租 5 毫，小铺一半折计；又按年缴纳吉大蚝塘租银 280 两，山场蚝塘租银 500 两。两乡不干涉实业公所的建埠业务，但规定"自立约日起，如过三个月尚未开办，此约作为废纸"。以下是"永远租出荒地合约"的全文：

> 吉大、山场两乡绅耆等，缘两乡有民荒地段，土名沙滩环，由两乡绅耆，永远租出实业公所，开筑商埠，筑堤建铺，每年按计铺户多寡，纳回两乡地租，其租银统由实业公所缴纳。自建造之后，无论该地价值若干，两乡只收地租，不能别生枝节。所有建造各项，统由实业公所主持。特订租地章程九条，倘若未合宜之处，仍须彼此磋商，签立合约，各执一纸为据。（谨开章程如左）
>
> 一、山场吉大两乡将沙滩环民荒一段租出，其地界以南至崩山角，北至河窖山边，东至野狸山，西至荒地山脚为界。任由实业公所禀明上

① 《香山旬报》第四十八期，己酉（1909）十二月初一日。
② 《奏开香洲商埠已奉殊批》，《香山旬报》第二十八期，己酉（1909）五月十一日。

宪筑堤建造，永作商埠。

二、实业公所在该环建造，不论铺户屋宇，大铺每间深八丈，阔一丈四尺。每间每年纳回地租银五毛，小铺一半折计。概由公所按计多少，以该铺即已开张者为实，汇齐地租，交到两乡。其铺位在山场者，由山场收；在吉大者，由吉大收。待十六年升科后，每间加缴租银二毫正。查升科后加缴地租，原为升租纳税起见，现据该厅县核议章程，拟改俟办定后，由两乡所收地租内，每年提出一成，作为地税，毋庸升科。所议加缴地租一节，应饬该职员王诜等，与山场、吉大两乡绅耆商明核删，以免参差。

三、界内山石，任从实业公所开取。惟须指定某山，以免损碍山坟。

四、荒地内如有已葬山坟者，一律迁出。每副骸骨，由实业公所补回葬费，约照铁路例以银二元为率。

五、沿途勇厂，及修整各乡道路，须与各乡商酌，相助为理。

六、吉大荒地内，现有民居数间，由吉大乡绅劝谕迁出，屋料银由实业公所补回。

七、吉大蚝塘每年租银二百八十两，山场塘每年租银五百两，统由实业公所按年缴纳。该塘底值银若干，由公所相酌补回租客。查现据前山厅庄丞，会同香山县凌令查覆，该蚝塘虽据公司照旧给租，惟蚝塘每年租息甚多，与租银无涉。当议将近五年出息合计若干，仍分为五分，即以其一作为常年出息，由公司支给，似尚两不相亏。然公司仅一时之事，商埠为永远之基，将来年代久远，此款由何人担承，日久恐致无着。且递年由公司支付巨款，亦恐力有未逮。应饬由两乡及公司，邀集公正人秉公估计，该塘底值银若干，禀官核定，由公司酌量补给，或拨给地段若干，俾得收回租息，以资弥补等情。所议尚属尤协，应饬该商等遵照办理。

八、荒地界内，两乡不得私立屋宇铺户，以免干涉公所事权。

九、实交出租地合约一纸，与实业公所创办人王诜、伍于政、戴国安、冯宪章收执为据。

十、自立约日起，如过三个月尚未开办，此约作为废纸。

光绪三十四年戊甲十一月吉日立租地合约。（吉大乡绅耆）曾广浏、曾锡周、叶侣珊、曾子亮、叶廷华、曾恪韶、叶舜琴、叶孔严、曾彦传、曾恪宽、叶显劲、曾玉池、叶秀康、宋渭川、刘生榆、叶宏芳。

（山场乡绅者）吴国贤、鲍铙初、鲍昆、黄瑞林、吴寿鹏、黄华岳、吴云初、吴星阶、鲍光祥、黄梅章。①

五　社会反应热烈　商民投资踊跃

王诜等人创办香洲埠的消息传出，石破天惊，反应强烈。媒体舆论基本上是一片叫好声，认为创办商埠意义十分重大，影响至为深远。当时有人著文赞扬它"外滨大洋，内接腹地，平原一片，土质坚凝。陆地则接近澳门，水路则直达省港。而且港湾辽阔，可以停泊渔船，河道流通，可以聚集商艇。询天然之形势，绝妙之商场也"。同时又指出香山是个侨乡，开商埠以安置华侨，使之免遭土豪族恶的欺凌，造福桑梓，功德无量。此外，商埠之开辟，还可以动员旅居澳门的商民回归故乡，挽回本邑利权，振兴民族工商业，等等。②

香洲埠的建设牵动人心，动工期间，商务公所搭台演戏，吸引大量游客参观。特别是附近各邑人民，无论男女老幼，络绎不绝，蜂拥而来。其中也有来自美国旧金山和新加坡的人士。1910 年 9 月香山报章披露当时盛况说："香洲迩来中西游客甚盛，日前前任金山正埠许领事偕新任星架波苏领事游观后，翌日又有黎君季裴偕卢黄诸君来游，时埠商演优天影班，五日五夜，四乡来观者，红男绿女，人海人山。初二日虽戏已演毕，游客仍络绎不绝，登山临水，遍览埠场，先到公所索取埠图数张，旋到马路尝饮井水，甚赞美此埠水源之清洁，观于西人每到之地，如此考验，其注重于商务殖民，于此可见一斑。"③

香洲埠的经费问题是不可忽视的大事。人们普遍认为：开辟商埠，诚为振兴商务而挽利权。唯事体重大，所需经费，约需 180 万元。但根据王诜等人所呈章程，仅筹备开办费 10 万元，差距甚大，使人不免产生杯水车薪之感。因此，如何采取多种方式加快筹款，是当时人们十分关注的问题。清政府农工商部也进行调查研究，寻求解决建设商埠的经费问题的办法。④ 自治

---

① 《立永远租出荒地合约》，《香山旬报》第十七期，己酉（1909）二月廿一日。
② 尧孙：《香山旬报》第十八期，己酉（1909）闰二月初一日。
③ 《香洲埠游客纪盛》，《香山旬报》第七十一期，庚戌（1910）八月十一日。
④ 《农工商部电查香洲开埠筹款情形》，《香山旬报》第三十二期，己酉（1909）六月廿一日。

会也举行专门会议，讨论香洲商埠问题，气氛十分热烈。会上发言指出，香洲商埠为中国莫大公益，亟应合力维持，以期发达；同时认为，推广香洲埠，凡属华人固当赞助，尤应禀请政府成为永远无税商埠，以期长久。最后自治会一致认为，香洲埠为兴商挽利最大问题，当认为同共公益，不得视为个人私利，因此应立即由省港各善团联合前往香洲切实调查，开列预算表，修改章程，实行真正的股份制，除了王诜等创办人享有特别权利外，所有责任权利，概行公之大众，由出资者按股均分，以期群策群力，解决商埠的资金问题，并使得商埠的管理日臻完善。①

香洲埠港口码头附近

香山人创设香洲埠，既争国家之利权，又谋同胞之利益，是完全符合人民利益和愿望的壮举，爱国之士无不欢欣鼓舞，争起而赞助之。而旅外华侨亦延颈企踵，冀其速成。但澳门葡人则相反，以其毗连澳门，不胜恐惧。葡萄牙殖民当局多次召开会议，密谋对策，务求阻香洲之发达，救澳门之危亡。

---

① 《自治会关于湾仔香洲事会议纪闻》，《香山旬报》第五十五期，庚戌（1910）三月初一日。

1909 年 8 月，中葡举行澳门划界谈判，葡方特使马沙铎竟要求中国特使高而谦保证，"香洲埠不能妨害澳门之商业，一若香洲埠成立足以制其死命者"。由此可见，香洲埠虽然尚未建成，但已对澳葡产生了巨大的震慑力量。葡萄牙人向中国方面提出抗议，不但没有使国人因此害怕和退缩，相反，商埠所产生的威力和作用，鼓舞人民爱国心日益增进，使香洲埠加快了建设脚步。①

毫无疑问，在澳门附近建设香洲埠是对澳门的挑战，但问题是一个新开辟的商埠究竟能起多大的作用？香洲能否取代或遏制澳门？人们心中没底，疑虑重重。对于这一点，当时舆论界多抱着支持香洲的立场，看好香洲未来的发展，认为香洲能够超越澳门。亦进在《香山旬报》中著文将香洲与澳门进行比较，指出以下几点。①香洲为新开之地，地价必廉，地价既廉，争先投资者必众。②澳门不过一掌之地，海口狭窄，轮船不便湾泊，商务无甚起色；而香洲则外滨洋海，内枕群山，四通八达，交通便利，是天然的商场，前途无量。③香洲开埠典礼之日，"粤人到会者万余人"，足见人心所向。因此舆论一时看好香洲埠。②

位于今珠海市凤凰街之香洲埠老商铺

---

① 质直：《速香洲埠之成立者葡人也》，《香山旬报》第三十三期，己酉（1909）七月初一日。
② 亦进：《澳门与香洲之比较》，《香山旬报》第二十三期，己酉（1909）三月廿一日。

六　开埠典礼隆重　建设进度迅速

1909 年 4 月 22 日（三月初三日），香洲举行了一次盛大的开埠典礼。出席这次典礼的有广东、香港和香山的官员和商界人士。宾客逾万人，盛况空前。其中有总督张人骏、水师提督李准、劝业道委员陈望曾等省城官员，他们乘坐宝壁兵轮前来香洲参加盛典，还带领随从和兵士等分乘 29 艘兵轮开往香洲，以壮声威。广州工商界、报刊界和慈善界等各界人士共百余人则乘坐客轮前来参加典礼。香港方面，也有数百名商人分别乘坐轮船出席大会。香山县有知县凌以坛、县丞杨鸿献、前山同知庄允懿等地方官员，以及拱北关帮办贺智兰，本地士绅数十名出席大会。王诜等事先架搭了一座可容纳两千多人的大礼棚，棚里悬挂着"强国之基"、"利国利民"等横额。整个港湾旌旗遍布，人声鼎沸。开埠典礼伊始，张人骏在建埠公所大门亲手安置一块丈多长、四尺宽的大木匾，刻题斗大楷字："广东香洲商埠"，并落了款。

张人骏在典礼仪式结束后，即会同李准、陈望曾等官员勘查香洲埠形势。先查观拟建之埠务公所及预定空地，建设巡警分所，石厂、鱼栏各处所；次又详查所定建埠地势及直街大路一条、横街小道数条，共约建造大小铺位一千间；又海旁长堤一道、码头十余处。官员们对于商埠的布局规划表示极为赞赏。[①]

当日香洲商埠工程开始启动，其具体建设规划共有 13 条，建设规划周密细致，指标明确。总的来说它包括四个方面：第一，疏通内河外海水道，免设关税，以免留难而重商务，盐斤与外地同价，以体恤渔船；第二，修建各类大中小商铺、住房和街道；第三，铺设公路，兴修码头，发展与邻近地区和香港、省城的水陆交通运输事业；第四，在野狸山左右，设轮船大码头，选择地段建造巡警局、学堂、善堂、操场、休息园、戏院、公家花园等设施，加强安全保卫，关怀居民的文化娱乐和休闲活动，等等。其起步之初，便处处以省城、香港和澳门为榜样进行建设。"其街渠广约八丈，建筑悉仿洋装，规模甚为宏敞云。"[②]

[①] 《香洲开埠纪事》，《香山旬报》第二十二期，己酉（1909）三月十一日。

[②] 《香山旬报》第十四期，己酉（1909）元月廿一日。

举行过开工仪式之后，立即用炸药轰山，采石建筑。并由省城添雇工匠多名来埠，又从香港载来石工二百余名，充实建设力量。建埠工程进展迅速。根据五月《香山旬报》的报道：两个月内，所有商埠工程皆已次第兴建。其中七丈二尺阔的三马路及三丈六尺阔的二马路，业经修筑竣工。其余四马路及中心点九丈阔，商务公所前的直马路，也决定将在五天内开工。又拟修筑一大码头于野狸山咀，以停泊大轮船。由香洲湾筑一石桥通达野狸山，再由山脚边接修一石路通至山咀的码头，以便来往。其水面的石填、岸边的石堤、办事的公所，各工程皆经有人承办，订期月内开工。其优先建铺原四十间，任由业主于两月内择地建铺。今前来挂号登记认建的商人络绎不绝，不日满额。目前盖搭临时性的蓬厂进行商业经营者共有二百五十余间。其中生意最好的是饮食店，如广华兴每日售货至二百余元。然获利之优者以蓬厂为最，每井价银六七员。统计全埠工商人已有二千余名，而野狸山附近渔船二百余号，其人数若干，未及详查。自埠中开设鱼栏十数间，渔船均就近卖鱼，不再运销澳门了。①

与此同时，香洲埠商务公所又派人员测量航路水线，开辟水上商船安全航道。又据七月间报道，香洲埠搭有蓬厂，约一百二十余座，商人在此经商者，皆在蓬厂做生意。全埠现未有铺户落成，即该埠办事公所现亦支蓬为之。唯工人现有千名左右在此，石匠亦有百名左右。闻现仍陆续招人，约再招二百余名前往。工人在该处做工者，每人每日连日可得银三毫七仙，至早晚两膳，各商及工人等，仍要往吉大乡趁市。现该埠扎有高管带巡防营勇数十名。由省去者，现有海客小轮，拖渡装载各物前往。该埠现下将山开掘，遇有山坟之处，闻每坟补回迁葬银三元，另酌补地价。据该处商人言初开埠时，省港来往客商颇多，生意甚好。近则略逊，想亦未建铺户所致。唯王氏对于该埠则经营甚力。日昨曾在澳门设宴，招请拱北关洋务人员，极力商议埠事不遗余力。② 同一时间，又开始修筑野狸山长堤。

到了九月份，香洲现已设有税厂一处。西式屋二间，工程将竣，一为救火局，一为巡警局。屋宇亦有三十间，地基已筑成，内七间将已竣工。现吉利轮船每日穿梭往返香港，估计约有百五十人，兼载伙食木料。现商埠的居民约有二千，寮屋三百五十间，茶楼、酒肆、肉台、餐馆、苏杭杂货、药

---

① 《香洲埠工程述要》，《香山旬报》第二十八期，己酉（1909）五月十一日。
② 《香洲埠近闻》，《香山旬报》第三十三期，己酉（1909）七月初一日。

材、布疋等店，皆有开设。其邮件则由前山转递。警差现由公司雇有二十五名，前山驻防队加派二十五名，到埠助理警务。但是香洲港之水甚浅，由岸对出一带三里半，水深估计亦不过六尺左右。①

开埠一周年后香洲埠之全景（1910 年 4 月 12 日摄影）

1910 年 4 月，又据报道，香洲埠开始修筑公路，沟通香洲—南坑—南村—先锋庙—翠微—前山一带，以便行客。② 并预定在该路告成后，又扩展公路，修筑至雍陌—鸡柏—唐家—银坑—上下栅等乡。商埠公所在筹划这条公路的时候，曾去拜谒邮传部尚书唐绍仪，并晤各乡绅等，商议筑路事宜，唐绍仪是香山唐家湾人，公路修筑到他的家乡，他和其他乡绅都对此表示十分赞成。③ 在水路交通方面，香洲埠公所总理王诜等，也准备开设轮渡拖船，由商人曾桂芳投资轮拖公司，由香洲—大涌—石岐往来运输。④

不少海外侨商、港澳华商和地方殷富，听说在澳门附近的地方香洲辟"六十年无税"口岸，都纷纷前来投资办实业。接踵而来的有协昌、合昌、康正、兴发等公司和长安社、永利源、永安隆、万顺荣，后来又有永和隆、均益、同益、仁和公司、黄义记石场、普安轮船公司、开明书局、安吉昌杉木栏、岭南印务局、国事报、仁安药房、广荣源银号，等等。

香洲埠在一年多时间内，筑成 5 条 80 尺（约 26.7 米）宽的横路和 20 条 7 丈 2 尺（约 24 米）宽的直路，俱仿棋盘格式，使电车路、马车路、东洋车路、货车路、人行路秩序井然，街道两旁种植树木、安置街灯。仿

---

① 《香洲埠最近之情形》，《香山旬报》第四十一期，己酉（1909）九月廿一日。
② 《香洲新埠附近拟筑车路》，《香山旬报》第五十七期，庚戌（1910）三月廿一日。
③ 《香山旬报》第七十二期，庚戌（1910）八月十一日。
④ 《香洲添设轮船之可行》，《香山旬报》第六十一期，庚戌（1910）五月初一日。

外洋街市之法，在南北环和中区处建街市及两个墟场，每月逢三、六、九日为墟期。建成"双飞蝴蝶"式教堂一座、大小铺户一千几百间，其中完成二、三层楼房125座，大街之内又建筑住家小屋几百间。这些楼房均参照上海中等店铺格式建造，望衡对宇，颇为整齐美观。竹码头改建成栈桥式木码头两座，开辟通往穗港澳的新航线，其中东昌、恒昌、泉州号等5条载运客货的轮船常来往香洲。香洲埠还拟在野狸岛筑一防浪长堤作为避风港。同时计划筑就一条广前铁路并建造通往前山、翠微、下栅、石岐的公路，筹建警察局、机械织布局、邮政局、学堂、善堂、药堂、银行、书报所、博物院、戏院、医院、娼院、公家花园、议事所、人寿保险、工艺场、农学会等，均以西方的模式建设。

香洲港口附近之店铺与街道

为招引外地人口迁入和提供就业，商埠公所以每间小茅屋（两户人住）每月1元的廉价出租，并有工艺以谋生活。一时间，从四邑、惠州、东莞、顺德、南海等地进入大量移民，香洲人口陡增。

1909年8月14日，香洲商铺正式营业，前来游埠者不绝于途，人山人海。新开的日升酒楼、泉香酒楼和合栈茶居等天天顾客盈门。香洲的南北环和公所直街，是繁华的中心商业区，聚集油糖酒米、食品药材、山货陶瓷、金银首饰、皮鞋棉布、家具五金、文具纸料等商家，前后有40余间商店，如有永兴号、广信隆、广兴祥、义信、欧瑞记等。每到夜晚，大光灯如同白昼，一片兴旺。香港记者曾以《香洲埠游客记盛》的游记，报道了这一繁荣景象。

香洲渔业和手工业生产也开始发展起来。常有台山、阳江、宝安和港澳等地区的渔船麇集于香洲野狸岛附近海面。随着渔业生产发展以及渔船的日益增多，渔船修理业和制造业也逐渐产生。1910年，香洲开设了"顺兴"、"发记"和"池记"三间造船厂和一间名叫"佑顺"的绳缆厂。同时，在香洲沿海开设了"合安"、"合德"、"同益"、"滋生"等20多个鱼塘。而在手工业方面，香洲湾仔沙旱坑口开了一间"中兴"纺织公司，聘请了130多名港澳纺织工人，并自带麻种繁殖。这是香洲最大的手工行业。继而打铁铺、木材铺、棚厂、石厂、打银铺、灯具铺、酒坊、腐竹厂、木工场、裁缝铺、鞋厂、丝袜厂等，应运而生。①

总之，香洲商埠在开埠一年之内，各项建设均有突飞猛进的发展，商埠事业呈现一片繁荣兴旺景象。据当时人的记载：香洲埠近日生意日众，夜间南北环及公所直街多燃点大光灯，甚为热闹。现中环街市已竣工，内有铺位甚多，于十四日开场贸易。埠中至夏尾南村、翠微前山之东洋车马路，由康正公司承办，定于五日开工，拟该路告成后，即展筑至雍陌、鸡柏、唐家、银坑、上下栅等乡。②

人们期待着一座新兴的商业城市的诞生，而这座新城市已经愈来愈走进他们的生活中来了。

七　实行优惠政策　商埠不设关税

香洲埠开埠是当时全县的头等大事，政府非常关注，对王诜等人申报开埠报告的审理和批准过程，都一反此前之拖沓作风，迅速做出决策。而在开埠以后，政府也对商埠实行政策优惠，加以扶植。

---

① 参见何志毅《香山地区两次开埠沧桑录》。
② 《香山旬报》第七十二期，庚戌（1910）八月廿一日。

新中国成立前之香洲

1. 首先是政府对商埠免征关税，以确保商埠经营者有利可图，吸引更多商人投资

早在 1909 年开埠之初，"创办人等，经禀请大宪，该埠不设关税，以免留难而重商务"。① 当这个申请免税的报告呈送上去之后，经由庄丞沈令，会禀大吏，进行审理。经过一年时间逐级上报、层层审查，于 1910 年 6 月间，"奉陈藩（广东劝业道陈望曾）批谓，据禀已悉，香洲商埠接近港澳，必须一律免税，方足以招商股而挽利权，现禀各节，不为无见，既据分禀，仰候备移劝业道核明详覆，并候批示云云"。所谓等候核明批示，当时舆论一般认为，这只不过是走程序而已，通过免税以扶植新生事物，"想劝业道亦未必不赞成也"。②

总督张人骏电外务部磋商，外务部税务处复电，内称：香洲开埠，拟作为无税口岸，固可以利交通而期发达，惟事属创行，须如何办理，方无碍地方税厘，足防流弊，亟须预为筹度等语。③

但在申报免税期间，也曾遭遇强烈反对声音。1909 年 8 月 16 日，九龙新关税务司夏立士为申到香洲察看后，对香洲开埠不以为然，特别反对给予免

---

① 《香山旬报》第十八期，己酉（1909）闰二月初一日。
② 《陈藩亦赞成香洲免税》，《香山旬报》第六十一期，庚戌（1910）五月初一日。
③ 《香洲埠免税可望实行》，《香山旬报》第八十期，庚戌（1910）十一月十一日。

税优惠。宣称："鄙意以香洲只可作为中国自开之通商口岸，若作无税商埠非特与各处定章不符，兼与国家大局并无进益，复与课税大有妨碍。"夏税司蔑视香洲埠的意见引来从地方到中央的一致反对。税务处也递交说帖，力挺香洲免税。指出："香洲果收税，洋商所运之货何乐乎进此新辟之口，势必径赴销售之埠，各国欲兴一埠，每先宣布免税条例，欧美诸邦殆成通例。俄之海参崴，初亦若是，未闻彼民人有享薄之口也。总之能免税则该埠可兴，不免税则该埠无望。此免税与否于该埠利害得失所关甚大，此外皆枝叶也。本处查香港、澳门均系无税口岸，而与新开香洲商埠一□（此处缺一字——编者注）可抗，彼能一切自由，此则动形束缚，相形见绌，舆情不无觖望。应否仍照张前督毛电部原案作为无税口岸，饬令税务司另订免税章程。"[①]

最后在1911年3月，税务处外务部度支部电告总督，关于免税问题，"该绅商等既再三呈恳，复经历任督臣迭次饬属查勘，广征舆论，佥以免税为要键，非是则不足以兴商业而顺舆情，盖因该埠毗连香港、澳门，皆是无税口岸，傥有异同相形见绌，则该埠之经营不免掷巨资于虚牝，自应体此实在情形，酌予特别力以请恩准香洲自辟商埠，暂作为无税口岸"。总督接到批示后，当即札行藩司及劝业道，转告香洲埠商人遵办。[②]据此，香洲埠免税已经获得清政府的正式批准，应无疑问。

香洲宣告免税，是一种非常的优惠待遇，香山人感到十分兴奋，他们期待着商埠从此走向兴旺发达，更期待澳门华人有志营业者，舍黄金之窟，弃虎狼之口，回归香洲，共建商埠。"故吾民确为一己计，欲为对葡计，皆宜迁返香洲，无可疑也。为公为私，一举而两得之，同胞同胞，盍归乎来。"[③]

2. 实行食盐优惠价格

因香洲地区本是渔村，渔船为该埠之一大宗，所需盐斤，外地价廉，本地价高，不无窒碍。保护渔民利益，事关商埠发展大局。因此，建埠之初，王诜等人为了争取渔民福利，减轻渔民负担，以利于发展渔业生产，于是"禀请大宪设一官盐局，凡系渔船到买，其盐斤与外地同价，以体恤渔业而

---

① 《两广总督增祺为香洲开埠事致外务部咨呈》，附件三，宣统二年十二月二十五日（1911年1月25日），选自中山市档案馆编《香山明清档案辑录》，上海古籍出版社，2006，第924～925页。

② 《香洲埠准为无税口岸矣》，《香山循报》第九十一期，辛亥（1911）二月廿八日。《税务处等奏陈遵旨会议香洲自辟商埠暂作无税口岸折报》，宣统三年正月（1911年2月），中山市档案馆编《香山明清档案辑录》，上海古籍出版社，2006，第931～932页。

③ 愤血：《香洲埠免税矣吾民将安归》，《香山循报》第九十五期，辛亥（1911）三月廿七日。

兴海利"。① 这一请求获得有关当局的支持。当时有香安埠商林耀光拟在香洲设埠分销盐斤，禀经运司采取审慎态度，未敢批准。②

3. 政府当局加强商埠的治安保卫工作

商埠成立之初，工商云集，王诜请求派兵轮在附近海面梭巡，驻扎兵勇进行防卫。"香洲埠商王诜等请饬保护事。批：商埠开办伊始，工商云集，所请派勇保护自系实情。惟先既移水师提督，饬派兵轮随时在海面梭巡。现复由前山同知酌拨勇队驻扎，是水陆均有防卫。所请添募防勇一哨，由前山同知按月赴善后局领饷支给碍难照准。惟营勇重在活着，宜分拨游弋，不可呆扎一隅。应由该同知体察情形，酌拨巡缉捕务警务，统筹兼顾，俾免疏虞。仰前山同知遵照察酌办理。"③

与此同时，又特准香洲埠自行募勇，配给枪支，以加强防卫。"职商王诜等，呈请领军械事。批：该职商等开办香洲埠，现因兴工建筑，工人、过客络绎云集，拟自募勇多名，备价请领毛瑟长短枪各四十支，藉资防御。自系为保护埠务起见。惟查团练请领枪械，前奉岑前督宪札行严定章程，须由团长备具切结，交由地方印官查明，加具印结，禀缴核发。该职商等现办商埠，虽与团练不同，但同系为防卫所需，似应遵照章程办理，以昭慎重。应即迅具切结，呈由厅、县核转，以凭移请军械局核发领用。仰前山同知会同香山县转饬遵照。"④

4. 建立职业学校，为企业培训后备职工

1909 年冬，热心的教育家韦警愚在香洲埠筹办工艺学堂一所，招收各乡学徒，教授工艺，以期振兴实业，挽回利权。这一计划在社会上引起热烈反响。留学法国的学生胡金钧致电韦警愚，自愿捐助巨金，作为该学校开办经费之用。⑤

八 利益冲突加剧 决策失误频繁

然而，就在香洲埠建设顺利进行之时，它的麻烦也开始出现了。这

① 《香山旬报》第十八期，己酉（1909）闰二月初一日。

② 《盐商拟在香洲设埠分销》，《香山旬报》第三十二期，己酉（1909）六月廿一日。

③ 《劝业道批》，《香山旬报》第二十九期，己酉（1909）五月廿一日。

④ 《劝业道批》，《香山旬报》第二十六期，己酉（1909）四月廿一日。

⑤ 《香洲埠将有工艺学堂成立》，《香山旬报》第五十期，庚戌（1910）元月十一日。

些麻烦主要来自两个方面，一是商埠公所与吉大、山场两乡利益上的冲突；二是商埠公所本身某些问题决策失误。于是产生轩然大波，招致纷争不休。

1. 随着商埠建设顺利开展，吉大、山场乡人看到商埠前景一片光明，于是横生枝节，想方设法从中谋取利益

商埠所使用的沙滩环地方，本来是一片荒地，并经由王诜等人与两乡签订租约，按年交租，开发利用。可是 1909 年 4 月，有人提出，沙滩环不是无主荒地，光绪初年，便有吴香乔等人集股承批，因此王诜等人的租约是非法的，不应承认。其状词是这样的：

> 据香山县举人鲍锟呈，香山县属沙滩环地方创设商埠，实为振兴实业通商殖民地起见，原属公共利益。现据职员黄华武等谓，沿海沙滩、蚝塘，先于光绪初年，由吴香乔等集股承批，嗣因亏折将塘底银作为股本转批与鲍煜堂，改为祥兴塘。商人王诜等混名沙滩环，与二三乡绅控名私约等情。呈奉督宪批行。以此事非独王诜等一人一家之利，为香山县之利，亦即粤省之利，饬令果有意见，准赴厅县面陈，与该埠商公同会议等。因业经檄饬遵照，据呈前情，仰前山厅会同香山县遵照，另檄事理并案传计分表谕，饬遵粘抄保领并发。①

香山举人鲍锟上述对王诜的指控顿时引发持续不断的争吵。而政府当局这次则旗帜鲜明而坚定地站在王诜等人一边，保护商埠的建设。总督张人骏严正指出"香洲开埠，系兴商殖民之要举。业经本部堂将商人开办情形具折奏报，事在必行。断不容劣绅士豪，挟私阻挠，破坏公益"。同时鉴于指控人称沙滩环是"各乡世业"，他要求下属官员认真查明，"究竟是否官荒抑系民业，有无的确契照之据。应由劝业道委员前往，会同前山厅、香山县调查明确，禀覆核办"。②

前山同知庄允懿、知县凌以坛根据总督的指示，约会香洲埠创办人，吉大、山场两乡绅者，以及吴香乔、黄华武等人，共同商讨香洲埠问题。虽然双方乡绅们均表态对创办商埠没有意见，乐观其成，但分歧主要表现在争夺

---

① 《劝业道批》，《香山旬报》第二十三期，己酉（1909）三月廿一日。
② 《札道扣留阻挠香洲开埠之学正》，《香山旬报》第二十六期，己酉（1909）四月廿一日。

土地使用权上面。当时会上有人提出，埠地是山场乡业，又极力要求商埠创办人将埠内荒地给回一百亩，与他自行筑堤造路。但创办人认为，这样一来，便会造成事权不一，断难办到。庄凌等政府官员更认为若这样即是争权夺权。吴香乔、黄华武等人不肯屈服。庄允懿和凌以坛见对方坚持己见，没法调和，只好宣布会议解散，并将双方争论情形转禀总督，期待裁决。①

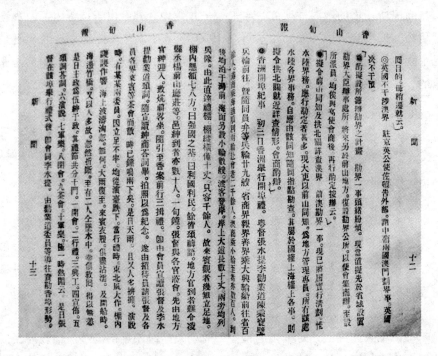

《香山旬报》刊载《香洲开埠纪事》

接着，洋务局委员、候补知府赵梦奇奉总督和劝业道的委派，前来香山调查香洲埠地权纠纷案。他此行的任务是"按照奉檄司理，查明香洲埠所有划定埠地，是否官荒，抑系民业，有无的确契约有据，据实通禀核办"。②他在前山同知庄允懿、县令凌以坛等官员的陪同下，来到山场乡阅报社，召集该乡绅耆调查香洲埠地所持税契，以及蚝塘的价值。他们通知两乡吊齐照据粮串呈验。随后据吉大乡绅士吴用衡称，只有渔照呈验，并无别项契照。其中唯有鲍锟于光绪二十二年在香山县报垦荒埔十五亩，领有县署垦单，建

---

① 《庄同知调停香洲业主》，《香山旬报》第二十六期，己酉（1909）四月廿一日。
② 《禀查香洲山场坦地确系官荒》，《香山旬报》第二十八期，己酉（1909）五月十一日。

有房屋，借以照料蚝塘。至于吉大、山场两乡所呈之渔照，均有野狸山字样。而野狸山是在蚝塘外，因此很明显，该渔照只可用于海面，不能用于陆地。后来吴用衡知渔照无可影射，又呈验盐课收单，即所谓灶税。并带引往勘该沙滩山边巨石，勒有"奉宪断结香山场神庙坦埔"十一字，其意思是想以盐田灶税为该乡民业之证。但赵知府等人详查香山县志，乾隆三年将香山盐场大使改香山场委官一员，五十五年裁汰盐场官，建有城隍庙一座、拨灶田一顷，零供香火，现此庙尚在山场乡内。该庙既有官建，则凡有庙产应属官地。况以灶田一顷，拨供香火，则每年应有出息，断不能以不毛之沙坦拨给。至该处勒石所称奉宪断给，尚系乾隆年间之事，其时该石必尚滨临海边，故即于此勒有坦埔字样。此外一片沙滩，皆系逐年淤积之地，并不相涉。赵梦奇经过这番深入细致的调查之后，共同联名报告总督，指出：知府等一再详查，复亲履勘，该处确系官荒，并非民业。此案吉大乡本无异词，听候官办。现在山场乡亦知悔悟，无可置辩，但乞恩施，不敢异议。总督接到报告后，立即批示："香洲埠既经查明，实系官荒。所有埠商应纳地租，自应改为乡费名目，拨作两乡公用。"至此，有关香洲埠地权问题遂告一段落。[①]

2. 吉大、山场两乡人士的意见不仅在地权方面，当时有人还提出了一些其他问题

他们认为，香洲开埠章程中还有一些值得研究之处。一是认地者无主权。投资者出钱认地，则所认之地应有主权，即有任意处置之权，但章程没有提及认地主权。二是公司独揽利权，事无巨细，皆归公司承办，利无旁溢，别人不得搀夺，只能管买卖营生。如果发生虚縻款项，便无从稽查。三是公司没有申明主客情谊。该地为向来未垦之荒，实为吾邑之属土，附近山场、吉大两乡有地主之权，公司作为客人，若藉公益之名将所有利权一网打尽，不免反客为主。四是公私界限未曾明确划分，容易假公济私，利肥于己。所有这些问题，应该引起香洲公所上层人士的关注，并认真研究，加以解决。总之，要限制公司的利权，而谋求地方获得更多的权益。他们认为"香洲开埠，为兴商殖民之举，国人群属耳目，莫不乐观斯埠之速成，以为创未有之营业，操莫大之利权，其幸福不特一邑之人应享之，即全省之人皆

---

① 《禀查香洲山场坦地确系官荒》、《纪陈道详覆香洲埠地事》，《香山旬报》第二十八期，己酉（1909）五月十一日。

得而享之也"。①

3. 山场、吉大两乡人民与商埠之间，还存在一些其他方面的利益冲突

商埠接收两乡的蚝塘，其中吉大的蚝塘以补偿 18000 元得到解决；但另一处山场的鲍姓蚝塘主人却索要 20 万元的高价，双方相持不下。后经多方调解，减价至 10 万元。另外，山场乡又有人提出将来开通马路可能会损害山坟，等等。总之开埠所涉及很多方面的利益，都会引发大大小小的冲突和麻烦。②

4. 此外，香洲埠宣布开赌，引起舆论一片哗然，是其最大失策

香洲埠原本表示永远禁赌，袁树勋总督到广东履任，下车伊始，即以禁赌为先务，七十二行商人，群起而赞成之。香山同乡京官又设立了禁赌会。可是后来便有人提议香洲埠弛赌，认为香洲与澳门毗连，香洲埠如果弛赌禁，则赌民不必再往澳门；更有人具禀袁树勋，请弛赌禁。好在袁树勋顾全大局，未敢遽然答应，而是给予驳斥。虽然如此，赌馆已偷偷开设，并已招商承赌。据查到 1910 年 2 月，该埠建成铺屋共有三十余间，每间月租银约三十元左右，房屋一经落成，即有人租赁。其中作娼寮者计有六七间，开作番摊赌馆者则有三间。此外也有作杂货、苏杭药材、皮鞋等生意者；另有酒楼兼客栈一家，甚为热闹。其建造未完之屋，则以百数计。据说该埠已承赌饷，每年饷银一万元，另有赌商承雇警勇二十五名，以为地方警察之用，目下该埠居民有两三千之数，每日由附近村乡往来该埠者，则不计其数。③《香山旬报》针对这种歪风邪气接连发表多篇评论，认为香洲埠自创建以来，所搭盖葵厂百余间，1910 年 7 月被大火焚毁后，仅存瓦铺四十余间。近日逐渐在该处举办斗蟀演戏开设赌场之事，说明香洲埠创办人"是以义始，而以利终"，并使新成立的商埠成为第二个澳门。《旬报》尤其猛烈抨击公开提倡开赌的议员伍汉持。指出："前省城因勘界事集议，而伍汉持竟主张香洲开赌之说，其意以为香洲开赌，足以夺澳门之利，而张香洲之势，此真童稚之言也。夫当禁赌时代，而倡开赌之说，已非人情，然香洲开赌，确足以制澳门之命，犹可说也，乃按之事实，适得其反。诸公试思之，我国处处有赌，时时有赌，何尝损澳门分毫之利益，又何论香洲一隅之地乎。

---

① 恭都一份子：《对于香洲开埠之刍言》，《香山旬报》第二十八期，己酉（1909）五月十一日。

② 《委查香洲商埠纪事》，《香山旬报》第五十期，庚戌（19109）元月十一日。

③ 《香洲埠现状之调查》，《香山旬报》第五十一期，庚戌（1910）元月廿一日。

且人趋于赌，则冀幸心日形增盛，而营业观念转以薄弱，香洲以新辟之地，商务未盛，而竟导人以赌，其影响于商业者，岂得计耶。故吾谓开赌之说，靡持不足以制葡人，而香洲商务之蒙损害者，为至多且巨也。噫，伍某休矣，吾人对于勘界问题，激昂奋起，皆欲得一当以报，故私室之筹画，开会之研究，皆欲按法理、据条约，竭力以与之争。伍某欲为勘界谋，当于根源上为正当之解决，而乃枝枝节节为之，是不达时势之言也。吾闻有谓广东禁赌，而澳门将获其利者，伍汉持何以不条陈弛禁，以抵抗澳门耶。噫，伍某之言，非特割肉补疮而已，割肉补疮，肉虽烂而疮或可以愈；而伍某开赌之策，盖两失之道矣，一言以为不智，吾于伍某之心声征之。"[1]

5. 及至 1910 年 12 月，社会各方对香洲埠公所的批评愈加严厉

香山恭谷两都联防公所，香山勘界维持会，香山场团防筹办处，绅耆职员陈廷勋、杨乃秋、李至堂、吴国南等人，联名就香洲开埠事呈禀总督。指出：香洲开埠对筹办收回澳门方法能起积极作用，不容放弃。但是王诜、伍于政等人办事不力，存在严重问题。其一，1908 年 10 月，承批吉大山场两乡荒地七百亩，开作香洲商埠时，王诜声称已有开办经费银 10 万元，外埠投资已有 48 万元，而前山同知庄丞不做任何调查，遽然相信王诜等人的话，上报总督张人骏，获准开办商埠。其后农工商部曾查询是否确有把握，如果真有此款，自应经营缔造，亟求速底于成。讵料该王诜等其实并无资本，专以卖地为资本；计收去银资，不筑石堤，又将石块偷运出洋，售卖渔利，不顾埠务；目前已经建筑瓦铺 40 余间，俱系各商家自出工本，并填筑街市马路，王诜并无出资参与，因而各商疑畏裹足。其二，不但如此，之前王诜呈禀禁赌，后又禀求弛禁，政府不予批准，他们仍胆敢开娼聚赌，助长歪风邪气，长此下去，开埠岂能有成功之日。因此香洲非改革不能成功。为此禀恳宪台详察，务乞迅传王诜等到案，询验资本实功，并遴选若干委员，踏勘该埠，查察明确。如王诜不能办理，当即招商另办。建议将香洲埠事项提交勘界维持总会通传外埠各华侨及本土官商民，刻日召集工本，群策群力，务期该埠之速成。并恳迅饬香山县出示，严禁偷运石，免至棘手。总督

---

[1] 亦进：《香洲商埠欲弛赌禁之误想》，《香山旬报》第三十九期，己酉（1909）九月初一日；《香洲埠竟有斗蟀演戏开赌之事耶》，《香山旬报》第七十一期，庚戌（1910）八月十一日；民声：《伍汉持主张香洲开赌之荒谬》，《香山旬报》第八十期，庚戌（1910）十一月十一日。

觉得他们揭发的问题相当严重，立即指示劝业道，查明所禀各个问题，据实详复核办。[①]

6. 在修筑公路问题上，香洲埠商人与山场、吉大两乡农民之间也产生了利益冲突

1910 年 6 月，香洲埠公所的建筑香前车路计划获得前山同知批准立案，于是立即组建香洲康正车路公司，遍贴告白于各乡通衢，以安民心。王诜、甘国英并于 8 月间到各乡公所并前山自治社拜谒各绅董，陈说筑路理由，各绅董口头上均表示极为欢迎。遂于八月十五日开工筑路，香洲康正车路公司并张贴红纸告示，凡公路经过山坟之处，必定改道绕向田亩，以期相安。至于筑路占用各处田亩，请各业主携带红契到本公司领回地价。后公路工程将告竣工，公司诚恐各业主未及周知，再次登报，请业主到公司领取田价；或将田价若干函达公司，由公司派人携银到各乡，当众收契付款。

然而，山场、吉大乡绅见修路有利可图，即不顾公司已有统筹修路计划，蓄意插手筑路。并由下恭都自治研究社出面牵头，提议建筑各乡交通道路桥梁，以达商埠。举员陈乐宾、苏墨斋二人规划公路路线、树立标志、筹商巨款及迁避阻碍、修路坟墓等各项工程。但两乡筑路行动迟缓，眼见康正公司筑路进展顺利，心有不忿，便向前山同知告状，指控公司"占筑田地，未给价值，碍路坟墓，任意锄平，又于路旁掘堑两道，深逾尺许，几露骨骸，都人纷纷聚议，群情汹汹"，请求军民府处理。乡绅采用自发组织筑路的行动来同康正公司争夺路权，并且向政府告恶状。前山同知接到恭都乡绅关于香洲埠商"藉示欺凌，侵田毁墓"的指控后，也觉得很无奈，只得批示"香洲埠商查明禀覆，果有占人税田情事，自应补给价值，以昭公允，如有碍道之坟墓，亦应给回葬费"。要求两乡乡绅务宜劝导乡民，静候核办。[②]

7. 与此同时，报纸上又爆出香洲埠因经济甚形竭蹶而借洋款问题

据说是向日本台湾银行借银六十万，以渔船数十艘、长堤数十丈、洋楼数十间抵押，月息 6 厘半，分 6 年归还。已经由日领事照会督院，王诜签

---

① 《札查香洲埠商被控告节》，《香山旬报》第八十三期，庚戌（1910）十二月十一日。

② 《香洲埠商筑路之斗争》，《香山循报》第八十五期，辛亥（1911）正月十六日；《关于香洲埠筑路之批示》，《香山循报》第八十五期，辛亥（1911）正月十六日；《香洲康正车路公司告白》，《香山循报》第八十七期，辛亥（1911）正月卅日。

押。消息传出，舆论纷纷。认为开埠借洋债，将来财政权渐为外人操纵，而香洲便不复为中国人有矣。即使该埠开办伊始，工程浩大，资本不继，何妨开诚布公，妥定章程，集股经营，务使创办人得占优先之权利，股东则利益均沾，而商埠大权不致为外人所操纵，岂不甚善，又何必舍此不图，而借虎狼之外债耶？[①] 于是勘界维持会等民间组织和个人发表抨击言论，并由香山自治研究社出面，要求政府进行干涉。

面对社会上种种负面传闻和严厉责难，香洲埠王诜出面致函自治研究社进行辩解。王诜指出，上述责难都是无中生有，捏造附会，始则蜚语相加，继且危词耸祸。他声称：创办香洲，艰苦备尝，无非为挽回外溢利权起见。去年4月间，曾有外国人多次访问香洲埠，提议合作共建商埠。他们自愿备足资本代筑铁码头数座，并备大轮两艘，由本埠一往省城，一往香港，纵极亏本，不受津贴，每月更向香洲埠交纳码头租金，其条件十分优惠。但王诜等人唯恐利权外溢，皆婉词谢绝，立即自筑木码头两座，自备轮船来往香港，以杜绝外国商人希冀之心。仅此一项，其利益出入数计约有10万元，当前兴作维艰，尚不吝此巨款，以保主权。何况如规模略具，岂能反如茧受缚，做出如此丧心病狂之举动。素仰贵会主持公论，希望断不要任其混淆黑白，将商埠并无议及借债一事再行集众宣布，以正舆论，以扶公益。至于应如何对待谣言惑众、扰乱治安的问题，相信贵会自会权衡处置。此外，香山知县包永昌也出面致函自治社（所），回应香洲埠借洋款问题。包永昌声称，已将香山人对香洲埠的意见告知前山同知庄允懿，据庄公调查函复称，经过细详调查，实无此事，并将商务报所刊王伍各绅具禀劝业道之稿剪寄前来。查此事如果实行，应由日领照商督宪核准，非可私相授受者比，今该商等既自禀明并无其事，则日后自不能再兴此议，当可无庸过虑。由于创办人的高调辩解和信誓旦旦的保证，以及省县官员的曲意庇护，香洲埠总算度过了它的信任危机。[②]

九 香洲埠日趋萧条 开埠失败的教训

王诜、伍于政自1908年创办香洲埠以来，历经筹划、申报、租地、奠

① 《若然则香洲埠微矣》，《香山旬报》第八十三期，庚戌（1910）十二月十一日。
② 《若然则香洲埠微矣》，《香山旬报》第八十三期，庚戌（1910）十二月十一日；《香洲埠商自谓并无拟借洋款》，《香山循报》第八十四期，庚戌（1910）十二月廿一日；《邑令亦谓香洲埠商并无商借洋款》，《香山循报》第八十四期，庚戌（1910）十二月廿一日。

基、兴建各个阶段，一时热闹非凡。后来出现了利益矛盾，纷争不息，负面新闻不断，商埠日趋萧条。不过建设工程仍在缓慢地继续进行着。直到1911 年 4 月，清政府还批准了香洲埠为免税商埠。人们仍对商埠充满祈盼，热烈地讨论着它的未来。但辛亥革命以后，香洲埠的建设迅即戛然而止，此后了无起色。一度生气勃勃的商埠从此消失了。

香洲埠失败的原因是什么呢？

1. 香洲埠是清政府新政的产物，是政府扶持的样板，一贯得到政府的保护和支持

当商埠创办之初，广东各级官员均表示支持。他们"劝勉创办人实行组织以达其目的，地方官无不力任保护"。[①] 同时对商埠建设给予许多优惠政策。

但武昌起义一声炮响，清王朝土崩瓦解，作鸟兽散。进入民国初年，南北分治，哪一方都对它的建设置之不理，政策优惠得不到继续。商埠失去后台，独力难支，因此不可避免地走向失败，这是香洲埠失败的最重要的原因。

2. 国家分裂，军阀混战，盗匪横行，民不聊生

许多商人看见地方治安不良，担心投资风险，裹足不前。商埠本想吸收澳门华商回来香洲投资，以削弱澳葡势力；可事实上，由于内地政局混乱，澳门成了内地富人避乱的世外桃源，导致澳门人口不见减少，反而大大增加。1878 年，澳门人口总数为 59959 人；1910 年，增至 74866 人；1920 年，又增至 83984 人。[②] 而香洲埠则毫无发展，资金被纷纷转移，随之许多商店倒闭，香洲埠更加冷落。

3. 香洲埠公所同两乡的利益矛盾和冲突愈演愈烈，再加上公所自身的失误，致使创办人失去公信力，建埠工作进展缓慢，直至工程中止

1911 年 5 月间，香山恭都 15 乡 39 名士绅联名致函《香山循报》，公开声讨埠商王诜、伍于政等人，言辞激烈，并号召热心君子挺身而出取而代之。公函声称："查香洲埠商王伍等，资本不足，埠地辽阔，埠有污点，工程紊乱，哲昂等联具陈请书，分呈总商会、自治研究社、广东自治会、勘界维持会察核，并请示期澈询，均登省港各报。数月以来，迭与恭都内各乡

---

① 《香山旬报》第十三期，己酉（1909）元月十一日。
② 黄鸿钊：《澳门史》，福建人民出版社，1999，第 29 页。

绅，公同研究，以王伍等犯此数弊，不合埠商资格。旋闻王伍等竟亲到台湾银行，及托人到万国银行，欲将埠地私按洋款，已由本邑自治社勘界会，并各乡邻禀请禁止。又值修补道路，毁灭坟骨百具有余，经前山福善堂勘明，禀复严究各在案。""总之香洲为天然之埠，同人咸乐观厥成，王伍非开埠之人，诸君幸勿为其所惑。断未有盘踞舞弊，假公济私，专种恶因，鱼肉桑梓，而可以成大事者。今查王伍等立私约，霸田地，扰蚝塘，盗山石，设摊馆，开蜂厂，唱女戏，按洋款，毁坟骨，种种恶劣，书不胜书，种祸乡邻，人咸切齿。我都人士，断不肯袖手旁观，任其肆行蛊惑，尚希高明详察焉。除另函送四邑工商总局，及分送各报外，理合备呈贵报察核，伏乞俯察舆情，代为刊布。如有热心君子，惜香洲之功亏，痛王伍之败事，厚集资本，另订妥章，接续收成，俾臻美善，阖邑均感。"①

在客观形势非常不利、各种矛盾交相冲击之下，香洲埠创办人王诜、伍于政等人成了众矢之的，他们再也无法把商埠经营下去了。所以当时有人讽刺开埠主王诜曰："黄鳝（意即王诜），唔（不）死一身潺"。王诜、伍于政开埠以失败告终。但极力攻击他们并想取而代之的人们也未能把商埠撑起来。1911 年辛亥革命以后，热闹一时的香洲开埠就这样偃旗息鼓了。

香洲开埠是香山人创建现代城市的一次勇敢的尝试，它展示了香山人勇于改革、敢于创新的精神。商埠的三年建设焕发了人们投身改革、振兴实业的热情，商埠的建设过程也是香山人民关于民主改革的自我教育过程。商埠引发了人们的激烈争论，争论中的各方虽然对许多问题存在尖锐的矛盾，但无论哪一方都认同建设现代城市的新理念，从而使这一理念逐渐深入人心。香洲开埠失败后，许多先进的香山人继续坚持走改革创新之路，并在不同领域对国家和家乡作出了贡献。

辛亥革命后的香洲作为中山的一个村镇而存在。1953 年珠海县成立后，香洲开辟一个渔港，1956 年设立香洲镇。1979 年，香洲镇改为香洲区；1984 年 6 月香洲区改为县一级建制，成为珠海市主体部分之一。

---

① 《照录恭都绅商指攻香洲埠商原函》，《香山循报》第九十九期，辛亥（1911）四月廿五日。

副编
辛亥革命时期之香山史料

附录一　香山社会变革资料

革命军占领邑城详纪

　　十五日间有革命军千余人在小榄沙，是日上午，邑令会同李都司及游击队往巡视，甫到即见革命军将由省驶回之鸿昌小轮追击。李都司及游击队便放枪与战。是时有湖南勇四十名当先冲锋，闻被枪毙六名，走回八名，其余不知下落。游击队管带梁守之部勇毙一名，伤一名，李都司几为所困。是晚入黑时候，邑令与李都司及游击队陆续回岐。翌晨马协乘坐安香小轮出巡，及上午时候，即有革命军在隆都隆胜卡地方，将拖带江门渡之金马轮船骑驶，所过隆都各卡，尽将枪支子弹取去。及至叠石地方，始将该轮放回。随即陆续分队由隆都、渡头来岐，直入西门城，沿途绝不惊扰，商民贸易如常，各均放爆竹，欢呼不绝。是时各营勇及县署、巡勇、游击队等，均表同情。各衙署巡警局及各城楼等，均竖独立旗帜。商户亦有竖立者。随有革命军一队进县署，在东仓为县署巡勇闵某所阻，即为革命军枪伤。闵系湖南人。又有革命军一队，由南门入城，城楼上有营勇数人，放枪抗拒，即为革命军枪毙三人，伤三人，闻均湖南人。又邑令闻耗，予携眷属，奔避于洪绅名宣家中。随由革命军分队，驻守各街，保护人民。即出示云：

　　本军恭行天讨，布告同胞亲爱，满洲以胡乱华，以及二百年外，罪恶贯盈至今，势如土崩瓦解，各省义师云起，均是为民除害，还我大好山河，驱逐满胡出塞，建立共和民国，同胞幸福有赖，本军竖旗起义，人人欢欣称快。士农工商男女，照常作业无懈。军到秋毫无犯，不令商民受碍。倘有军民骚扰，定予严责不贷。军队纪律严明，尔等毋相惊骇。中华民国粤军军司令部长布告。黄帝纪元四千六百零九年九月十六日。

并刊派传单，通请邑中绅商各界，于五点钟后，在清乡善后分所集议。及会议时，各界到者甚众。并邀同罿令在场。随议定暂借清乡善后分所为办事所。仍推罿寿堃为民政部部长，及议定临时干事员数十人。俟将各部组织完善，再行分部办事。旋即分派各军，驻守县属各扼要地方。并即分派四人往各当道地方演说，安慰居民。当革命军闯进县时，所有监狱及刑事所、工艺厂各人犯，尽将脚镣扭松，意欲逃脱。后由革命军善言抚慰，始行无事。又闻哨弁张德润已为革命军破腹弃河中。又由司令部宣布戒严令云：

（一）民间可供军需之诸物品，一概禁止输出；

（二）民间所有枪支弹药、兵器火具，及其他涉于危险之物，本军司令部得因于时机没收之；

（三）邮信电报暂行停止，并断绝海陆通衢之交通；

（四）本军司令部依于战状，不得已时得破坏人民之动产不动产；

（五）寄宿于戒严地域内者，本军司令部因于时机，可使退出；

（六）行政之事，皆归军司令部处理；

（七）司法之事，由军司令长择判事检事行之；

（八）集会新闻杂志等，本军司令部认为于事势有妨碍者，得禁止之。中华民国粤军司令长，黄帝纪元四千六百零九年九月十六日云。
[《香山循报》第一百二十二期，辛亥（1911）九月十七日，第79~80页]

己酉年三月初三日之香山

亦进

政教衰微，百务废弛，此非香山昔日之状态乎？迷离错亲，晦盲否塞，此非香山之风俗人心乎？何意物极必返，穷极而通。己酉年三月初三日，竟为吾邑留一最大之纪念。记者曰，此香山之灾也，此香山人之福也，乌可以无言。

比年以来，吾邑人士，欠伸而起。兴学堂、振工艺、倡戒烟、办巡警、图谋公益，同具热心，记者之私心欣慰者亦久矣。然窥其实际，所举办者皆平平无奇，胜任愉快，无人而能。若夫开辟土地，厚集法团，任大责重，匪异人任，何意己酉年三月初三日之香山。竟护见之记者曰，吾愿邑人，毋忽此三月初三日也。今此而论之，厥为二事，评之如下。

一、香山自治研究宪社之开幕也。吾邑人士，素具保守性质，地方要政，罕有留意。查其原因，畏葸者十之六七，痴聋者十之三四。此土豪之所以得志、新政之所以不振也。自治社之设，合全邑之士绅，厚集团体，研究法理，兴利除害，其为利不可谓细也。靡特此也，自治社之目的，在于养成国民政治观念，为政治家之实地练习。其次焉者，则地方官吏，强半暗于民情。自治既立，则于行政上之条件，能为直接之补助。其又次者，尊重法律，而暴动之嚣风可免。保护人权，而服从之恶习可除。地方行政，既可整顿而无遗，进而至于大者远者，亦于此策励其精神，为秩序之行动。自治之为用，一何大哉！夫自治之功用既如此，吾邑请求自治，则今日造因，他日食果，发端甚小，其效用不可限量也。顾或者曰，自治社之设，某局诋之为躁妄，斥之为大苦事。居于嫌疑之中，岌岌不能自保，欲收效果，不亦难乎？不知某局行专制之手段，势将扑天，且张督批示，已有饬县归并字样，则他日合并之后，势力雄固，岂无成效之可观乎。

二、香洲之开埠也。土地不辟，国由此亡，一邑亦如是耳。吾邑地濒洋海，开通最早，然数十年来，商务凋弊，财源闭塞，可为太息。香洲埠成立，为邑人开一尾闾，扩张商务，振兴实业，安知不驾澳门而上之，与香港九龙相抗敌哉！吾尝审其开埠之利益，可得而言也。邑人贸易，非小绌也。然石岐一埠，地小不足经营。香洲一开，枕近大洋，交通利便，其益一也。邑人经商于澳门香港者，指不可拙。今可以回复内地，整顿商业，挽外溢之利权，其益二也。吾邑人之出洋者，捆载而归，因土豪之凌逼，相戒裹足，今则新辟地土，弛其担荷，其益三也。若以最近观之，开埠之议甫兴，而澳督之宽政，即接踵而下。则开辟之利益，果何如耶。他日九仞功成，行见荒芜荆棘之邱墟，化为繁盛交通之都会。君厚邻薄，关系甚大。则香洲之影响前途者，又乌可道里计哉！

综以上而观，自治社也，香洲埠也，皆于香山见之，皆于三月初三日之香山见之。此殆吾香山文明之先导乎！此殆吾香山人恢复自由，扩张权利之标式乎！夫吾邑人之患，在于自视太卑，放弃天赋之特权。地土不辟，则无实业思想；官绅专权，则无民权思想。故无实业思想，则外人从而夺取之；无民权思想，则官绅从而蹂躏之。今自治社之设，即以振起人权；香洲埠之设，即以扩张实业。由表面观察之，一为对内，一为对外。然充其类而测之，内政外交，关系皆巨，发起者之功，良不可没。故记者曰，此香山之荣也，此香山人之福也，愿我邑人毋忽。

抑吾窃有疑者，则以自治社处危疑之地位。香洲埠兴巨大之工程，使非通盘打算，实力经营，功亏一溃，或意中事。况邑人办事，虎头蛇尾，几为普通之性质。事繁责重，如结社开埠者，吾又乌知其结果如何耶。虽然，以人事计之，似不足虑，盖两方之发起人，亦热血满腔，实力任事人也。观其筹画规定，秩序整然，则他日之能支持久远，扩充规模者，或可预决也。究之日后无论如何，然观其现象，光被全邑。一邑之视线，专向两方以直射。粤人之留心世务者，亦倾耳拭之焉。则其影响为若何耶？记者曰，己酉三月初三之香山，足为邑人之纪念日也。此香山之灾也，此香山人之福也，凡我同胞，其感情当何如？［《香山旬报》第二十二期，己酉（1909）三月十一日］

《香山旬报》发刊词

中华开国四千六百有六年，岁在戊申八月之二十一日，我《香山旬报》出世。本报同人，惧《小雅》尽废而中国亡，咸抱大悲，发无边弘愿，为欲令邦人士女，拂拭真智，咸革旧染，兴化厉俗，作我民气，因以恢复自由，振大汉之天声，发扬我邑人耿光，被于中土，乃黾勉而作斯报。扬海潮之音，遒铎为民。美满光大，将自今始。我先民陈天觉、马南宝诸公在天之灵，实式凭之。呜呼！风雨如晦，鸡鸣不已。凡我仁、良、隆、黄梁、所、得、四大、黄圃、恭、常、谷、榄、旗十三都五十万诸父老、昆弟、姊妹庶奔走偕来，听我法音，无怖！［《香山旬报》第一期，戊申（1908）八月二十一日］

《香山旬报》叙言

慈伯

黟夫亚欧商战、濠镜实中夏先涂，宋元种争。井澳是冈州犄角，水有鲟鳇丰阜之利，山有香炉五桂之雄。扼蕉门则二虎密其防，越蒲台则十字关其险，周七百方里之疆域，挈五十余万之人民。沙田占其上腴，海屿丰其特产。美哉地理，非我香山之地理欤。与子诚孝，刲殉父之肝，南宝精忠，歃攘夷之血，聚禽倭寇，厥有王言。手刃英（葡）酋，讵无沈米。黄总兵称海疆道济，粤洲子为岭表骁夫，郡传廷尉之歌，家秉泰泉之礼。伟哉民族，非我香山之民族欤?! 乃者世历縣暖，厥美斯坠。哀南风之不竞，入修夜之未暘。剩水残山，无自由之回照；焦原毒浪，只异种之凭陵。外交史空有泪痕，海权不复；地理图再变异色，势力成圈。执政弃之等珠崖，国民安之如燕雀。加以教育失坠，群治晦盲，清议久亡，民智斯闭，不有人焉，为之振遒铎，撞警钟，苏梧桐半死之魂，兴桑梓敬恭之念。胡以增进热度，发扬文明，辟此隩区，光我民史乎。香山旬报之作，盖同人见异景之山河，发晓音于风雨，将以揽五洲之群变，而通一邑之机关者也。最其要指，可得言焉。实书百二，圣人翔考信之林；毛瑟三千，世主龙昌言之数。当此士气已死，公论谁持？民费滥征，区入常混。绅局多未锄之莠，学界有已摧之芽，于已臑新订顽，功精于肺石，彰善瘅恶，事捷于口碑，金人缘以革心，贤者助其张目。若是者，监督地方行政，敢愚黔首，知狱吏之常尊。不问苍生，奚政府之足赖，时局以轧轹为事，教育之普及何期？安孤陋则神权是从，呈昌披则欧风过度。恨无巨手，挽民气之沦胥；敢惜危言，昭舆论之轨范。以云儆世，即福泽通俗之书；若附辟邪，亦裴顾崇有之论。若是者为改良社会风俗。二十世纪兵争舞台，已移于实业，二亿里农产天府，坐弃其利权，属兹五洲之隶通，勿以一隅而自隔。况夫白耗欺雪，人夸南朗之机，黄绸足金，俗侈平岚之茧。唐家虾酱，淇澳蚬咸；牡蛎成田，禾虫上埠；鳝血冷以莹紫，虾油香而溢黄；沙涌荔枝，珍御摘而品异；黄角盐树，经寇围而用彰，是宜合虞工商群力之戮。乃足发动植矿天然之秘，利导教诲，改进是图。食出成通，程效自速，若是者为提倡实业。三宅杂志，起未死之和魂；印度降幡，减至精之佛教。方今道尽文武，祸酷秦灰，流废江河，藏空孔壁，群情汹汹，大多新说为万能。天择茫茫，箴旧学之一当。小雅尽废，君将不堪。邠风无讥，吾为此惧。开榛剃秽，无忘先哲之功；考献征文，庶几死后之责。择言尤雅，本各具其闻知；陈义自高，又奚域夫古今。若是者为网罗文献，本兹四事。窃坿三长，无衍十日之期。或贵一时之纸，好其好，恶其恶，谅亦同人。见所见，闻所闻，遑论罪我。台山噪噪，知寸壤之不辞；岐海汤汤，亮涓流之有助。嗟夫，威危斯之寸简，足被全球。萨摩岛之数人，亦新一国。作简毕巨，良非偶然。斯报之取则不远，问世有时。握椠怀铅，刿心肵肘，吾又乌测其所至乎？复我邦族，魂兮归来。舍其神洲，毛将安附？黄瑞谷之复起，必当赓此粤谐。何大佐之重逢，更欲霏君揽屑。[《香山旬报》第一期，戊申（1908）八月二十一日]

匡俗议

亦进

自大地初有人类以至今日，国无论东西，种无论黄白，必有种种旧俗，深入人心。士夫不能破其藩，圣哲不能启其钥。吾无以名之，名之曰习惯性。数其来由，历数千年之流传，经数十代之保守，几奉为金科玉律。靡特不以为耻，而且拥护之；靡特不以为怪，而且增进之。嗟夫，谁生厉阶，至今为梗。其遗患甚于洪水猛兽，其流毒甚于细菌微虫。文明之濡滞，新政之不兴，皆恶俗之障碍为之也。然则欲兴其国，强其种，开通民智，振兴实业，必以匡俗为第一义。易曰，穷则变，变则通，通则久。伊尹曰，用其新，去其陈，病乃不存，皆此义耳。记者痛吾邑风俗之凋敝，民智之晦盲，因感而为此论。然亦信中国风俗，其与此同病相怜者，亦自不少。故小言之，专为一邑而发，大言之，亦国人之明镜也。

今之言风俗者，其弊有二。一则欲其自身之改变，一则希望官吏之改革。此皆放弃责任者也。夫自身之能改变诚善矣，然则闻重学公例，凡物之有永静性者，非加以外力不能动，恶俗之根源，不知其几千百年，虽竭仁人志士之笔古，筚路蓝缕以启山林，尚惧不逮，况望其自悟之而自变之乎？俄罗斯之变法，大彼得之力也；日本之维新，福泽论吉诸公之力也。时人亦有言，智者作之，愚者守焉。混混五大洲，纵横数十国，其能排除旧俗，增进文明者，孰非由达人先觉之改造而致之耶？若夫责望官吏之说，亦未免妄自菲薄。夫官吏固有易俗移风之责，然试问历任官吏，其能尽责任者几何人？其能谋公益者几何人？其庸恶陋劣，惟利是视者，既不待言。即稍负人望略知自爱者，亦不过敷衍塞责，苟且享荣而已。盖中国官吏，皆朝任夕迁五日京兆，以短小之时日，而责之以改良风俗之任，于势亦有所限而不易行。且人地生疏，来宰是非，风土人情，尚未尽识，又何由起而为此也。嗟夫，天下存亡，匹夫有责，况风俗中。故今日不言风俗则已耳，既言矣，必先排去两种之劣质，对同胞而负责任。吾闻之，精诚所感，金石为开，何况于人，特改悟有迟速之异而已。兹以次说明之，以为邦人父老改革风俗之一助。

畛域之宜泯也。西人名我国为半化，讥我民为散沙，吾始以为过言。及证以我国风俗人情，潜观墨察，其所得之结果，适与彼言吻合，始悟讽我者之不幸而言中也，亦可谓旁观者清矣。征之吾邑，畛域之见，牢不可破。刘黄之家，势不通婚，赵邝之族，引以仇敌，此族界也。员峰与张溪为世仇，岚下与南文为劲敌，此乡界也。士人鄙商工为猥贱，工商怒学界之强横，此四民之界也。社会以彼此而相疑，同群以尔我而招忌，此私党之界也。即属于个人者，亦因私嫌而愤争，竟小利而相杀，不外御其侮，而但阋其墙，甚矣其愚矣。吾侪今日，所当耿耿在抱者，亲爱之同胞，恳笃之兄弟，皆应出肝胆以相示，结合大众以御外侮，况属在比邻，同处一邑者，而竟水火构争乎？悲夫，卧榻之侧，他人酣睡，我同胞不引为大仇，名为国耻，而顾煮豆燃萁，相煎太急，抑何其倒行逆施若是耶？

奢侈之宜节也。吾邑人素富冒险性质，其出洋作工，至巨富而归乡里者，所在皆有。而得中人之产者亦相望也。前四五十年间，中国之最称富足者，以广东为首。广东以富足称者，以吾邑为首。曾几何时，竟一落千丈，至于今日之甚也。推原其故，固由于利源之不兴，亦由于财流之未节，一婚礼也，宾客填门，所费至千万金者有之。一葬礼也，僧道满室，所费上数千金者有之。然此犹其小且暂者也，他若迎神赛会，饮食交游，亦皆穷奢极侈，入不偿出。巨富之家，变而为中人，中人之家，降而为下户，质之乡人父老，所说十年来贫富之差异，未尝不汗涔涔下，悲此花团锦簇之香山，适成一衰落颓败之香山。嗟乎，皮之不存，毛将安附，人无远虑，必有近忧。彼奢侈者徒快一时之外观，曾亦知破败不旋踵耶？吾邑戒奢会之设，可谓知所先务，然其影响亦未甚大，岂办事者未尽鼓吹之力耶，吾愿其急起而图之矣。

私赌之宜禁也。广东赌风之盛，久在世人耳目。番摊也，山票也，铺票彩票，几于触目皆是，然其为害是公共的，非吾邑为独烈也。其权利是巩固的，非一时所能禁也。以记者所闻，则邑人之害于是者十之三四，而害于私赌者十之六七。盖吾邑私赌之风，至今日为极盛，赌局之开设如蚁聚，牌艇之陈列如鳞比。（赌局则到处皆有，其聚散颇诡秘，若牌艇以新街一带为最多。）其老千光棍之属，相机而动，择肥而噬。是以巨富之子，投身陷阱，则破家亡身相随属，其遗患不可谓细也。邑人非不知之，宰民者非不知之，有煽其中者，运动敏捷，财足通神，邑人固无如何也。夫赌博之弊，语其大者，则败家也，破产也，隳职业也。语其小者，则侥幸也，倚赖也，坏公德也。斯密亚丹曰，斗博者天下奸利之一也。夫奸利尚不可，况大害乎。而吾邑之官绅，竟视若无睹者，岂金钱主义耶？抑见闻未周耶？

卫生之宜讲也。文明之国，其政府必注重地方卫生诸条件，诚恐一处染疾，则将波及他处，不得不设法杜此病根，以保护万民公共之生存也。我国政府，无此能力，吾不必怪。然吾民公共之卫生，及宜自研究而自布置之矣。举例以证之，种痘之法，往往取病人痘液，种于别人强健之体中，适得遗传病之结果。十八世纪以后，西人已戒绝之，而自给痘种。吾邑人仍不觉察，其流毒靡浅鲜也。清街道矣，而渠道之闭塞仍如故。赠医药矣，而毒物之贩卖仍如故。（西人设有卫生试验所，延请化学技师别食物之美恶然后发卖，我邑无赖辈反以毙坏之牛犬图利，可恨！）又何怪秽气薰蒸，疠疫延蔓耶。夫至于疠疫延蔓，则又以为天降之灾，祈神建醮，以求免祸。而抑知祸患之来，固在显而不在隐也。西方诸国，方有保兽会之设，而吾人于地方卫生，亦淡然置之，其程度相去，抑何远耶。

迷信之宜破也。科学日益盛，则迷信日益破，此学者之恒言也。然吾观今日，尝有从学经年，亦囿于家庭及社会之锢习，而不能自拔者。吾友温犀已先我言之，推迷信之弊，则进化之障也，甚者亡国杀身也。虢公请命于神，周史过曰，虢必亡矣。一国如是，一人亦然。皇天无亲，惟德是辅，邑人亦可深醒矣。自此而外，若卜筮，若巫术，若风水，皆阻碍文明之毒物，邑人当铲除而戒绝之，以实行天助自助者之格言。否则迷信极而依赖生，将迷信始者而放弃终矣，安有高视阔步，仰首伸眉之一日哉。

妇道之宜守也。解释妇字之义，其说者繁。说文曰，妇服也，从女持帚洒扫。白虎通曰，妇者服也，以礼屈。此皆专制之意，揆之人道主义，甚相凿枘。有圣人起，黜妇为女子之称，而易言夫妻，妻者齐也，从女从……从又，又持事妻职也。此亦中国纯粹之伦理，而女同胞所宜知也。然返观吾邑，若黄圃，若小榄，女子之浅薄，实足骇人见闻。有骄傲自持，而终身不接夫面者矣。有同群挟制，而经年不返夫家者矣。准之中国伦理固大谬，即揆之自由新理，亦大相违反。吾读内则一篇，未尝不叹吾邑风俗之颓败也，夫此等恶习，侵淫洒漫，实为弱种之一原因，使相习成风，成为国俗。中国种族，尚可问乎？在文明之国，政府得出而干涉之，而吾邑父老，漠然曾不介意，独于婚礼小节，讲求之不遗余力，亦可谓放饭流歠，而问无齿决矣，岂不可异哉。

陋婚之宜禁也。自宋儒饿死事小、失节事大之说，流传社会，而妇女女子，皆以守节自任。遂有所谓望清者，有所谓守清者。邑人士方赞叹不已，惊其清节之可嘉，恬然不以为怪。夫守节之说尚矣，然区区者足为守节之代表乎？自谬说盛行，绅富之家，皆以再聘为嫌，而怨女旷夫，相望于道，未见其利，先见其害，抑奚利焉。女事夫犹臣事君也，仇牧苟息，君亡与亡，忠之盛也。若使岩穴之士，未执挚为臣，号呼而自杀，则不得谓之忠矣，彼守节者又何异于是哉。（以上杂抄汪容甫之言。）是以程正叔历引经传，以证未嫁守节之非义盹挚怛恻，真仁人君子之言也。嗟我同胞不揣其本，而齐其末，方以气节衿人，曾亦知悖人道、违圣教，一至此耶。然此犹其隐焉者耳，语其著者，则有冻馁其身，而悔恨终年者矣，有为旁人牢络，而发愤自戕者矣。自谓守礼，适逢其害，抑何蒙稚若此耶。语云，烈女不事二夫，非谓不聘二夫也，彼女子亦可憬然悟矣。（按吾邑语，有冥婚之说，更荒谬绝伦，当在禁绝之列。）

以上所说，仅就记者感触之端，笔之于报，而为邦人诸友改良风俗之助。故篇中所说，皆约略言之，而不暇致其详。若欲明其本末，非数万言不能尽，区区数千言所能竟其事也。要之为治不在多言，顾力行何如耳。嗟夫嗟夫，哀莫大于心死，祸已逼于燃眉，习俗移人，精卫之魂难泯，妖孽并作，温峤之犀奚存。长此安穷，贾长沙所以流涕，万方一概，杜少陵能勿哀吟。茫茫故乡，叹恶风之未靖，莽莽千载，念来日之大难，此吾所以仰天呼号，俯首流泪，而为此音之哓哓也。丧乱孔多，忧心如梼，叔伯兄弟，其或予顾？

众生一日不成佛，我梦终宵有泪痕。　［《香山旬报》第二期，戊申（1908）九月初一日］

论教育与改良风俗之关系

醒汉

迩年以来，改良进化之名词，腾播于社会，虽妇人孺子，亦耳熟而能道之矣。夫人人皆识此名词，人人实行此主义，则社会上之旧染汙俗，何难一扫而空之，使骤进于文明之境界邪。顾吾尝近而征之吾邑社会之现状矣。若婚嫁之家，犹论嫁饰，争品物，亲友道贺之繁文，恶少闹房之怪剧，一一如故也。若丧祭之事，犹延僧尼修斋醮，停尸择地之恶俗，焚衣化帛之愚迷，一一不改也。以言神权，则元旦之行香，七月之烧衣，除夕之祀灶，其迷信不减也。以言俗尚，则二月之夺炮，浴佛日之舞龙，端午之竞渡，其蛮野犹昔也。且限期禁烟之令既下，而烟馆林立，殴打戒烟会员之恶剧，不一次也。改良私塾之会既设，而塾师锢蔽，反对提学司之干涉，不一人也。环顾吾邑，此十三都之疆域，五十万之同胞，舍学界少数同志外，有提倡改良风俗，实行化导社会者乎？无有也。呜呼，岂我邑同胞，无意识，无思想，醉生梦死，与倭兰吉贲同等，不足与言改良乎？盖无教育故也。

夫教育者，制造社会风俗之原料也，教育未兴，而欲风俗之改良，是犹舍舆马而欲至千里，弃舟楫而欲绝江海也。世界万国，其国民程度之等差，必贫者十百，而富者一二，必愚者十百，而智者一二。惟恃普及国民之教育，促其民使进于文明之域耳。我国未受教育之女子，已占国民之半数，其他半数之中，未受教育之农工商等，又居十之七八，惟余此最少数之所谓士林中人，身受腐败之教育，沈溺于词章帖括，驰骛于利禄功名。目未视科学之书，耳未闻鸿哲之论，守旧之习，积于脑髓，直与未受教育者等耳。责此辈以改良风俗，何异令瞽者辨色，使聋者审音乎。

不宁惟是，社会未开化，崇拜腐儒者常占多数，崇拜新学家者仅一二耳。吾见有志之士，发悲惨痛切之言论，累千万言，犹不能感发而开悟之者。老学究出一二语，而社会奉为定盘针，恃为护身符矣。吾当竭力以提倡之，彼辈交口以诋毁之。有倡破神权之议者，群以为奉洋教矣；有倡设女学之说者，群以为好色登徒矣；有倡剪发易服之论者，群以为变乱国制、谄媚外夷矣。一齐人傅，而众楚人咻。此诚社会风俗之大魔障也。故欲濬发社会，破除魔障，非普及教育不为功。

普及教育之方面有三。一曰家庭教育。家庭为学校基础，凡身体之发达、知识之开通、道德之纯固，胥于此基之。盖小儿初生，为父母者，即其玩好之物，为其剖释以启其知，因其日用之事，为之解说以发其识。其为功最大，其收效亦最易，此陆克氏所以专主家庭教育也。顾掌握家庭教育之枢机者谁乎，则女子也，裴司塔若藉氏有言，儿童之受教，必自母始，小儿在褓褓之中，其性常亲母而疏父，盖父之声音颜色，予儿以可畏，而母之言笑情状，予儿以可爱也。爱之切斯信之笃，信之笃斯教之易。古来之圣贤豪杰，其得之父教者少，得之母教者多，是可证已。吾国女子素无教育，其抚子也，或惧之以鬼神，或诳之以食品。家庭之间，所闻皆鄙俚猥琐之语，所见皆粗暴谬乱之行，深印于其脑中，适养成迷信、欺诈、骄奢、贪残种种劣质，其影响于人群风俗岂浅鲜邪。

二曰学校教育。学记言古之教者，家有塾，党有庠，州有序，国有学，保传篇言八岁而就外舍，束发而就大学。周代学校之盛，不让于今之欧美。欧美各国学校，别为普通专门特别三种，而普通学校为尤重。凡国民六岁，无论男女，必令就学，谓之义务教育。至于贫儿孤儿、盲哑痴聋之类，皆特设学校以教之，使全国人民，皆具普通知识，故其国教育愈盛者，而风俗亦愈良。有断然者，吾国近年名为振兴教育，然未能推广。就吾邑计之，小学仅得六七十所，学生不过三数千人，以人数论，得受教育者百之一二耳。又况学校之中，教科不备，教授不良者，比比皆是乎。人民之程度，恒视教育之涨缩为比例差，吾邑教育之现象如此，则人民之程度可知矣，社会之风俗更可知矣。

三曰社会教育。人类不能离群而孤立，非内处家庭，则置身社会。社会积习之染人，有同化之力。故欧美文明诸国，皆重视社会教育，组织种种之团体，以开通社会之知识，扩充种种之事业，以增进社会之文化。社会之教育，实为改良风俗之重要机关，未闻有社会教育发达，而风俗不良者也。顾吾邑中下流社会无论矣，所谓上流社会中人，触吾目者，莫非劣绅赌棍，烟鬼酒徒，结党营私，横行乡里，以鱼肉同胞为事。即素有名誉号称新学之士夫，往往聚首谈心，讨论国事，咨嗟太息，亦惟付之空谈。及考其实际，则囿于流俗，而不克振拔。嗟乎嗟乎，吾邑之社会如是，学校如是，家庭如是，而欲改良风俗，不亦难乎。

虽然吾不敢谓我邑同胞之不足与言改良，其所以野塞若是者，实不知普及教育关系之重要也。吾知之而不大声疾呼，正告我邑人士，是无以对我同胞，闻吾言者苟视为河汉，而不奋其热心，合其群力，以图教育之普及，是为自负，我同胞其念之哉。[《香山旬报》第三期，戊申（1908）九月十一日]

香山赤十字会缘起 （简章 赠医广告）

窃思环球上最关系莫如生命，生命最关系莫如救伤疗病、拯急扶危。然则世之所谓医家，岂无学宗仲景，术炫岐黄者乎？可否担此责任，曰：否。皇皇院所，翊翊灵丹，岂无安息之地，调理之方。可否拯此危亡乎？曰：否。无论军伍交锋，存亡系于俄顷，纵息偃在床，呼号待命，必区区然卜之于神，延之以礼，始行肩舆而至，吾恐大事已去，药石无灵矣。且贫而无资者，苦药囊之如洗，势必坐视其毙，呼吁无门。况军战重伤，地方灾变，为患无常，苟非有救伤队、疗病所准备于平日，临时必猝无以应。同人等关怀利害，痛为生民请命。

故特联集一般热心公益之同志，选聘品学并优之西医，倡立此赤十字会，以为救护之所，赠医施药，闻警即至，赶期奏效，遐迩无误。但事体重大，经费浩繁，非少数人所能胜任。用特略定简章，俾有热心、有能力者出而赞助之、扩大之，不徒我同人为之歌颂焉。抑亦阖邑同胞之幸福也。

简章

（一）命名　本会命名为香山赤十字会。

（二）宗旨　本会以任理平时地方灾变、伤患，及救护战时军队伤病为宗旨。

（三）地址　本会暂假怀德里安得烈氏二楼为医所，俟有适当位置，或租或借，再行搬迁。

（四）办法　本会专聘男西医二人，并设佐医八人，担任疗治，每日在会所内赠医施药，无论男女界均可入诊，以尽爱群之义务。惟花柳疾概不施赠。

（五）会员　本会会员分为两种，（甲）无论男女，品行端正者，均可缴入会费，由本会会员介绍入会，并有徽章、小部给回作据。（乙）如有热心志士，能慨助本会经费 20 元以上者，均推为名誉会员，免纳会费年捐，并给名誉徽章。惟必要已交捐款，发有收条方可实。

（六）经费　凡入会者，纳入会费 1 元，另每年例捐 1 元，以 5 年为满，续入会者亦同。除开办支用外，储为本会基本金。如不敷用，则由同人担任劝捐。

（七）权限　凡为本会会员及名誉会员者，例可稽查会内数目，并一切举动。如有错误，希函示知，以便随时集议更正。

（八）附则　以上章程从简略定，如有未善，随时改良。至一切详细规则，容当刊布。

赠医广告

启者，本会经于月之初四日举行开幕。今准期初十日起，聘请西医生刘君浩如、萧君泽垣，在会所内赠医施药，每日由 11 点钟至 2 点钟止。无论男女老少，凡患病者均得入诊。但星期停医一天。或遇急症，可随时到会所驰报，俾即派医生前往护救，分文不取。此布。庚戌年十二月□日（方框处为原文缺失文字——编者注），香山赤十字会披露。[《香山旬报》第八十三期，庚戌（1910）十二月十一日]

香洲商埠之将来

尧孙

邑人王君灼三等请将吉大、山场交界荒地开作商埠一事，昨已由劝业道禀准督宪开办，定名香洲商埠。王君之宏愿，殆观厥成乎？我于此嘉王君扩张商务之苦心，我重贺邑属前途之发达。

考吉大外滨大洋，内接腹地，平原一片，土质坚凝。陆地则接近澳门，水路则直达省港。而且港湾辽阔，可以停泊渔船，河道流通，可以聚集商艇。询天然之形势，绝妙之商场也。而百数十年来，曾无人筹议开辟者，一苦于资本不足，欲举办而无从；一苦于创始维艰，因畏难而却步也。卓哉王君，不惜绞尽几许之心力，费尽几许之经营，而卒能就绪，其造福桑梓之心为独苦矣。

近年以来，华侨之寄居外洋者，幸获巨资束装归里。而土豪族恶，屡肆欺凌。鹤唳风声，闻者裹足。故常有客死异乡，不复恋怀乡土者，无他，内地保护之未周也。今另辟商埠，实力防卫。则凡我邑人，莫不愿出其途矣。都会之成，旦夕可期也。此成我香山人之福，我故谓王君之造福桑梓为独苦也。

抑我谓兹埠之辟，尤可以挽回本邑之利权也。我邑人经商澳门，以千万计，岁中用度，所费不赀，然蔫下依人，时形亏耗，野心狼子，后逞强权，此我辈所日夜思维，思得一当以塞此漏卮，伸我抑者也，今建立商埠，恰与毗连，外洋交通，彼此一致，相率旅澳之商民，移萃新辟之商埠，在商民往来进退，倍觉自如，宁复有依依恋栈，甘受外人之压制而不来者，偿我损失，去彼凶横，是举之关系靡轻也，我故谓兹埠之辟，尤可以挽回本邑之利权也。

统上所说，形势利便，不亚于香江、沪上也。丛山环抱，海线迂回，山川风景，不亚于马交南环也。异日者鸠工落成，广厦千万，大开殖民政策，直接外洋之通商。夫如是则工业因之而振兴，夫如是则学校因之而推广，夫如是则渊鱼丛雀之殴可以免，夫如是则衣锦故乡之愿可以偿。田野荒芜之吉大，遂变为花园锦簇之吉大矣。有志竟成，我将拭目以观其后。[《香山旬报》第十八期，己酉（1909）闰二月初一日]

澳督果肯豁免苛例耶

贵刚

痛哉！澳门之苛例。异哉！澳督之欲豁免苛例。

澳门向例，凡渔船等必领葡人牌照，方准湾泊，而种种苛待，尤不胜数。现因香洲埠成立，竟从宽大，且面嘱各商，得以条陈苛例。嗟乎！彼之野心，宁可掬天下哉！

香洲埠成立，君厚邻薄，途人共识，彼宁不知之。今之甘言宽典，必经开埠而始发生，虑非出自本怀，为我民计者。然则狙公赋茅，计至显浅，谁能之听，恐亦枉劳心力而已，虽然，不可不辨，彼渔户之多泊澳界，岂得已哉，文明诸国，对于渔业政策，视为重典，日本对于渔业之奖励，岁且数十万，吾国既不足语此，而保护方法，亦从而放弃，金人巨蠹，且因以残害之，铤而走险，急何能择，藉外自固，亦固其所，今虽派员筹办渔围，藉资保护，使奉行不力，名存实亡，则恐渔户之观望不来也。总之自爱祖国，人同比心，惟利害之界，夫人能辨，彼之欲免苛例，虽欲牢笼吾民，然吾民之服从与否，不在彼之巧言，而终以我之保护得力为断耳，一般之有官守者念之哉。[《香山旬报》第二十期，己酉（1909）闰二月廿一日]

澳门划界之疑问

亦进

澳门者，中国之澳门也。因租借故，而起今日划界之交涉，吾心痛矣，抑尤有虑。

行旗飘飘，起举国之举目，非高使之行踪乎？集合团体，经营筹划于稠人广坐中，非勘界会之现象乎？粤中人士，神游目想，方谓划界之举，在此日矣。乃迟之久，而高使之声音寂然；迟之又久，而仍候磋商之部电又至。此中状况，虽非吾辈所深悉，然外部之秘密磋商安知其不先定大计，不欲吾民之置喙耶。安知其不先与葡使画诺，循例派员按界耶。若是则划界之举，必无良好之结果，而勘界会之争持亦无益。则今日所谓续约废约，相与研究，亦等于空中之楼阁耳。吾今审其往事，按诸现象深切杞忧。使外部专断而行，或高使坚意让步，则吾粤人将低首下心而听之乎？抑按条约，据法理，认明界址，奋起而与之争乎？中国外交专以让步为无上之妙用，今日划界，安知不蹈其故辙耶。吾粤人士，畏官之性质亦最甚，今日划界，安知岂能申请原有之权利耶。由各方面观之，则勘界问题，收效靡易，而重以外部之举动秘密，素敦睦谊，更非记者所忍言也。要而言之，精诚所感，金石能开。吾深愿勘界会请君，集合团体，详查澳人逐年侵界之柄据，以为高使勘界之资料，使高使能顺舆情，力争于上，粤人坚持大局，助力于下，理直气壮，达广约之目的，收回主权，固所甚愿。即使不能，亦必按照旧界，取回侵地，再与订立约章，作为续借。若不然，一味退让，秦越视之，则吾粤人当作何对待，此则亟宜研究者也。法人之言曰，事苟不成，将尽法国为蒿里，以营大场于其上。士苟有志，彼渺小之国，何足惧哉，何足惧哉。
［《香山旬报》第二十一期，己酉（1909）三月初一日］

澳门与香洲之比较

亦进

葡人租借澳门以后，竭力经营，开拓土地招来华人以实此土，已有年矣。吾同胞之在此居留者，或藉外以自保护，或营业以使交通，遂使貌小之澳门变为繁盛之市镇。今香洲蔚然成立矣，与澳门相隔仅十三里。以优胜劣败之例推之，则两者对峙，必此襄而彼盛，或彼振而此蹶，不可为讳者也。然世之论者，言人人殊，竟有谓澳门基本早固，华人安土重迁，香洲新开商埠，地广人稀，不能与澳门相颉颃者。此说初闻之若甚有理，若细思之，则有词以解之矣。盖新开之地，地价必廉，地价既廉，争先投买者亦必众。若以安土重迁为虑，则西人之营业于欧土者，何以一转而趋于澳洲诸新地？美人开辟檀香山以后，何以世人争投资本以兴建筑哉？此无他，地一加开，去旧图新，策群力以经营之，则其地发达将逾倍。且经营一般独占之事业，其流通更未可限量也。由此观之，而谓香洲不能与澳门相颉颃者，果何据而之然耶。

吾更即两方之比较言之，则香洲不独能与澳门相颉颃，且将驾澳门而上之焉。何言之，夫澳门不过一掌之地耳，海口狭窄，轮船不便湾泊，地势散漫，商务无甚起色。若香洲则外滨洋海，内枕群山，四通八达，交通便利，洵天然之商场。他日货物屯集，舟车往来，商务之起色，日新月异，固可预决也。此澳门不及香洲者一也。澳门实无所谓商务，所恃以支持目前者，惟妓院与赌馆二者耳。然此二者固所谓不正当之营业也。故香洲开埠，首以禁赌为先务。良以赌风一盛，人多嗜好，咸簿于储蓄之愿望，而商务受莫大之影响也。此澳门之不及香洲者二也。吾同胞之栖息澳门者，受彼辈之虐待，不可以算数口喻。今香洲埠既成立，以中国之人，践中国之土，士农工商，惟我所欲，藩离自守，非理之干涉，横强之侮辱，一切可免。此澳门之不及香洲者三也。职此以观，则香洲非特与澳门颉颃，且驾澳门而上之，固彰彰可见矣。

靡特此也，吾试审其现象，更有足征。香洲埠者仅创办而未成立之商埠耳，当其开幕之日，粤人到会者万余人，海陆奔驰，冒雨而往无稍难色，则粤人之表同情于该埠至可见也。返观澳门，商务凋蔽，竟逾趋而逾下。据省城某报所载，谓其地价之跌落，有由六七百元而跌至一二百元者，非其骇人听闻之事子耶！夫地价之涨落，与文明进步为正比例。故上海黄浦滩之地，五六十年前，犹无人过问，今则每亩加至数十万元者有矣。无他，土地改良，商业发达使之然耳。今澳门同为华人之居留地，而所得之结果，适与彼地相反，则其内容更可知矣。呜呼！澳门之现象既若此，而香洲之现象则如彼，优胜劣败，何待龟筮而后知也。香洲乎！其前途乌可限量乎！吾同胞之旅居异地者实非得已，试观吾国之足履彼地者，虽富若贵一红头贱种足以辱侮之。吾同胞之忍气吞声，饮奴隶之卮者已数十年。亦以祖国地不加辟，无地可以经营，故隐忍以待之耳。今香洲巍然成立，为同胞开一新殖民地。出谷迁商，显示一最好之机会。何去何从，吾同胞乌有不知辨别者哉。

虽然，香洲之厚，澳门之薄也，此理非独吾辈知之，即葡人亦莫不知之。案何也，观彼辈日来之行事可以知之也。葡人十一日集议，其提出之议，开宗明义第一条即曰，华商既开香洲埠，于澳门商务渔业均有妨碍，则彼此之关系为何如也。澳门向例，医院有禁，渔船有禁，其种种行为，亦皆备极可待，今则概从弛禁矣。岂澳督法律废弛耶？野心犹昔，未必如此其颓懦。然其所以前倨后恭者，则香洲埠之影响为之也，彼恐已孤而吾之逼，故不惜变其政策，为一时牢络人心之计。其恐慌之现象，固大可见矣。虽然，风气所趋，固非人力所能挽。利害之界，三尺童子能辨之。吾同胞之挟巨赀以营业者，宁待刑驱势逼而后来耶，宁为甘言巧语以自安耶。同胞之爱国心，日发益达，回首祖国，喜惧交集，舍父母之邦又将何往耶？［《香山旬报》第二十三期，己酉（1909）三月廿一日］

附录二　香山地方见闻

1. 清末香山人口

［调查录］香山县调查属内各境名称户口总表（据己酉年【1909】调查报告）

城	户数	口数
	10451	68236

人口 5 万以上之市镇、村庄、屯集：

名 称	户数	口数	名 称	户数	口数
隆 都 镇	26665	24770	下恭都镇	9597	54739
小 榄 镇	20557	28342	黄梁都镇	15735	81847
谷 都 镇	11059	53687	合 计	92758	475958
上恭都镇	9145	52573			

人口不满 5 万之市镇、村庄、屯集：

名 称	户数	口数	名 称	户数	口数
厚 兴 乡	625	3525	张家边属乡	2626	10452
长 洲 乡	1629	9180	南蓢属乡	1058	4759
港 口 乡	1119	6290	古 镇 乡	4629	24516
良 都 乡	4578	20133	曹 步 乡	1501	9011
深 湾 乡	895	4626	海 洲 乡	1336	7866
石鼓趺乡	5112	2991	三 灶 乡	1650	9080
基边峰溪乡	2406	12056	小黄圃乡	1535	4396
濠头属乡	2469	12491	大黄圃乡	12815	46611
东 翘 乡	1687	11649	潭 洲 乡	2919	17654
牛起湾属乡	2421	10871	黄 角 乡	3156	11405
平山属乡	2562	10987	合 计	60106	278024
榄边属乡	5977	27475	城镇乡合计	163315	822218

《香山旬报》第五十二期，庚戌（1910）二月初一日。

2. 清末城乡新学堂一览

都 属	地址	校 名	成立年月	校长	教员数	学生数	常年经费 （约支元数）
仁 都	东城内	香山中学堂	戊申（1908）二月林郁华	7	87	5760	
良 都	东城外	香山高等小学	戊申（1908）二月黄应枢	5	69	3700	
仁 都	北城内	香山初等小学	戊申（1908）二月刘荣祖	3	65	1940	
仁 都	西城内	颖川初等小学	丙午（1906）二月陈颐	2	50	900	
仁 都	西城内	隽德女学堂	甲辰（1904）一月	6	27	670	
良 都	南城外	南区简易小学	戊申（1908）一月	1	50	250	
良 都	西城外	西区简易小学	戊申（1908）一月	1	20	250	
良 都	北城外	东北简易小学	戊申（1908）一月	1	40	250	

续表

都　属	地址	校　名	成立年月	校长	教员数	学生数	常年经费（约支元数）
良　都	北城外	烟洲简易小学	戊申（1908）一月黄子俊	1	10	660	
良　都	烟洲乡	烟洲两等小学	丙午（1906）二月黄显成	5	54	3930	
良　都	烟洲乡	第一简易小学	丁未（1907）二月黄显成	1	30	325	
良　都	员峰乡	公立初等小学	丙午（1906）二月	1	7	362	
得　都	濠头乡	五峰两等小学	丙午（1906）一月郑镇垫	2	50	1320	
得　都	濠头乡	第一初等小学	丙午（1906）一月郑镇垫	1	30	160	
四　都	大岭头	云衢高等小学	丙午（1906）一月李家璧	3	20	3100	
大　都	泮沙乡	公立初等小学	丙午（1906）七月许子钊	2	15	1050	
大　都	崖口乡	三乡两等小学	丙午（1906）三月谭国鏊	2	25	1300	
大　都	翠亨乡	尚武简易小学	丙午（1906）一月杨文懿	1	16	350	
良　都	沙涌乡	教忠初等小学	丙午（1906）一月马	3	64	1050	
谷　都	平岚乡	桂山两等小学	乙巳（1905）八月郑宗愚	4	52	2000	
谷　都	茅湾乡	公立初等小学	丁未（1907）一月李宗膺	3	47	1200	
谷　都	桥头乡	公立初等小学	丙午（1906）二月郑应琛	3	94	1000	
良　都	雍陌乡	东山两等小学	丙午（1906）一月郑炳泇	3	57	1900	
上恭都	宦塘乡	公立初等小学	丙午（1906）一月卓尧峰	2	36	900	
上恭都	会同乡	公立初等小学	丙午（1906）一月莫藻泉	1	22	750	
上恭都	上栅乡	公立两等小学	癸卯（1903）一月邓兆凰	2	51	800	
上恭都	唐家乡	公立两等小学	丁未（1907）一月唐汝霖	4	96	3000	
上恭都	鸡柏乡	鹤山初等小学	丙午（1906）一月唐世泰	2	25	700	
下恭都	北山乡	杨氏两等小学	丙午（1906）一月杨应銮	2	38	1600	
下恭都	南屏乡	香南两等小学	丙午（1906）一月容联芳	3	50	1300	
下恭都	南屏乡	容氏初等小学	丙午（1906）一月容国大	3	80	1200	
下恭都	前山寨	恭都两等小学	甲辰（1904）八月韦廷芳	6	50	7000	
下恭都	前山寨	刘氏初等小学	壬寅（1902）九月刘永枬	2	50	1450	
下恭都	翠微乡	修来两等小学	丙午（1906）一月吴庆光	6	66	3500	
下恭都	翠微乡	梯云简易小学	丁未（1907）一月吴逊乔	1	22	350	
下恭都	翠微乡	郭氏初等小学	丙午（1906）五月郭遹周		15	350	
下恭都	北山岭	公立简易小学	戊申（1908）一月吴文坚	1	30	400	
下恭都	南大涌	南溪初等小学	戊申（1908）二月吴应魁	2	85	700	
下恭都	山场乡	鲍氏初等小学	戊申（1908）二月鲍焕章	2	33	600	
隆　都	豪兔乡	隆都高等小学	甲辰（1904）一月杨汝禧	4	55	4000	
隆　都	黐角乡	端本两等小学	甲辰（1904）一月刘炳煌	8	180	1581	
隆　都	申明停	杨氏初等小学	乙巳（1905）十月杨玉瑚	2	20	800	
隆　都	下泽乡	明新初等小学	甲辰（1904）一月余鸿钧	2	29	850	
隆　都	龙头环	明德初等小学	丙午（1906）一月周鸾骞	2	50	600	
隆　都	大岚乡	岚杨初等小学	丙午（1906）一月李宗干	3	60	1808	

续表

都 属	地址	校 名	成立年月	校长	教员数	学生数	常年经费 (约支元数)
隆 都	安堂乡	觉群初等小学	丙午(1906)一月林挺芳	3	64	1400	
隆 都	南村乡	振英初等小学	丙午(1906)七月伍贺元	2	29	760	
隆 都	叠石乡	时新初等小学	丙午(1906)一月余福铭	3	45	1700	
黄粱都	斗门乡	和风两等小学	丙午(1906)九月赵臣蔺	3	48	3000	
黄粱都	南门乡	敦本初等小学	戊申(1908)二月赵逢泰	3	40	600	
黄粱都	南门乡	渝智两等小学	戊申(1908)二月赵燮猷	2	15	300	
黄粱都	大托乡	公立初等小学	戊申(1908)三月任绪声	2	30	350	
黄粱都	大赤坎	赵氏两等小学	戊申(1908)二月赵启文	2	35	800	
黄粱都	南山乡	颖川简易小学	戊申(1908)二月陈桌谋	2	36	240	
黄粱都	汉坑乡	汉溪初等小学	戊申(1908)一月吴桂馥	3	56	366	
榄 都	小榄乡	榄山两等小学	丙午(1906)一月何作权	9	60	4700	
榄 都	小榄乡	流庆两等小学	丙午(1906)二月何植芬	4	27	1700	
榄 都	小榄乡	乌环两等小学	丙午(1906)二月何锦裳	5	37	2000	
榄 都	小榄乡	翠峰两等小学	丁未(1907)一月刘式镠	3	22	1700	
榄 都	小榄乡	李氏两等小学	丙午(1906)一月李琪昭	6	31	1700	
榄 都	小榄乡	麦氏两等小学	乙已(1905)八月麦瀛梁	4	30	1821	
榄 都	小榄乡	三立两等小学	丙午(1906)一月钟荣衮	3	30	1400	
榄 都	小榄乡	卫所两等小学	丙午(1906)一月罗寅杓	3	22	800	
榄 都	小榄乡	藜明两等小学	戊申(1908)一月郑雨祥	3	36	1200	
榄 都	小榄乡	公立工艺学堂	戊申(1908)一月何尊芬	7	44	4000	

《香山旬报》第三期,戊申(1908)九月十一日,第39~40页;第四期,戊申九月二十一日,第40~44页。

3. 香山地方俗语 (采自《香山旬报》,需用石岐方言来读)

(三字)

行山路,打水围。放白鸽,拍乌蝇。大王眼,乞儿头。太士狗,老师鸡。
菩萨仔,观音兵。挨虱磨,遁虾笼。捉羊牯,赶猪狼。丢眼角,扯皮条。
唔洗髻,冇甩须。包坏脚,坐懒身。门口狗,灶头猫。鬼仔手,老人精。
煲老鸭,买肥鹅。吃饱肚,恨断肠。打天狗,捉水鸡。跟尾狗,叩头虫。
打斋鹤,辞神鸡。白鸽眼,乌鸦精。劏白鹤,吃乌猫。坐林虎,出涌虾。
敲脚骨,托手踭。猪姆尾,猫儿须,满肚草,一面灰。掹衫尾,打裤头。
榄鼓帽,薯茛刀。拔马尾,投猪胎。签猪仔,秃鸡公。烧坏瓦,倒乱砖。

揸手臂，晒脚睁。三角眼，二鳖须。青苔石，绿豆沙。红脚甲，黑心肝。冇爪蟹，失魂鱼。莺哥鼻，鸡公精。七姐妹，三姑娘。笑孪肚，恨折腰。蛇吞象，鼠拖牛。兜番货，怀鬼胎。

（四字）

周身牛气，冇尾猪头。崩哥吹笛，和尚担枷。一头雾水，满面烟油。燧烂猪脚，煨熟狗头。麒麟仔榨，狐狸麻搭。真系诡马，假过卖猫。扎实裤脚，抽起鞋睁。翳翳肺肺，蒙蒙头头。疴五色屎，拈八字须。冻水劏蛤，漫火煎鱼。长尾蟋蟀，饱肚蟝蛤。吃寐疴耍，嫖赌饮吹。食多两件，饮深一杯。嘧少诡鼠，衰过偷猫。高脚东东，阔口喇叭。佛咁个颈，鬼禁无情。鸡胸狗肚，鼠眼蛇头。我唔话汝，公不离婆。一脚牛屎，周身猪腮。牙尖嘴利，头清眼明。一口芽菜，满面桃花。逢七打八，出五喊三。尖嘴箪箕，散脚琵琶。聋公烧炮，盲佬黏符。着牛皮裤，拖燕尾鞋。胡须勒隔，牙齿犁筛。借风驶艆，顺水推船。骑硫磺马，做菠萝鸡。烂柴打狗，吙米养鸡。隔窟估蟹，二笼过鸡。崩哥梗鼻，烧姑洗头。狗毛毡帽，牛皮灯笼。

（五字）

周身神仙史，满口老举经。一床都是脚，八字咁个须。成日炒白菜，半夜吃黄瓜。一拳拢过壁，只手遮边天。眉毛笃笃企，眼核勾勾清。庙叔公养狗，崖子佬赶鸡。肩头高过耳，脚甲都系油。有气冇定抖，好心唔怕多。莎纸做蚊帐，花被当鸡笼。马老爷射箭，姜太公卖盐。斋姑生野仔，村老读文魁。地奶闹女婿，盲呀打老婆。真过系佛手，驶乜咁神心。乜你禁诡鹊，赖佛偷咸鱼。

（以上分别采自《香山旬报》第九、十、十一、十二期）

4. 猛虎恶兽资料

百年前的香山县，人烟稀少的荒山野岭间，常有猛虎恶兽出没，《旬报》也屡有报道，足见当时的自然生态环境与今时大不相同。

前山吉大乡，来有黄斑色牡虎一头，经向各处拖食牲口，骚扰不堪。忽于月之初七早，被乡人所带猎犬嗅知，登即约，同乡人数名，向石岩将该虎枪毙。及拖出，计重一百七十余斤。

刻又来有一虎，白额葵扇尾，较前虎尤猛。前数夕被巡丁遇见，用打灯迎照，该虎直扑而来，巡丁即将油衣打灯弃地急逃，幸免于难，次日往觅油衣，已被抓碎矣。［《猛虎渡河之反比例》，《香山旬报》第二期。戊申（1908）九月初一日］

得都出山虎（山名）地方，近有一恶兽出现，形状如豹，皮毛麻黑色，尾短而大，食去人家猪只无算。每日黄昏时便出。该处附近乡民，咸有戒心。

又谷都平岚乡后之马迳地方，近有一兽，长 2 尺余，攫得猪只，但吸其血，不食其肉。为瓮菜塘村人所见，以枪击之。该兽即作旋风舞。其行如飞，不能击毙。

又雍陌乡后荒僻处，亦有一异兽，每早晨闻鸡声，即逡巡农家门外觅食。有农家子从窗隙窥见，其头如狮，能作人行。日出即匿伏林中，其脚迹甚巨云。［《恶兽汇志》，《香山旬报》第十四期。己酉（1909）一月二十一日］

雍陌乡后山埔之树下处，前旬又有一野兽，于下午二点钟时出现。毛纯黑，大如小牛。牧童见之，大呼惊走。移时兽遂不知窜伏何处云。［《又有野兽》，《香山旬报》第二十一期，己酉（1909）三月初一日］

5. 人物观感录

《香山循报》自九十四期开辟这个栏目，陆续发表本县一些人物的事迹。据循报的告白称，这样做的目的是"记邑先辈之异节畸行，用以鞭策人群，振励末俗"。

杨宝传

杨宝，邑之北山乡人，又名村仔宝。幼失怙恃，性慷爽，好骑射，身短仅三尺，骨立珊珊，膂力过人。复得异人授以抽身力，飞檐走壁，矫捷如猱。异人曰：有好技终能累此身，子虽尽得吾技，然必因此不免也。异人去，宝遂以绝技炫耀于人，莫不羡之。

会有盗党，不甘于贩卖同胞之猪仔头，思有以报复之。奈彼居葡国租界，且捐得澳门兵总头衔，居室常有兵卫。盗党虽深恨之，然亦无如之何也。有以杨宝之技能告，盗党咸曰：得彼矫捷，报仇不难，彼若来归，当让首座。宝闻之，只身来投，盗众推戴之，斗酒团蹄，满山庆贺。饮食既竟，以前事告。宝曰：事不难也。然取彼首领，曷若劫彼资财。既与同胞报仇，藉资吾人粮饷。能假兄弟四名，快船一艘，即晚可报命。众喜皆愿行。曰：人多则相护难，且使人防范，四人足矣。乃挑其健者，皆乔装渔夫。渡海，闻击拆者三。时猪仔头冯某（浑名元宝捶），方计算高、雷、廉、琼货。忽一客自天阶飞下，大惊。错愕间，客已至前，执其襟，示以凶器。曰：要钱耶，要命耶？冯骇欲绝，如误触蜂蜇。颤颤言曰：天人亦贫乎。室中所有，任取之，毋伤吾命。且示以藏金夹万，出匙与之。宝一手执冯，一手启钥。口咬凶器，怒目视冯，尽取其匣中物。囊既饱矣，顾谓冯曰：虎死留皮，人死留名，我村仔宝也。而藉外人力，无恶不作。此无他，族居租界，以为官方所不及也，亦知有侠客在耶！冯栗栗不能对。转瞬间，客已飞檐去矣。冯瞪目送之。良久，乃呼贼。兵集，询悉追之，已无及。或疑顷间泊岸之渔船中人。然已鼓浪乘风，达对岸矣。冯控之葡督，悬红购缉，皆不可得。冯有葡客某，尝语人曰：有能缉获村仔宝者，赏三千。宝闻之，至。执葡人曰：闻尔言能获村仔宝者，赏三千。吾即村仔宝也，三千金，乞勿吝。葡客大惊。悸怖而言曰：赏金一时难措，君如缴赏，当明午来。宝曰：明午十二响钟可乎？曰可。曰：及时无之，取尔命偿。语竟，复回顾之曰：三千金累重，而备纸币可也。飘然去。葡客既知失言，仍恐明日复至。告知冯某。冯曰：彼所云云，直欺人语矣。果来乎！三千金纸币尔当预备，看彼两肋曾生双翅否也。及时，葡客怀枪以待。忽闻裂然一声，桁桷震动，宝已立前矣。葡客面如土色。宝先搜其身，得暗器，纳诸怀。询以赏金，葡客点交讫。宝复执其手曰：今日之会，单刀会也。烦君一作鲁肃，挟之行。手启枪机，行且细细语。葡兵围者，皆面面相觑，盖宝预知彼必设兵以图己也，挟以偕行，彼虽众，亦必投鼠忌器。既至海旁，宝推之倒地。曰：至此不可烦汝。忽来一长龙接之去矣。由是村仔宝之名，震动蠔镜。营不正业者，多奉以行水，以图苟安。邻近四乡，无伏劫掳勒者，皆宝之力也。

　　时族中有无赖某，以技击课徒，素耳宝名，而欺其孱弱。曰：此区区者，虽胡椒曾作不得辣味，思有以比较之。一日，宝归。无赖抖其徒众劫诸途，宝谓之曰：诸君买酒无杖头钱耶？腕间金镯，典之，可作长夜欢，慎无恶作剧。语毕，掷镯于地。无赖拾之，仍不许行。宝曰：赶犬入穷巷，宁不知之，如此，是逼我也。挥腰刀与斗，众皆仆，无赖已被刀僵卧矣。宝直行归家，告其父老曰：杀某者我也。然某逼我杀之也，丈夫作事，一身当之，无贻累他人。父老执而送之官，论杀人偿命，斩于前山之较场。

临刑时，葡人往观者如堵，相庆曰，吾人今后安枕无忧矣。已而父老深悔之，乡间患盗无宁夕。杨夷来，杨开业，西瓜秀，南屏乡之陈守善，等家，其最著者也。

隐者曰：天下无无学识之丈夫，观此益信然也。杨宝抱绝世之技能，当立不世之事业，岂以杀人偿命，便得磊磊落落之名誉者哉！毋亦曰，不学而已。观其对于冯某一事，隐者不能无感，曰："毋恃旅居租界为官力所不及，亦知有侠客在耶？"语何其壮也！今之旅居租界乘我禁赌潮流，肆其设赌害人之专利心者，亦可以鉴矣。呜呼！安得杨宝复生。呜呼！安得百十村仔宝。[《杨宝传》，报界隐者，《香山循报》第九十四期，辛亥（1911）三月二十日]

沈志亮

沈志亮，原籍福建，贸迁来澳门，遂家于前山寨之龙田村。生而倜傥，慷慨尚义。道光十六年，葡人辟驰道，毁居民冢墓，灭骸骨，和议成，复大辟之，酷甚于前，迩时民咸畏外，罔敢与争，官亦置不闻。志亮先墓被毁，思所以报，谋之其乡荐绅鲍俊赵勋梁玉琪，鲍乃谋之总督徐广缙。徐曰，此诚可恶，鲍还以告，志亮乃与同郭金堂等怀刀伺之。葡酋素负勇，尝与敌国战，去一手获胜，抵澳门，举手言曰，身出没波涛，锻炼兵火，所到必克，扫荡一清，只手尚用不尽也，出入皆以兵从。志亮等不得间，久之益无忌，尝偕西洋酋数骑出。志亮曰，可矣。乃使或为贩鱼，或为鬻果蔬，弛担于道，若观驰马者，金堂又以野卉盈束，置于道，马闻香弗肯前，日将久，天且风，马腾尘眯目。志亮遂出西字书投葡酋，酋俯接而视，遂出刈刀钩其颈，堕马，酋负痛手枪不及施，志亮遂断其首，以夸示其手也，并断其手埋诸山场之外。金堂杀其从者，西洋酋疾驰入关，金堂宣言于众曰，此鬼罪大恶极，故我等欲得而甘心余弗问，诸夷惴惴不敢出驰马，十三行皆震慑。吾同胞闻者，莫不欢呼相庆，厥后奸人嗾之，诣军门索杀人者，制府欲弗许，恐开兵衅，欲以死囚代，奸人又悬之，索酋首为证，制府不得已，趣鲍劝之出。志亮乃与金堂发所埋首与手，行至省，赴有司，即下狱。金堂语志亮曰，尔有母无子，不如我，争自认，而卒坐志亮，制府恐民变，昏后即弃市，金堂遣戍，时道光廿八年也。鲍见制府，制府语鲍曰，吾挥泪斩之，今犹呜咽不已也，恤其母千金，闻者冤之。凡冢墓之受害者，其子孙墓祭日，必先往空拜志亮，后立庙祀之，以金堂等配享。

金堂望厦人，死于狱。

记者曰，志亮一匹夫耳，而以先墓被毁之，故刭刃于葡酋之腹，事发后，慷慨就义，此义侠之君子也。金堂代抱不平，起而助之，大有荆轲聂政之余烈，尤为可取，而风声所播，诸夷震慑不敢出，谓非民气有以折之，其可得乎。抚今追昔，犹令我唏嘘欲绝矣。[《沈志亮》，贵刚，《香山循报》第一一四期，辛亥（1911）七月十三日]

附录三　前山与澳门的界务争端资料

1. 界务争端的起源和交涉

香山失地始末（录二百年来失地记）

明嘉靖十六年，葡人始来澳门。时附近诸岛，海贼横行，沿海时被骚扰，后攻破广州城。明军不能讨，乃求援于葡国兵船。葡人以平贼有功，遂稳据香山澳地矣。中国不能下逐客令，惟使其岁纳地租五百两。清朝因之。原立三巴门、水坑门、新关门，旧址尚在，是为从前旧界。顾清初国威隆盛，几视澳门为军台，彼所不悦之洋人，多安置于澳门。雍正二年，浙督满见上奏言天主教之恶，政府纳之。有旨，西洋人除留京办事人员外，其散处直隶各省者，着该督抚转饬各地方官，除起送至京效用人员外，余俱遣至澳门安插。道光十九年，林则徐补粤督，因禁鸦片，奏调钦廉道移驻澳门，拨隶水帅，俾资控御。又是年九月，有朝谕：据林则徐等奏，巡阅澳门抽查华夷户口一折。澳门为夷商聚集之所，夷楼屯宁烟土，久成弊数。乘此查办时，必当于该处先清其源，方为尽善。该大臣等既委该地方官查明户口，复由香山统领将备整队出关，宣布恩威，申明禁令。并查洋楼见无存贮烟土，办理甚属妥协。惟该处华夷丛杂，保甲难施，且由同知、县丞每岁编查，恐有名无实，易滋流弊。至督抚两司，分年轮往抽查之处，亦涉烦琐。其应如何立章程，以清弊窦而垂久远，著该大臣等另行妥议具奏云。又道光二十年三月，林则徐奏：澳门寄居西洋人历三百年之久。自嘉庆十三年间，英人突占澳门炮台，施被官兵驱逐，西洋人始有戒心。现因西洋夷人禀称：澳内华夷杂处，若因查鸦片用兵役图拿，恐致扰动。特限以日期，驱逐净尽。若过期尚未妥办，即暂停西洋贸易，以示操纵之意。有旨从长计议，务出万全。是当时清国犹以澳门为租地，不惟未失地主之权，且直侵及葡人权限也。迄道光二十五年以后，澳门租银亦不多纳。至道光二十九年，竟全不缴纳。且有奸商由澳密输鸦片于内地，清吏以难于侦缉患之。光绪十五年五月，政府乃与葡人缔结条约。大意谓葡人须为清国严防私烟，清国则永让澳门与葡国管领，而葡国不得转让与别国云。于是蚝镜之地，乃永远断送于葡人。浸假而狡焉思启，竟侵及香山边界矣。道光季年，葡人占西沙、潭仔、过路湾。同治二年，又占塔石、沙岗、新桥、沙梨头、石塘街，是为旧占之界。同治十三年，葡人因占界龃龉，乘间闯入，拆毁关闸汛墙。光绪五年占龙田村，开马路，设门牌；九年占望夏村，建捕房，亦开马路，设门牌；近年占荔枝湾、石澳，归其收租。占青洲岛，租与英人。又拆关闸汛墙，改建闸门，是新占已得之界。十五年，欲将关闸以外北山岭一带地方，作为局外之区，业已驳覆。二十八年，外部奏增改清葡条约折。内开：本年正月间，准该国使臣白朗谷照称：本国商民愿在澳门振兴商务，修浚河道，不得不将约内未定之事，妥酌订明。（中略）按对面山一岛，居澳门之西；小横琴二岛，居澳门西南；各该岛系澳门生成属地。又经和约证明，敢请会商妥定。臣等复以中国边海岛屿，向例府厅州县，从无此岛属于彼岛之事。只能就澳门现管界址照约勘定，不得于界之外另有属地。是据此则葡人欲于澳门陆地界外增占一二海岛，当经中国辩明，只能就澳门现管界址照约勘定，不能于界外另有属地。斥驳去后，迨光绪三十年清葡商约定议画押，而葡人亦不复以此要求。三十三年葡人又在小横琴岛（澳门对面山、大小横琴海岛本不在澳界），起建兵房，并欲将大横琴岛、洋船湾、十字门归其所属，亦已驳覆。饬将兵房门牌撤去，是为新占未得之界。至近日更狡然思逞矣。湾仔为清国领土，葡无张贴告示权。光绪三十三年七月，葡竟谬然为之。由湾仔警局揭存。湾仔之车渡鱼船，领有清国执照者，葡人迫令缴回，转领葡照。七月二十一日，复拘各船回澳。如船户黄渐章、周腾、黄胜章，均被勒罚银十五元。湾仔医院乃中国绅商组织而成。光绪三十三年时疫流行，所有就医病人已愈者，葡人竟派医到诊，给予一照，否则不准出院。湾仔毗连之银坑地方，向设有草油厂，为各渔船燂油之处。葡人亦迫令各船先领西洋人情纸，始准湾泊。其尤痛心疾首者，本年葡人在龙田村开辟马路，以贱价强买民居，多有不愿者。及四月间到期，葡人竟施蛮威，驱逐各家人口，将屋封锁，所有家具什物，一概用煤油引火尽付一炬，约焚屋宇三十余间。该处居民，流离失所，饮恨吞声，其残暴一至于此。兹将地方绅民之禀稿，及官吏办理之公牍，详列于左，俾留心疆界者悉其底蕴焉。[《香山旬报》第十四期，己酉（1909）元月廿一日]

香山失地始末（续前）

香山士绅上县令禀

为葡人侵踞日久，姿图垦辟，擅将界外居民庐墓任意焚毁。乞恩通详大宪，划清租界，以杜侵陵而安生业事。窃职等聚居旺厦乡，与龙田、龙环、叠石、沙岗、新桥、沙梨头各乡毗连。户籍民田，向归香山县治征收赋税。至葡人旅居澳地，向以三巴门、水坑门围墙为限。虽希图毁灭，自有旧址可寻。光绪十一年，葡官越界强收业钞，职等历禀在案。蒙前抚宪吴清帅莅澳，面谕居民将葡官所编门牌尽行撤去。葡人亦稍知震慑，卒不敢逞。迨光绪二十四年，葡人复萌故智，向各乡居民威逼。且声言如不遵纳，立将该屋拆毁充公。是时谭大帅督粤，职等禀请照会葡官，据约力争。讵葡人饰词禀复，而谭督亦竟不再问，是以葡人得逞其欲。于是年始征业钞，增辟马路。不数年竟墟叠石，庐墓无存。今岁复烬龙田，苛虐尤甚。哀号之状，诚有惨不忍闻者。陆界既肆其凭陵，水界更希图占据。于六月十三日，勒令大小渔船，尽领西洋牌照，且直认海面为伊主权。似此狂妄，若不划清界限，势必得陇望蜀，流弊伊于胡底。迫得据实呈请申明租界，挽回主权。庶边防永固，而外患无虞。俾居民各安生业，则感戴大德靡涯矣。［《香山旬报》第十五期，己酉（1909）二月初一日］

香山失地始末（续前）

胡护督批谓：据禀：访闻葡人仍有陆续将渔拖各船拘澳，并将各船户拟罚银元；又闻葡人贴近湾仔步头置放水泡，较前设置海心偏西过数十丈；并闻贴告示称：在湾仔修整及银坑潭油各船，均须请领葡人人情纸方准等由。查渡饷、渔船两事，迭接葡领照会，率引历年侵占情形为澳门属地之证据。经本护部堂再三驳复在案。来禀所称访闻各节如果属实，殊堪诧异。惟该丞县等于此等关系交涉重大事件，并不亲往查察，仅饬丁役往勘。禀内复以访闻、并又闻等词含糊铺叙，可见平日办事因循敷衍，漫不经心，殊堪痛恨。究竟葡人拘迫渔拖各船，如何勒罚？湾仔步头水泡，何日置放？修船告示如何声叙？应由该县丞县等克日亲往密查。务得确情，立即逐一禀复，并抄录告示原文呈缴以凭核办，不得再事草率含混，致干重咎。至另禀所请拨营设防一节，应俟察看情形，再行酌办。希广东按察司会同布政司转饬遵照。此致。

其后粤大吏将此事详咨部中。略称：由湾仔至马骝洲一带，向为中国领海，陆路亦有关闸围墙为界，虽屡经各前督将界限勘明，而展延日久，葡人卒将望厦汛、龙田村、青洲各地址侵占。现湾仔外海之过路环、荔枝湾、石澳等处，葡人又在此筑垒，肆意侵夺。并欲伸其势力于湾仔内地，实野心未已。亟应照会葡使交涉侵占各地，并勘定界限，不得再有侵占。云云。厥后清葡两国交涉前山、澳门境界问题。两国政府委员查勘，所商议之款如左：

一、陆地方面以澳门前山间之原有望厦木栅为两国之境界区域；

二、前山海青洲、马骝洲、槟榔石、青角、荔枝湾为葡国之领海，其通路圈之九澳则为中国之领土；

三、自马骝至十字门通路圈之内海面均为中国领海；

四、葡国前所侵占陆地方面之望厦木栅、马交角各地，及港湾之通路圈，均归中国管辖；

五、湾之瓦窑头以至澳门海面，当由两国政府委员测量划定，两国均不得侵越。

又据京函云：广东香山县拱北关附从过路环一带岛屿，暗为葡人占据，在各该处布置炮垒营房各事，已非一日。日前外部因与葡使开前、澳界址交涉谈判，提及所占据过路环、荔枝湾各地。葡使坚执系十年前旧案，已与粤督议妥，不肯复提各事。外部当即以葡人屡次侵占前山境外各岛屿地方，当时各前粤督如何与葡人交涉定案，多无案牍可稽。现拟与葡使开正式交涉，究竟当日粤督如何交涉定案，以及葡人迭次占据各地时情形，均须再行详查确实，以备核据指驳，俾外人勿至再有所推诿借口。故致电粤督，请其详查电覆以核办。又张督前准外部咨：查葡人侵占地段，详查广州澳门、前山地界，以便与葡公使交涉。当即派委员往勘。现据禀复，略称：葡人在澳门所占各地，无时日成案可稽。但各地原有凭据，足证为中国领土，确为葡人历年暗占者，计有各处：

一青洲小岛。该岛在澳门、湾仔之中（香山县属），在海面之北，近接前山河岸，系光绪十五六年葡人先在各处筑造新路，逐渐圈划，至今直属澳门管辖。

一旺厦角、龙田村一带。在澳门后，有陆地相接。中国原设有汛署炮台，至光绪初年为葡圈管。至十三年吴前抚院亲往勘视，亦未将界址勘定。至二十四年全被圈入。

一过路环。为澳出海要道。左为九澳，右即横琴，大于澳门数倍，向由拱北关派轮在该处巡查缉私。光绪初年，葡人即屡欲在该处伸张权力。后竟派轮运兵在该处荔枝湾、石澳各地设营屯驻，硬以军事相管领，并及于湾仔、银坑各地。至前山海岸各处所设衙署，原有前山厅署一所，香山县丞署一所，及拱北关税务处、瓦窑、沙尾大、旺厦角等汛署四所，前山牛坑炮台、拉塔炮台、旺厦角炮台并小炮台数座，均足为中国原有土地之据。云云。外部查出光绪二十八年葡约，湾仔确系粤省属地。已电粤督张，饬葡人速退出船只，以免侵越水界云。然交涉尚未了结也。近来因境界未清，葡清两国之间屡滋异议。二辰丸一案，葡国甚不以为然，严词驳诘。据云：西历一千八百八十七年（光绪十三年丁亥）三月及十二月，清、葡两国议定领海约章，有从来葡国占领澳门及附近属岛认为葡领，所有划定境界事宜须缓议商等语。而该船所泊海区，明系葡领，清国官权所不及。讵广东水师貌视条约，擅入吾领捕获商船，毁损国体，攸关匪浅。况该轮领有执照，并非密输，今清国滥用兵威窒碍贸易，明违国际公例。云云。葡人欲以约章属岛二字影射，硬指捕获地为过路湾。无论捕获地距过路湾尚远，即如其说，彼岂不知约章声明未划界前悉仍其旧，过路湾不得视为葡人属岛。观于三十二年，前水师提督李准曾以兵力在该处捕获林瓜四一犯，此事系在订约后，益可证明过路湾仍属清国领土矣。

　　论曰：澳门虽蕞尔一隅，然俯瞰重洋，以大海为门户；马蚊怪石，风景宜人；其气候融和，适人身体，珍摄家多乐就之。其水线虽浅，可用人工浚渫之。异日铁路交通，必将为粤洋一良港也。如此江山，乃坐付于他族，杞为大国，菽为强草，斯亦漫论矣。乃复鸡犬渡河，而海运之利不修。卢雉高呼，而邹鲁之风扫地。视香港、上海之易姓而文者当有间焉。呜呼！香港之割也权兴于鸦片；今澳门之割也乃缘于截缉鸦片。夫走漏则漏矣，何苦割地献城以易之。事楚事齐则亦已矣，何必乞咸于江黄蓼六。吾观经元善、裴景福之案，清人两兴大狱，使粤吏对簿于澳之公堂。授太阿于滕薛，以小故而损幅员，驯至治权却步，国威益衰。吾盖哀其愚而未得其说也。[《香山旬报》第十九期，己酉（1909）闰二月十一日]

澳门之历史（录省七十二行商报）

澳门在北纬二十二度十一分三十秒，以伦敦为中线，则澳门偏东一百一十三度三十二分三十秒。地形锐角，而多岩石。葡人未踞以前，其泊船之所，人皆称羡焉。葡人始在篮柏沟立埠，又往钱洲李晏浦探茅山村四处贸易，山村又名圣约翰海岛，昔有传教人传兰庶士涩卫亚（圣沙勿略）者，死于其地，故以此名之。明嘉靖三十年，葡人始在澳门筑室。后有海寇自邻境而来，华官欲捕之，而穷于术。盗贼势汹悍，抚拒官军不得出海。葡人率兵船数艘，驱逐剧盗，由是海道肃清，而澳门渐兴。康熙三十九年，极为繁盛。粤城商民，愿藏其市，及东印度公司、荷兰，均创于此地焉。考古者或谓澳门原为租界，或谓由割据而来。究其实，每岁输租银于中朝五百两。道光二十八年，澳督花里喇度奄焉路（阿马勒），抚不输租，且毁华人税厂，遂逐华官，为华人所恨。明年在钵打沙哥，途遇刺客折其首而去。至光绪十三年，与中国立约，准葡人以澳门为属地。澳门与香山壤地相连，向筑墙以限之，以为澳门香山分界。澳内有小山二，一自南而北，一自南而西，山麓直接河边泊船之处。小山上下，背有屋宇，或为官街，或为民居，或为礼拜堂。又利路小山，上筑炮台，围于拿土喇地亚山洞。其小山名尼罗者，上有隐土洞。隋圆海湾之东，左右皆筑炮台。偶登山巅俯视栋宇，皆涂金碧。且街道整齐，极为华丽，博馆林立，喧闹异常。因辣度冚帽烟花园，树林阴翳，花鸟争妍，四时乐趣，令人神爽。前有葡国骚人，曾诗以记其胜概。并有古礼拜堂，名遮舌山保罗（圣保禄教堂，即大三巴教堂），遭焚于道光十五年。堂前楼屋壮丽，其大主教堂，亦甚宏敞，不事粉饰。余各小礼拜堂，以石涂其墙壁，古雅简洁。若长夏方炎，乘小轮往耶擘游览，此地山水清秀，波涛激湍，茂林攸竹，映带左右作销夏之湾，询可乐也。澳门向为繁盛之区，商贸辐凑。自香港既开以后，商务渐衰又加抽工人饷项，故居民亦因之离散。直往同治十三年始免此例。商务以茶叶为出口货之大宗，每年值银七十万元。各款花油及鸦片等物，极为畅销。丝绸、砖瓦、英泥（水泥），并别项工艺厂，亦有创设于埠中者。葡人商务远逊于前，华人商务则较葡优胜。据光绪二十一年中国海关清单，华货消于此埠者，值银九百三十七万五千九百二十八两，上年则为九百二十九万五千三百七十三两。但海滨沙泥淤积，疑于泊船，苟非修理，华人商务，亦恐愿而之他。此地西南，海风飘拂，夏令炎酷，香港各埠病人，多有到此养病者。澳门距香港四十英里二分之一，距粤城八十八英里，自港至澳，电线相连。查澳门户口册，华民七万四千五百六十八人，葡人三千八百九十八人，别国一百六十一人，共七万八千六百二十七人。葡人中有三千一百零六人，为澳门土生；产于本国者，六百一十五人；产于别处葡属者，一百七十七人。而英则有八十人旅居于此。

[《香山旬报》第二十二期，己酉（1909）三月十一日]

论葡使欲解散勘界维持会事

进公

粤人因澳门勘界事起，关系甚重，特组织一勘界维持会，此固粤人应尽之责任也。葡使照会外务部以解散之。电文简略，无从知其根据之理由。然以记者之私心惴度，则葡使之意旨，固可悬惴而得之者。盖中国外交，素主让步，盈廷诸大老，与夫所谓熟悉交涉之使才，皆以无动为大。迭次之国际交涉，皆大失败。拒约会之设，美人欲解散之，而政府之听命也，如故；二辰丸之案，日人欲解散之，而政府之听命也又如故。一若政府对于外人之要求，皆有奉命维谨之趋势。葡使知其然，即欲利用政府之昏庸、我国民之畏缩，遂欲学步效频，妄以一纸空文，压制我民气而已。记者曰：葡使良苦，然而误矣。凡人经一度之失败，即增一度之防备；经一次之压制，即增一次之建设。比年同胞受外潮之打击，不可谓不多，然再接再厉，民气之盛，非往昔日之腐败。姑无论非理之请求为政府所不许，即政诒媚外人，压制我民，我民焉肯低首下心，甘就继绊？葡使之请，于事实上岂有济哉。然葡使所以不惮烦者，则视勘界问题，为葡人生死关头，以五千余万之粤人，彼众我寡，终恐不敌，不如先事解散之，与政界交涉之为易，此其微意也。呜呼！以若所为，求若所欲，徒见其智识之愍劣，手段之卑鄙而已。吾闻中包胥之言曰，子能天下，我能兴之。葡人果能持之有故，言之成理，虽有维持会何害。如其声音违章背约，越境侵地。即无维持会，彼滚滚诸公，果肯让步耶？即让步矣，而谓吾千万之广东人，有不复起而与之争耶？吾谓今日勘界之议，葡人不必怨天，不必尤人，归而求之可矣。其欲解散维持会者，皆无识之举动也，不法之行为也。吾欲斥驳其说，约有二端。

（一）葡政府不能禁止葡人集会即不能干预他国。

吾粤人因勘界而设维持会，我行我法，固不受外人之干预。今葡人既起而干预之，吾姑先让一步，亦谓诚宜干预矣。然返观澳门，葡人又胡为而集议耶。其前月十一日之集议，所提出之集议，第二条则曰："中葡委员会画澳门地界切勿延迟"。其第五条则曰："一千九百零四年在葡京签押之中葡商约，宜速更订"。非皆明明关于勘界而起耶？其尤悖谬者，其议案中有"救澳门之危亡，阻香洲之发达"二语。此种不法行为，尚得通过议场，电达政府，虽与勘界无关，然独不虑妨害邦交耶？彼葡政府何为而不禁止之耶？于本国人民之会议，则阴示点认，于他国人民之集议，则横来干涉。以子之矛，攻子之盾，葡使又何说之辞。

（二）维持会为预备勘界之手续与排外迥异。

吾粤人之设维持会，只欲研究国际理法，调查界地证据，以为政界交涉之助力而已。盖葡人历年侵界凿凿有据，彼既不履行条约之义务，人即能达废约之目的，是今日之皇皇会议者，亦为自固吾围之计，保守国土，拥护权利，为文明各国所公认，记者不必征诸远，观日俄议和之际，日人以利权损失，合大团体，抗政府甚力，彼外人能干涉之否耶，然则维持会之设，亦历观政府交涉之失败，起而补助万一，与日民同一用心，彼葡人何为而预我事耶，夫葡国亦一立宪国，岂犹不知人民有参预政治之特权耶，吾同胞自由集会，亦为立宪国所许，而葡使欲公然压制之何耶。

综以上而观，则葡使欲解散维持会之谬妄，已昭然若揭矣。嗟夫，何不恩之甚也，凡有血性，谁不自护其种族，谁不自爱其国土，彼澳门为中国之疆土，转而租借，已非吾民之本心，乃租借不已，继以侵占，而谓吾忍能隐忍以听之耶？彼葡使欲禁制吾民之预议，何为乎不禁止高使之勘界耶？葡使以吾民集议为害公益，何为乎不以高使勘界为损权利耶？鹿死不择阴一至于此，一何可笑若是！夫交涉之道，只求吾之不可搏，不能冀人之不吾搏，勘界之事，葡使其欲占腾着也，则预尔法理，备尔证据，戒二三子，敬尔公事斯已耳，不此之图，徒欲恫喝邻邦，锄其民气，曰，夫如是，斯莫余毒也矣，而抑知水不激即不行，火不扬则不烈，彼之横来干涉，于事实固无济，适使吾民受外界一度之激刺，增内部一度之固结而已。吾今有一言而告葡使曰，今日之会，吾民头与璧俱碎，所坚守者法律耳，外人不得干犯之，政府不得解散之，其勿谓秦无人焉可矣。吾又有一言以勉勘界会诸君曰，葡使欲解散勘界会，则该会之关系，固自可见，公等勉之，若以吾理气之充足，葡国之藐小，犹复交涉失败，则中国不知又其居何等信置矣。坛坫一登，荣辱随见公等其毋恐，其毋缩。［《香山旬报》第二十四期，己酉（1909）四月初一日］

异哉葡人之欲请各国领事为划界见证

宪武

连月以来，吾国朝野，函电纷驰；海外列强，群然注视；而共认为东方外交一大问题者，非中葡澳门勘界事乎。斯问题也，今方提出之始，谈判未开，则将来之解决，最后之结果，其果能全依我主张与否，吾不敢知。但欲知此问题之解决如何，则不能不先为审查此问题之性质如何。欲知此问题之性质如何，又不能不探索其二侧之争因如何。若中葡之于澳门者，其争议之原因，固在界址也，则纯然一境界问题也。既为境界问题，则不可不考求其历史上之传来，搜查其地理上之凭证，评释其条约内之条文，以为解决此问题之材料矣。然则中葡二侧，亦各自提出其所主张之证据理由，以直接谈判可已，又何自惹起第三国之参预哉。虽然，使澳门之历史的、地理的事实证据，而悉属暧昧难知之数也，而犹曰是非真伪，尚待他国之出为见证，以为最后交涉和解之地步。今澳门之历史地理条约，则又显然明确，历历而可知也。试一详论之可乎。

请先言澳门之历史，考其沿革，始自前明嘉靖十四年间，葡人因都指挥黄庆请于上官，移泊口于濠镜，岁输课二万金，遂蹴居焉（按：葡人居澳时间，始于嘉靖三十二年至嘉靖三十六年，即 1553～1557 年，此处有误）。厥后万历九年，改课税为地租五百（按：澳门始纳地租一说为万历元年，即 1572 年。又纳租并没有停止征收商税），历年易世，因以为例。沿及我朝，道光季年，乘我国多故，始敢逋租不纳。其时中国政府，暗于外交，迫于时势，又不复置问。逮至光绪十三年，因洋药税厘并征，港澳相助缉私，乃缔中葡草约。许葡人以永居管理，铸此大错，历陛至今。此澳门之历史的事实，载诸赋役全书及各国著述班班可考，而葡人固不能掩盖之者也。

次言澳门之地理，大凡领土主权行使之范围，必有一定之境域。境域之划定，则有天然的境界与人为的境界之二方法。若澳门境界则人为的者也，固显然而可据者也。其原立之三巴门、水坑门、新关门，由山顶原立围墙为界，通连至海。门以内为澳内，门以外为澳外，旧址犹宛然具在也。乃葡人狡然思启，蚕食无厌。始而于道光季年，占西沙、潭仔、路湾。同治二年，又占塔石、沙岗、新桥、沙梨头、石墙街等处，是为旧占之界。继而于同治十三年拆毁关闸汛墙。光绪五年，占龙田村；九年占旺厦村；近年复占荔枝湾，归其收租；占青洲岛，开筑新路；拆关闸改建闸门，是为新占之界。至于陆地之外，又潜移水泡，欲图海权。及在大小横琴岛、洋船湾、十字门图占而未得者尚有多处，种种野心，更仆难数。此澳门之地理有之证据，某年某地，父老犹能言之，而葡人固无可以湮没之者也。

次言澳门之条约，即光绪十三年中葡和约，第二款所云："前在大西洋国京都理斯波阿所订预立节略内，大西洋国永居管理澳门之第二款大清国仍允无异，惟现经商定，俟两国派员妥为会订界址，再行特立专约，其未经定界之前，一切事宜俱照依现时情形勿动，彼此均不得有增减改变之事。"及第二款所云："未经大清国首肯，不得将澳门让与他国。"依此条文之规定，即无论为形式的解释、为实质的解释，是前者为声明澳门之界址，必俟专约订立，而始由中国划定，其在专约未立以前，尚当守其旧址，断不能尺寸之增加，最为明显，而后者为补足澳门为租借地，不得以割让地之办法自由移转于他国，而损我主权之意也。他如洋文内有："澳门所属"之文字一层，虽属当时缔约之暗昧，责任难辞，然以吾人之论理的制限的解释之方法而解释之，则直可解为澳门范围内之所属，非澳门范围外之所属，万不能借此二字为影射图占之地。况乎澳门为香山辖境，一隅之地。即澳门者自澳门耳，非为流辖之名称，如某府某县之统辖所属也。是所属二字，证之地理学上而全无根据矣。此澳门之条约的效力，又可拘束葡人而无从置喙者也。

由斯以谈，是征之历史，而澳门之始终租借地无疑矣。按之地理，而葡人之侵越界址又显然矣。律以条约，而葡人之违背约章实难强辩矣。则夫吾国今日之交涉，亦惟有提出历史的、地理的、条约的种种证据，以事实为干橹，以法理为甲胄，以民气为后盾，挥外交之圆滑手腕为正式谈判可已。使葡人而果奉公理守以公法也者，则断无有强词夺理，谓此种之事实为不足据也。从而划定界址，改正专约，两国外交，固已完满无缺，可勿论矣。葡人而竟不吾让也，则继之以严格之谈判，或诘以背约之罪而消灭前约；或提出其侵略之证而索还故物；或列举我人民之损害而责令赔偿；若是者，吾知国际法所当认为正当，而各国皆无从而袒护之也。虽然，是不过就吾中国侧片面所持之理由，为吾人理论上之评释而已。究人之事实上，其葡国侧现时应付之态度如何，亦不可不一为研究之也。查葡之对此问题也，始则调舰增兵，表面上似亦颇为强硬；继则国民会议，兢兢然以改良澳门之政治为急务。穷而返本，内怯之情形可见矣。乃近闻彼国勘界使臣，有先请吾国高钦使在港会晤，并邀请各国领事为见证之事（事见华字报及本邑勘界维持会访函）。噫，异矣！葡使之意，将欲倚第三国之实行干涉耶？抑将以预为处理国际争议最后之和平手段耶？顾今日一国之论者，则窃窃然以第三国干涉为忧，而不知国际法上实未尝容许之也。夫国际法所谓干涉云者，其意义谓以一国及他国之意思，干涉其内政外交之事。换言之，即一国及他国之意思，愿为者使不得为，不愿为者强之使为之谓也。有干涉正当之场合，有干涉不正当之场合。至于何者为正当，即有谓欲得宗教之自由而干涉者；有谓以国力平均为目的而干涉者；有谓对于违反国际法或正义之行为而干涉者；有谓他国之法令或政体有害于异国而干涉者。众说纷纭，是丹非素，从无定论。要之，干涉者，谓以自卫权为发动则正当，其他皆为不正当。然无论其正当与否，古代则必专以干涉为国家之权力。而近世文明进步，国家皆有平等权，独立自主，互相尊重。故国际法上又以不干涉为原则，以干涉为例外矣。盖外交之惯技，虽曰重权谋，尚诈力，而表面之标榜，未有不以道德、仁义、和平为口头禅者。苟非真有国家生存损害之关系，固犹不敢显然以强力侵入，而甘冒不韪也。况今日之勘界问题，又固无发动他国自卫权之原因者哉，故吾敢武断其干涉之说为必不然也。抑夫处理国际纷争之最后手段，有所谓强硬的者焉，有所谓平和的者焉。强硬的手段，即为反报、复仇、船舶抑留、平时封港。若是者，断非葡人今日之所敢为。平和的手段有三：一曰居中调停，听第三国出而周旋，或和解之也。其中又分为劝告与仲介之二种，均无拘束争议国必从之效力。一曰国际审查，两国以合意设置审查委员会，使审查问题之真是非，以预备解决也。一曰仲裁裁判，两国以其事件，付与仲裁裁判，而听其处决也。有临时仲裁常设仲裁之二种。古无常设之制，自一千八百九十九年五月，海牙会议，开第三委员会时，英人提议，始于海牙其设机关焉。其第一则为两国间有政策上意见之冲突时所用；第二则为法律条约上解释援引之争议时所用；第三则为国家间有事实上见解歧异，不能妥协时所用。其第一之手段，不适用于此问题，可毋庸论矣。今中葡两国均特派大臣来澳勘界，是则近似于国际审查之手段矣。而葡使之意，得毋又进而为仲裁裁判之手段耶？使谈判而终不协也，吾国不能拘束彼之不为此手段，吾亦终不能不出此手段。盖国际纷争，相持而不肯让步，则必致决裂，以启战争之祸。待至其交战之一国，失其抵抗力，而全然服从我之主张，则以破坏平和为害不甚少矣。故欲平和处理，则仲裁裁判之手段为最便利也。但此为交涉最后之手段，且其事必须两国政府之意思合致，而后为有效耳。断非争议国之片面所能主张，更非一国使臣所能主张之也，况乎领事之性质，从来在国际法上皆以其属于国际社会之机关，非属于国际外交之机关，其于视察条约（本国条约而言）、管理商业、保护人民之职务而外，我国未认其有外交资格，又乌能过问我划界问题哉。噫！葡使之果为是举动乎？亦大可异矣。[《香山旬报》第二十六期，己酉（1909）四月廿一日]

读自治会对于澳门勘界传单

维伯

以现在之中国国势而论，力未足与列强抗。与其急激以对外人，不若阴柔以制其死命；与其暴动以起交涉，不若文明对待而尤为万全。此省城自治会所由发澳门勘界之传单也。

夫葡人今日之在澳门也，其嫖赌吸烟为损于个人，其越境侵界为损于国土。在吾民视之，其激昂愤恨亦其所致。而或谓勘界在即，不宜先生恶感。若葡人退还侵地，则吾亦不可为己甚。不知葡人近来之举动，野心勃勃，或高使坚持于上，吾民助力于下，或有胜利之希望。不然，徒望其就我范围，决无是理。要而言之，嫖赌吸烟为近世之三大毒物，澳门既为嫖赌吸烟之渊薮，则姑无论勘界之结果如何，皆宜相戒勿往。即有不肖子弟，亦宜行乡法、族法以督责之，以保其身家性命之前途，此则吾民所应有事也。吾民其念之哉。[《香山旬报》第三十期，己酉（1909）六月初一日]

某国欲干涉勘界之可愤
贵刚

勘界问题，为中葡两国的交涉，条约具在界址具在，覆按即明，非有困难之解决，乌客他国之干涉者。

各国对待中国，皆具一种特别手段，我国外交官多为其愚弄，犹意佛山轮船殴毙人命一案，该船明属英国管理，乃英人以凶首为葡人不允裁判，夫以明属英国之事，英人尚不过问，今中葡项勘界，何竟欲出而干涉耶？亦以轮船案交涉棘手，有害无利，故英人置之，勘界问题为葡人最大关系，某国为保护葡人计，虽犯粤人之恶感，亦所不辞，此其对待中国之特别手段也。虽然，某国亦太愚矣，干涉之原因，全基于自衡权而起，今中葡划界，并无害碍他国，若他国恃强力而干涉之，即为侵害中国独立之权，且违背国际法原则，我国尽有词以相驳，某国即欲袒护葡人，吾见其抱薪救火而已。[《香山旬报》第三十一期，己酉（1909）六月十一日]

2. 前山形势渐趋紧张与当局的关注
葡轮驶泊前山之交涉

日前由澳门兵轮一艘，湾泊前山涌口，并有小轮一号，时往梭巡，为前山同知庄丞所悉，经飞禀督院，请向葡国交涉，迅速撤回，以免居民疑惧，致酿事端。胡护督据电，已照会葡领，转致澳督，将该轮即日撤回，并询诘因何违约，擅泊该处缘由。兹闻胡护督已接准葡领照复，谓准澳督复称，该兵轮名马蛟新，因十二三等日，见悬有风球示警，故在该处暂泊避风，并无

别故，已于十五日驶出澳门云。[《香山旬报》第三十三期，己酉（1909）七月初一日]

澳门添兵胡为者

（澳门）近日葡人因勘界问题派来兵船，闯入中国海面游弋，并拟添置大批军火，附近乡民异常惊惶，经香山勘界维持会提议自卫，并请派兵船镇慑。现又闻澳门葡兵，已由三百余名增至七百余名，土生葡人复集民团百余名云。[《香山旬报》第三十五期，己酉（1909）七月廿一日]

筹议扩充前山海陆防备近况

近日大吏查得邑属前山地方，密迩澳门，交涉事项繁多，海陆防守事宜尤关紧要，必须厚集兵力，方足以免疏忽，而保主权。前已筹议酌改该厅官制，并重以办事权限，现由该厅丞来省，详述该处情形，并以厅内现派营队共有中路巡防队第二十六营一营办理陆防，又有克虏兵轮一只及水师守备，所管扒船三号，办理海防。虽已巡守有资，惟尚嫌不敷分布，现在办理划界，将来界防尤重，应酌筹扩充该厅权限，并增水陆两处兵力，俾资布置而固藩篱。现已经将询商各情，谕由司妥筹核议矣。[《香山旬报》第三十七期，己酉（1909）八月十一日]

葡国调兵来澳胡为者

荷国邮船，由葡京利士滨启行，载有葡军一队，至南洋荷兰时，即转船来澳门云。又上海太晤士报云，中国勘界大臣高而谦电致政府，谓澳门勘界争议，难望从速解决。葡国官吏因此请该国政府派遣兵舰，以备兴戎。现所派来之舰队，已行抵澳门矣。[《香山旬报》第四十期，己酉（1909）九月十一日]

葡人调兵之警告

精一

近日葡人对于我国，鹰瞵虎视，大有得寸入尺之势。而高使为勘界大臣，手握重权，反节节退让，一若恐捋虎须，身命不保者。呜呼，勘界前途，尚可问哉！乃吾忧未已，而葡人调兵之恶耗，又纷纷然来矣。

夫葡人调兵之意，全欲以示威运动，逼压政府而已。虽然，政府可以兵革服也，而我国民则否，吾有身家，退让则为人掌握；吾有祖坟，退让则为人践踏；吾有父母妻子，退让则为人之奴婢。故政府对于边省，无切肤之痛，可以割让；吾国民生斯长斯，利害相关，万万不能割让。是葡人调兵之说，可以威政府，不足以虎我国民；可以增我国民之戒备，不足为我国民之恐慌也。

虽然，能战然后能守，能守然后能和。葡之调兵，谓其自卫可也，谓其备战亦可也。惟我国民处于存忘（亡）危急之旋涡中，有备乃可无患。备之云何，则吾前日所云联合各乡，举办联团之法是也。

虽然，吾起而遍观邑人，除南乡父老，奋起力争外；若附城之绅界学界商界诸色人物，皆恬然以嬉，为釜底游魂而不知戚也。呜呼，人事如此，奈之何哉。［《香山旬报》第四十一期，己酉（1909）九月廿一日］

葡领又强阻设立湾仔鱼苗局

日前葡领事以中国在澳门湾仔设立鱼苗局，照会督院，谓为有背条约，经袁督驳复在案。昨复接照会略称，湾仔地方，系两国所争之地，不得增减改变之条约，须遵守至界务划清之日为止，两国均不得设立。无论如何局署，如有一国设立何等之局，则一国亦有权设立同样之局，惟将来如有此事，日后生出衅端，其责任全归开始设立之国，希即将各局迅速迁出云。

葡人又擅入内地伤人矣

月之十五日，有葡人名甘时持枪到恭都南屏乡，枪伤一人面部，当即由该乡巡警将葡人拿获，直认放枪伤人不讳，该乡绅耆着甘时签押后，交前山分府转详省宪核办云。按近因界务未定，乡人对于葡人恶感最深，葡人擅入内地，最易滋生事端，澳门附近一带，水陆皆派有防兵驻守，胡竟不思患预防，而任葡人出入自由耶。［《香山旬报》第八十一期，庚戌（1910）十一月廿一日］

派员详查香前围基之近情

葡人阻禁土民填筑海坦围基一事，已纪前报，近大使特饬沈令庄丞详细查勘禀报一切，嗣因高大臣按照所查情形，与葡使再开会议，而葡仍坚执前词，谓该处系属澳门海界，始终不允由土人填坦筑围，遂至议不能定。昨由高大臣来省，将交涉棘手情形，详商大吏，并以该处海界，原系由部准令土民填筑，而葡使仍坚执澳管之词，究竟如何填筑情形，又因何而为葡人所借口管辖地界，例应阻禁，必须派员详细确查，酌办一切。已经商准特派熟悉专员，再行前往详查各处围基及填筑事宜，详覆核办云。[《香山旬报》第四十三期，己酉（1909）十月十一日]

禀拟编查前山渔船章程

邑属湾仔海面湾泊渔船，前曾因清查编号一事，与葡国生出交涉，惟该处渔船甚多，自当仍行查编，以资保卫，而杜弊混。无如各船户等，每多误会，自应重行厘定详细章程，切实管理，以免再生交涉，予人借口。现前山厅同知庄丞，特将所拟办法，及编订章程，列折详禀督院，请即察核批示只遵云。[《香山旬报》第四十七期，己酉（1909）十一月廿一日]

葡领又欲撤销湾仔鱼苗局耶
亦进

英儒洛连士有言，最不平等者厥惟刘国，然试问不平等之故何以发生，则必曰，惟强与弱故。故读欧洲协调论，大国专横，小国默从，可以静参其微矣，惟吾持此理以征诸中葡交涉则大异是。中国近虽积弱，陆军尚足自保，葡仅藐小之邦，方藉他国国权以自保，不足与我国居平等之位置明甚。乃勘界事起，葡人鹰瞵虎视，迭为非理之干涉，今且得寸进尺，更有撤销湾仔鱼苗局之请，真可谓咄咄怪事。

今姑舍此不论，试问葡领撤销鱼苗局之请，果为正当之干涉否？夫干涉之问题，经多数学者所痛论，终以基于自卫权为正当，然危害当在直接，不在间接，当在现在，不当在将来。若在间接或将来之事，贸然干涉之，亦非国际法所许，盖各国尊重他国之独立权，固宜如此也。今湾仔鱼苗局之设，原为吾国内政，与葡人无涉，葡领实无干涉之理由，其所以肆行要求者，实利用吾国官吏之易欺，欲以糊闹之手段，以蹂躏吾粤政治上之组织而已。吾今欲辟其谬，约有三说：一、凡两国交涉，有必待证据而后解决者，湾仔向有渔船局之设，此属于中国主权之铁证，万不容外人以参吾事。二、湾仔设立渔船局，相安既久，又无有加危害于外国人之事，葡人不能以过计之词，横来干预。三、国权之作用，在领域外时，不能直接行使主权，若在内国之人民，皆有实行保护之责，湾仔虽经人设谋吞并，尚为中国之领土，则设局保护渔业，当与葡人无预。有此三大证据，而葡领犹复越权侵犯，真可谓巨谬极戾，欲为破坏世界和平之罪人矣。

昔日葡领干涉勘界会，继又干涉勘界报，本报已著论痛斥之矣，然此种干涉，虽属不法，尚与界务相牵连，今鱼苗局纯为吾粤政治上之事，而葡领犹敢越俎代庖。或者该领事懵然于国际法之原则，犹不足怪，若欲挑拨吾民之恶感，扰害大局，则非记者所忍闻矣。[《香山旬报》第五十四期，庚戌（1910）二月廿一日]

葡人干涉湾仔鱼苗局之无理

日前葡领照督院，饬将湾仔鱼苗局撤去，经袁督札行沈令会同前山同知，详确查明，禀复察核，各情均纪本报。现沈令会同庄丞禀覆，略称遵即详查湾仔地方，向设有香新鱼团分局，系同知等派员办理，已于上年四月开办；另有商人所办广东全省渔业公司，于上年十二月开办；又商人设有渔业会公司，又商船会设有公司，均于十一月始行设局。查湾仔地方系属华界，葡人不应干预，况所办均系全省之事，尤与澳门无涉，至该商人等在该处设局，名目至三种之多，且所办均属渔船，未免纷歧，俟禀商劝业道应否酌量归并，抑或裁撤。此系中国行政之事，与葡领照称各节，系属两事，应由同知等查明，另案禀请核示。是否有当，伏候批示，只遵云云。现袁督已据情驳复矣。[《香山旬报》第五十四期，庚戌（1910）二月廿一日]

查复葡人安设水泡情形

日前有葡人在邑属内之青洲山对海安设水泡一节，已见前报，现经督院查悉，当即飞电本邑营县查询情形，禀覆核办。本邑文武奉电后，亦即会同驰往勘明。该水泡放在青洲山对开海面，相离约百余丈，附近有葡人建设士敏厂，询之渔户人等，金云从前无安设水泡，此次所设，或因水泄之故，下有椿石，以为标志，或因停泊轮船，设此以便寄碇，均未可知。兹闻沈令等，当将以上各情电覆大吏察核云。[《香山旬报》第五十五期，庚戌（1910）三月初一日]

饬可妥筹前山水陆防务

袁督以邑属前山一带，地当冲要，迭经饬令水陆筹防，惟查该处附近地势情形，左连吉大，右接公垾，西南则为湾仔、马骝洲、蜘蛛洲各岛，东南一带陆路，则由拉塔望厦以至澳，水路则经青洲一水相通，其余马骝洲外，各岛屿尚多，皆接近前山各处地方，既属辽阔，巡缉尤不能疏。察核情形，惟有将所属各地，分别形势，应责成地方巡警，与水陆各营，一律分订巡缉联络，以资得力，以重地方，昨已将各情饬司处妥筹饬遵矣。[《香山旬报》第六十三期，庚戌（1910）五月廿一日]

袁督筹办前山防务

昨袁督以前山昆澳门，防务至关紧要，特一再查核情形，札司转饬该同知，将防务妥为布置整顿。现据查明禀复，计原有勇丁一哨，及前募两哨，现特合并编足一营，拟请编入中路防队，作为中路第廿六营，派令分守与澳门陆路交界，及香山前山交界要隘。其沿海一带防务，虽有扒船两号驻守，惟与澳地昆连，仍派第一营弁勇分扼沿岸一带，与扒船互为声援，以资周密云。[《香山旬报》第七十二期，庚戌（1910）八月廿十一日]

海军处电查前山湾仔情形

闻海军处近因粤省前山湾仔一带，虑葡侵扰，曾有专电到粤，略谓据维持会电，以各乡虑葡侵扰，异常惊惶，电请派轮常驻湾仔等处，究竟系如何情形，迅查电覆云。[《香山旬报》第七十五期，庚戌（1910）九月廿一日]

电询扩充前山厅权限办法

近外部以邑属前山厅接近澳门，所有关于边防海防一应交涉甚多，现在界址极待划清，至添办铁路军电巡舰各事，亦应行扩充该厅权限，以专责成。特拟定两项办法，电询袁督体察情形，或在该处设立交涉独立厅，或将该同知缺改设，应请查复以凭核办云。[《香山旬报》第七十六期，庚戌（1910）十月初一日]

3. 民众呼吁当局派兵前山

勘界维持总会议案

六月十八日勘界维持总会会议，议案照录于下：（一）宣布香山各乡连日禀报路环情形，葡兵连毙居民，不分良歹，至于要匪，十不获一，似此实留后患，将来尤难安枕，请本会维持。（二）宣布前星期集议后，经众举杨瑞初、陈仲达二会长，往晤李提，商请添派兵轮，驻守要隘，一防逃匪冲突，二防葡兵借端骚扰，以保主权而安人心。李提答复，顷接旅港维持密电，现已布置严密，诸君可为放心，如将来有紧要消息，可以随时电闻，即当援应等语。杨柏秀起言，虽李提盛意可感，但不如长驻兵轮，以免外人窥伺，若待有事电达，诚恐缓不济急，请各会长再面督院、禀陈方，以安边隅，方不负维持之责。郑乾初和议，众赞成。（三）宣布旅港维持会杨瑞阶等来函，大意言葡兵此次并非剿匪，实系剿民，不过借题发挥耳。据最近消息，洋兵轰毁村乡，惨毙多命，均是无辜良民，至于贼匪，其凶狠者逃走殆尽，擒获者不过一二余党，似此害未见除，而祸已深伏。此次固葡人之凶残，亦由我国官吏放弃主权，一任外人惨虐，漠不动心，粤人何辜，遭此荼毒，谓将详情研究，补救将来等语。众以杨君来函，均皆切要，本会自难缄默，其中尚有条陈，与界务关系者，一俟公同研究，详禀大吏办理，众赞成。（四）广州渔业会绅董邬龄、陈绍、李沛森在职君，到本会声称系奉官谕，设向皆照章办理，乃近来有裁撤消息，令人骇异，缘分局设在湾仔，未免为葡所忌，闻葡领前会照会督院，勒令撤销，今竟一并全撤，固中葡人之狡谋，亦于界务大受影响，请设法维持等语。众议渔业公会既设在内地，又系安份办事，似于外人毫无干涉，乃竟因此裁撤，未免授人以柄，惟其中实情如何，仍须细查研究，于界务有关系，另日集议，众赞成。［《香山旬报》第六十七期，庚戌（1910）七月初一日］

前山各乡百姓果安静如常耶

勘界维持会因葡人剿办过路环海贼，波累无辜，电禀海军处转电来粤，电饬前山同知及香山营县查覆，现会同电禀制府，略谓奉沁电开，接海军处电，据维持会电，以各乡虑葡侵扰，异常惊惶，电请派轮常驻湾仔等处，究系如何情形，迅查电覆等因。查前山各乡百姓安静如常，并无震惊之事，至银坑一带，中国本有兵轮停泊，拟请再饬广元、广贞两轮常川驻泊梭巡，以资防范云云。［《香山旬报》第七十一期，庚戌（1910）八月十一日］

乡民因澳乱电请派兵保护

邑属南乡一带，与澳门毗连，近因澳门兵变，该处乡民恐被波及，纷纷电请派兵保护，兹将各电文类录如下：北京分送外务部、民政部、陆军部、资政院列宪鉴，澳门兵变，索加军饷，驱逐教民，华人震惊，纷纷逃避，乡民愤詈，向多恶感，乱机已伏，后患尤长。乞派水陆兵防，藉资保障，旅港维持会杨瑞阶、崔其标等叩。广东增制宪钧鉴，澳督辞职，葡京命澳臬署理，亦辞，澳门无主，华侨震惧，倘葡兵横行，祸不堪言。乞加兵守前山湾仔，预备入澳保民，香山旅港商民叩。省城分送督宪水提宪鉴，葡兵变，澳几乱，事未息，祸仍伏，乞派兵保护。香山白石山场各乡鲍锡龄等叩。省城勘界会、自治会、报界公会、自治研究社督宪水提宪鉴，昨葡兵突变，全澳震动，澳若乱，各乡势殃及，乞请速派水陆军，驻扎湾仔前山，以资保护，香山南屏北山各乡林维琮、杨士敏等叩。［《香山旬报》第八十期，庚戌（1910）十一月十一日］

勘界维持会因澳事致前山厅书

敬肃者，昨廿八日下午时候，澳门水陆葡兵突然变乱，围困衙署，全澳震惊，南环及板樟庙大街等处住家商店，均闭门防乱，五点钟后，居民携带老幼，走避南屏北山两乡。该两乡闻耗，以逼近澳门，虑被殃及，人心皇皇，彻夜惊扰。现查事虽暂息，祸仍潜伏，万一再生大变，则附近各乡悉遭蹂躏，各乡虑祸情急，草木皆兵，惶恐情形，笔难尽述。为此飞禀宪辕，乞迅赐电请督宪暨水提宪，速派水陆军，驻扎湾仔前山一带地方，以保领土而安人心。倘蒙先饬郑管带，就近刻日拨勇驻防湾仔，以厚兵力，则尤荷胼襺无极矣。肃禀，敬请勋安。［《香山旬报》第八十期，庚戌（1910）十一月十一日］

中国海陆军之云集

自澳兵起事后，即由香港商人陈赓虞等电请粤督，派兵驻防，兹查得先后派来大小兵轮共有十艘：一、江固，二、江请，三、广香，四、广元，五、广贞，以上五艘俱大兵轮；一、电通，二、安香，三、克房，四、福威，五、江东，以上五艘系小兵轮。又前山军民府庄同知，已禀请增督加兵二百名，在关闸附近捍卫华侨云。［《香山旬报》第八十期，庚戌（1910）十一月十一日］

禀覆布置前山防务情形

日前大吏以前山毗连澳门，防务至关紧要，特一再查核情形，札司转饬庄同知，将防务妥为布置整顿。庄同知奉文后，已遵饬亲赴各处勘明布置，并将办理情形，禀复察核。计原有勇丁一哨，及前募两哨，现特合并编足一营，拟请编入中路第廿六营派令分守与澳门陆路交界，及香山前山交界要隘，其沿海一带防务，虽有扒船两号驻守，惟与澳地毗连，仍派第一营弁勇，分扼沿岸一带，与扒船互为声援，以资周密云。[《香山旬报》第八十一期，庚戌（1910）十一月廿一日]

邑人宜实行武力自卫

民声

自界务纠纷以来，葡人屡施其蛮横手段，近又有强毁我内地基围之举。彼所以敢悍然出此者，实有以窥见我民气薄弱，无自卫之能力，故我但以空言抵塞，彼屡以实力欺凌，近如勘界会集议，葡人竟派侦探到场伺察，益以见葡人之举动，实视吾民气为转移，为断然者。然则吾人之计，与其倚赖政府倚赖疆吏，曷若急行自卫方法，激发义勇，鼓吹民气，购械练团，磨励以待。若葡人不静待界务议结，再有欺凌之举，则衅自彼开，邑人为身家性命起见，惟有拒以武力，无他术矣。不然，若此次基围被掘，束手无策，徒听事后与之交涉，所受荼毒，不知取偿何时，我日缩，葡日进，尚有幸哉。[《香山循报》第九十期，辛亥（1911）二月二十二日]

4. 新军入驻前山受民众热烈欢迎

前山厅之扩充权限

昨闻张督，以前山厅接近澳门，所有关于边防海防一应交涉甚多，现在界址亟待划清，至办理铁路军电巡舰各事，亦应行扩充该厅权限，以专责成。特拟定两项办法，札行司道。计开：（一）或在该处设置交涉独立厅，（二）或即就该同知府改设，请即查复，以凭核办。[《香山循报》第九十五期，辛亥（1911）三月廿七日]

禀覆前山属地情形

督院与澳门界务，异常注意，故日前电饬前山庄丞，迅将交界处所，详查一切。昨闻前山庄丞电覆，以前山附近所属之地方，左至吉大，右接公坦，西南则为湾仔马骝洲蜘洲各岛，陆道则由拉塔望厦以至澳门，水路则经青洲以至澳门，一水相通，其余马骝州外各岛屿尚多，皆接近于前山各处。属地既已辽阔，巡缉尤万不能疏忽，惟有将所属各地，分别形势，将地方巡警，与水陆各营，一律巡缉联络，以固防务而杜窥觎云云。[《香山循报》第一百零六期，辛亥（1911）六月十六日]

特派新军勒令葡人停止浚河

葡人恃强浚河一事，经绅民电禀张督，严行阻止，业经委派萨道，驰往磋商提犯章程，顺便与之交涉，惟澳督恃有别国暗助，不允停工，此事实与国权大有妨碍。初五日张督接准外部密电，星夜会商龙提，札派将协统，酌拨新军五营，前往澳门，勒令刻日停工，现闻葡人已于初九日停止浚河工程矣。[《香山循报》第一百一十期，辛亥（1911）闰六月十四日]

新军出驻澳香

昨外务部特电粤督，略谓澳门浚河及界务事，限一月内议决力争，以免再事枝节，并将办理情形，随时电部察核。张督准此，已将新旧办理交涉一切情形，一并覆部查照，并一面责成将协统，将日前所派之新军第一标计一千名，赴澳香一带，扼要驻扎，以资镇摄。现该军均已预备行装，于十八日乘轮前往，并电达前山香山厅县知照矣。又闻张督以澳河既已停浚，趁此将界务从速划清，以免日后枝节横生，重须交涉，特饬交涉司李清芬，迅将关于澳门界务各事，预备列明具报，以便开议，务与力争，断不肯稍为退让云。[《香山循报》第一一一期，辛亥（1911）闰六月廿一日]

新军开赴前山纪闻

月之十八晚龙镇统发出号令，着所部开差前往香山镇慑，派二标三营为前卫，因该营目兵程度甚高，受教育有年，所以派作先锋，约于二十日早九点钟由码头落船。此营用专轮载往前山驻扎，离澳最近，其二标一营，及炮工辎重各营，俟迟三两天后陆续出发。十九日早每兵发给一元，以作使用，每人均给子弹一千颗，是日俱已准备行装，又前山同知庄允懿，具禀督院，请领洋银一千元，置备此次调派新军，前往该厅驻扎，一切器具供张之需，已奉批准行司发给。[《香山循报》第一一二期，辛亥（1911）闰六月廿八日]

拟续派新军赴乡

澳门私浚河道，风潮甚为紧迫，闻张督昨与龙镇统会议，拟再调新军一营，前往前山一带，以资弹压云。[《香山循报》第一一三期，辛亥（1911）七月初六日]

特派海容巡舰防守香山

海军部以澳门交涉，特派海筹巡舰，前赴澳门湾泊，藉资镇慑，该舰于前月廿二日下午由港启行往澳，因近处水浅，遂泊于澳外距十英里之沙叨海面。澳门守口葡国炮船必地利亚，亦即于是晚驶出，泊于东望洋外，遥遥相对，入夜则电光四射，次日浚河船仍在海面兴工，一时澳中中西人，皆纷纷其说，多谓中国将特遣来阻止浚海者。至廿五日，海筹舰统带同属员人等，乘小轮入澳内海登岸，午后往拜会澳督，言此行是循例往巡中国海岸一带，至此泊数天，即启行云云。廿六日澳督差官答拜，并请各官于是晚至府第赴宴，现闻该舰经已离澳来省，该舰管驾，面谒张督，筹商办法，以澳门前山一带，未划界以前，关系尤为重要，特派海容巡舰前往代驻，以资镇守云。[《香山循报》第一一三期，辛亥（1911）七月初六日]

海军部电饬派兵立收澳门海权

昨督院接有海军部来电，其详细未悉，惟据政界消息，谓该部因接香山勘界维持会禀，以葡人浚河未已，又勒收九澳黑沙界租，请派兵严重交涉等因，该部查葡八年来，侵占未已，若再退让，海陆皆失，昨飞电来粤，饬督同交涉司妥筹办法，立收海权，界务速为议结，派兵勒止浚海，勿稍退让，以固主权云云。闻张督接电后，已密筹对待办法，政界知此事者，咸谓澳门此次交涉，谅无平和结果矣。[《香山循报》第一一三期，辛亥（1911）七月初六日]

庄丞因澳门交涉事抵省

张督因澳门交涉事特电前山庄丞允懿，刻日来省传见，并饬前山传守备赞开，沿途护送，初四日庄丞业已抵省禀见，将澳门浚海抽捐及葡人种种违理，人心异常激怒，新军到后，军民相得，及布置情形，详细面禀，并闻面陈办法，勿压民气，勿存退让，勿暴躁偾事，为紧要关键。张督甚韪其议，即面授机宜，令其迅速回署，妥慎办理，并嘱该处居民暂忍小愤，共图大局，一面饬行二标新军，善为防范保护，勿令酿成他变云，又萨道日前往澳，系奉张督命令，密授机宜，与澳督严重交涉云。[《香山循报》第一一四期，辛亥（1911）七月十三日]

龙镇统又赴前山

澳门交涉，关系重要，外间纷传不一，现张督以民心浮动，亟应设法从速解决，以免滋生意外，并商请龙镇统，即前赴前山，妥为布置，并电饬该管地方文武，劝谕乡民，安心静候交涉，幸毋妄动，致误机宜云。[《香山旬报》第一一四期，辛亥（1911）七月十三日]

吴统领怕驻前山

吴道宗禹，奉派带防勇二千名，赴前山助防，以壮声援，现闻吴统领，以各属盗风猖獗，防军不敷分布，稍一抽调，匪势愈炽，实无可调之兵，已将情形电请大吏核办云。[《香山循报》第一一四期，辛亥（1911）七月十三日]

新军驻前山之举动

行军一道，最宜洞悉地势，此次新军初驻前山，经蒋协统派遣员弁，测量附近地方里道扼塞，绘成图册，以资考证。初九日复由督带陶某，统率新军二百余名，赴前山迤东一带，察勘地势，闻初到南村南坑山场等乡，继复往香洲新埠，眺望九洲洋沿海一带情形。又该军于初十早操演野战，当天明五点钟时刻，在仙人摆袖山下之大块埔，分布阵势，对垒交战，继则一支诈作逃窜，越马鞍山而过，随后各阵追奔而来，直绕至林仔下地方，包抄截击，一时阵若长蛇，枪声不绝，右冲左突，如临大敌，附近各乡来观者，莫不称其操法娴熟。[《香山循报》第一一五期，辛亥（1911）七月二十日]

筹议建筑炮台

前山一带地方，形势险要，前经饬测绘生详绘精图，现勘界维持会请筑炮台，故张督特再饬测绘生顺便细加考勘，何地建筑炮台为合宜，何处最为扼要，一并详填图内，以资参考云。又过路环湾仔等处，与澳门毗连，地滨大海，非添建炮垒，不足固边围，勘界维持会已上书请张督筹议，闻张督拟仿照虎门炮台筑法，方能坚固可守，若筑碉建垒，无济于事，惟现正款绌之时，此款甚难筹划，特饬司道会商筹议云。[《香山循报》第一一五期，辛亥（1911）七月二十日]

加厚兵力驻扎前山

张督以前山香山，地连澳门，应设重兵驻守，以重国防。闻昨复与龙镇统商议，拟再拨新军两营，出驻前山，即日复派督练公所工程委员，前往踏勘地址，建筑营房，并将筹划情形，电陈军咨府陆军部察核。又前山原扎巡防队一营，归庄丞管带，日前拟调往别处，商民深滋疑虑，故勘界维持会上禀张督。昨闻张督以新军到防，已敷分布，故将该营调往他处，办理清乡，现该处居民，既生惊疑，应免抽调，以靖人心，已电饬庄丞遵照云。［《香山循报》第一一六期，辛亥（1911）七月廿七日］

电询防守湾仔情形

陆军部有电来粤，谓迭接粤绅，及广东同乡官函电，均谓香山湾仔地方，与澳门接近，守御空虚，民情惊恐等情，究竟湾仔地方，有无派兵防守，布置是否周妥，应由粤督会同龙镇统，酌度地方形势，派兵驻扎，以靖民心而固藩篱，并将办理情形，电复察核云。［《香山循报》第一一七期，辛亥（1911）八月初五日］

添派军队驻扎前山

驻扎前山之军队，系为保守吾粤边境治安起见，兹闻当道以该处为沿海要冲，现在仅得一营，兵力单薄，不敷分布，非添派军队前往驻扎，不足以资镇慑。初拟二十前后实行拔队起程，后因该处兵厂未能竣工，连日分往厂岐新会等处购办葵蓬竹篾等物，闻限七月内搭起，届时续派炮步兵士各两营，合原有之一营，共成五营，分布驻扎地点，连日镇部办理军备，甚为忙碌，大约日间定必起程矣。［《香山循报》第一一七期，辛亥（1911）八月初五日］

张督询问前山军情

前山新军到扎后，军律井然，深为该处居民所爱戴，日前蒋协统禀见张督时，张督询其军民是否融洽，省中谓新军名誉极好，是否名副其实，务须勉其益加自爱，以副民望，并勤勤操练，将来为国家干城之选云。［《香山循报》第一一八期，辛亥（1911）八月十二日］

电饬新军照常操练

陆军第廿五镇统制龙济光，查新军驻扎前山，军纪颇严，军民无犯，尚属可嘉，惟每日无所事事，诚恐日久操练生疏，特电饬该标统陶懋榛，每日

仍需督率各营，照常操练，熟习打靶，以求进步云。〔《香山循报》第一一
八期，辛亥（1911）八月十二日〕

工程营又开赴前山

镇统龙济光，以前山经已驻扎九十八标，查该地交通，与军队出入不
便，应饬工程营一队，带齐一切器具，开赴前山，由九十八标陶统带，就近
节制遣用，经商准张督，札饬该营管带陈宏尊遵照矣。〔《香山循报》第一
一八期，辛亥（1911）八月十二日〕

兵轮驻防前山之近闻

张督以澳门附近一带，国防紧要，业经派重兵驻守，陆路兵力已厚，水
路虽有部派琛航等二舰驻守，惟军务运送等事，必须迅速，方不致贻误。特
商准李水提，复派出靖江兵轮，前往前山一带协防，有事时藉以运送遣调，
又海容海筹两军舰，前奉饬往澳门海面游弋，现已一并驶回长洲海面湾泊，
闻由李提特饬驶回云。〔《香山循报》第一一八期，辛亥（1911）八月十二
日〕

乡民欢迎新军

新军赴前山驻扎，已纪前报，闰六月廿四日该军五百名已到前山，随由
上官发令，派前队为独立队，后队保护标署左右，两队驻在城内，现分寓前
山恭都学堂及福善堂医院、刘达朝祠都府衙门、前山关帝庙等处。协统蒋
某、督带陶某，闻尚有兵一千，不日奉调驻防前山，以防乡人之暴动。初议
在吉大乡之大块埔搭厂居住，继因刘绅以董事会租赁刘园，经已届期，不若
推却董事会不租，界新军统扎园内，亦可省棚费一千元，其董事会闻迁往梅
溪陈氏花园，前山分府即日犒以猪酒，以尽地主之义。前山乡人继之，初勘
界维持会倡议欢迎，继以有河阻隔，不便拔队，故勘界维持会亦备猪羊酒果
犒赏，该军自到后每日到下午四点钟，则在仙人摆袖山下之大块埔操演
（即旧演武亭地址），步法整齐，枪法娴熟，甚有可观云。〔《香山循报》第
一一三期，辛亥（1911）七月初六日〕

南屏乡人欢迎新军纪事

日前驻扎前山边境之军队，奉到督办命令，调赴南屏村沙尾驻扎，兹闻

该标统陶懋榛奉命后，即于十六日午侯，派出三营后队二排军士，立即拔队开往南屏沙尾，借香南小学堂暂住。是日军队抵埔时，该乡绅耆学生人等，一律在村外欢迎，并鸣炮致敬，该军队答礼如仪，迨抵学堂时，又开茶会，可见乡人对于新军之感情矣。[《香山循报》第一二零期，辛亥（1911）八月廿六日]

勉哉军人毋忘吾民之欢迎
道实

马伏波曰，男儿要当死于边野，以马革裹尸还葬耳，此我国古军人之气概也。

迩因葡人违约浚河，张督调新军五百驻扎香澳，以便相机行事，新军之出发也，咸具同仇敌忾之心，绝无瑟缩畏葸之象，吾粤军人具此气概，此吾粤之光也。今者新军已到前山矣，该都人士对于此举，异常欢忭，闻勘界维持会及各团体，定于二十七日开会欢迎，吾民对于新军之希望，其诚懿笃切奚为若是乎。

盖自划界问题发生以来，葡人屡肆其蛮横举动，吾民抱此切肤之痛，唇焦吞敝，函电交驰，未获良好之效果，乃葡人屡以实力欺凌，我仅以空言搪塞，明知于事无济，于是有办团自卫之谋，有上书请兵之举，盖欲藉新军之力，杜绝外侮，宣扬国威，非一日矣，今竟有新军来香驻扎，宜地方团体，具此良好之感情也，然则新军亦将何以副吾民之希望乎。

抑犹有感者，古所谓军人，非纯为对外而设，故发奸禁暴捕盗剿贼之事，皆肩任之，故与内地居民关系密切，然往往未经教育，扰民之举时有所闻，故有贼过如梳、兵过如篦之谣。即今之防营，因清乡而扰及地方者，亦所在多有，宜乎吾民一闻兵勇之集，即仓皇失措，竟有流离转徙冀免祸患者，乃今吾民对于新军，不惮其来，惟恐其来之不速，且从而开会欢迎之，此岂徒为一己自卫计，实为国家前途计也，勉哉军人，毋忘吾民之欢迎。[《香山循报》第一一三期，辛亥（1911）七月初六日]

论我邑人欢迎新军之心理
愤血

盖吾邑人之欢迎新军，吾虽不能遍测人人之心理，然保卫同种、抵拒外族之宗旨，亦为人人心理所乐同。今新军之来也，非为残杀同胞而来，实为对待葡人而来。吾人本保卫同种、抵拒外族之心理，则对于新军，自有爱敬逾常、和洽无间之趋势，其群起以欢迎之，亦情之所不自禁者也。何也？军人之职任，惟以攘外安内为务，非以之排同媚异者也。俾士麦有言，我国军人不以残害同种为能，可知军人之所注重者，必先于对待外族一层，若不能对外，则虽日驱其豺狼虎豹之劲旅，大之则擒获党人，小之则诛锄盗贼，亦不足取也。昔者曾（国藩）、左（宗棠）、李（鸿章）、胡诸人，为朝廷再造之功臣，当日之奇功伟绩，固足照耀一世，由今思之，亦不外戕杀同根，诛戮人民之故技。虽谓洪杨倡乱，志不在小；然生则同种，处则同国，而竟穷日累夕以歼之，亦可以哀矜勿喜者也。昔周定王之辞晋侯也，曰蛮夷戎狄，不式王命，淫湎毁常，王命伐之，则有献捷，王亲受而劳之，所以惩不敬劝有功也。兄弟甥舅，侵犯王略，王命伐之，告事而已，不献其功，所以敬亲昵禁淫慝也。由此以观，则今日军人之所贵者，其主要问题，当先知国防之关键、种族之界线，而平定内乱，仅小事耳。乃者，吾邑人历遭葡人之侵略之蹂躏，已于忍无可忍，待不能待；近竟违约浚河，勒收田税之事，复纷至而沓来。今新军之来也，既欲制止葡人不法之行为，即为申吾民愤懑不平之气，攘外安内，其功于是乎著，吾民虽欲寂然无动，不表同情者，其可得乎。呜呼，吾粤练军有年矣，而以之对待外人者，当以此次新军之对葡始。我国自鸦片之战，情见势绌，起各强轻视中国之渐，虽有海陆军之劲旅，曾不足当外人之一击。甲午中日之役，海军歼没；庚子联军之役，陆军失败。近虽训练陆军，编成劲卒，而平内乱或有余，对外患则不足；凡交涉事件，稍有棘手，惟知退让，而不敢以兵力为解决之利器。呜呼，言念及此，岂第吾国之羞，抑亦吾国军人之憾事也。今新军之出驻前山，巩固国防，即为新军报国报民之日，亦以雪我国向主退让之大耻。其主要目的，纯然为对外而来，比之磨刀霍霍，日以残杀同胞为能事者，相去天渊矣。呜呼，新军乎！我最敬爱之新军乎！尔其奋励猛进，毋忘我邑人之欢迎乎！则欢迎新军者，当不止我邑之五十万人，而邑人之责望于新军者，又当不止对葡之一事也。呜呼，江山无界，虎狼逼人，正我国人奋力救国之机，亦我军人枕戈待旦之日；对葡之举，不过新军对外之端倪耳；而终止目的，惟智者自知之，亦为新军自勉之耳。［《香山循报》第一一八期，辛亥（1911）八月十二日］

附录四　勘界维持会抗争资料

1. 香山勘界维持会

恭谷都士绅因中葡划界集议纪事

中葡划界，恭谷各都，祸尤切近。各都人士，公择二月十七日暂借北山乡恭都联沙局开会集议，力筹挽救。临时公举正主席杨君瑞初，副主席郑君彦球，宣布员黄君仲瑜、鲍君少勤，纠仪员林君佩三、容君梓庭，书记员杨君学坡、杨君少农。是日议案录后：一葡人固占附近地方，狡谋奢望，志在必逞，此次划界事关都人身命财产，亟宜集合大团力筹挽救，我都人事当表同情，兹拟办法以凭公定：

（甲）择地设立划界维持会，该会以上保国权、下顾身家为宗旨，必俟划清界限，妥善无误，始行解散。

（乙）收回海权，澳本租借，西南倚水为界原无海界之可分，有张前督宪原奏及香山县志可考，且该海为香山门户，稍一退让，门户尽失，牵动全局，故收回海权一层，尤为要着。

（丙）陆地坚持旧有围墙为界。其界外已占之地，宜与争回；界外图占之地，万勿退让。

（丁）公禀厅县督宪、钦使等处，务恳坚持此旨，与葡力争，以保边隅而维全局。

（戊）分电外务部暨同乡京官实力维持，仍分电各埠同胞，转电京省，以为声援助力。

以上均众赞成。伍君拔臣献议：电达外务部一层，虽属握要，惟政府一经批驳，即事成画饼。惟以选举代表员面见钦使，并搜齐旧案及地方情形凭据，力请争回尤为吃重，仍须各人协力帮助，方冀有济。众赞成。

一、禀电须有领衔，请公定。众公举吴部郎星楼钦衔。

二、谒见钦使及驻省办事，须有代表，请公定。众议由各乡自行选举，以三日为限。举定时即以联沙局为齐集之所。

三、兹事重大，禀电需费，办事人舟车饭食亦需费，应如何筹款，请公定。众议集捐，南屏、北山、造贝等乡当堂捐款三百余金，其余各乡代表，回乡集议，陆续签捐。

四、此次维持划界，为我都存亡绝续之举。拟俟办理完善后，须将所有公件及各费用，刊刻征信录以为永远纪念。众赞成。众议第二次会议订于二月二十日，仍假座联沙局。各乡所举代表及捐款亦订是日声明定夺。议至四点半钟，主席即令摇铃闭会。[《香山旬报》第十七期，己酉（1909）二月廿一日]

划界维持会致北京电文

澳门划界一事，关系国权，我邑尤有切肤之痛，日前恭、谷二都之热心士绅杨君瑞初、陈君赓虞等，特因此事设立划界维持会，以为政界之助。兹录其致北京电文云：北京法部戴尚书，暨梁尚书，各同乡京官转呈张相国钧鉴：中葡划界，葡欲无厌，稍任混越，全粤堪虞。请电粤督外务部，坚持陆界旧址，尺寸勿让。水界非葡所有，尤宜保守。张相督粤，力筹挽救。现局危迫，仍乞保全。覆港陈赓虞，香山划界维持会，杨应麟等叩（致外务部电文大致相同，从略）。[《香山旬报》第十八期，己酉（1909）闰二月初一日]

函论勘界维持会发起之原因

日昨接友人钝庵函云：昨阅报载，有政府致电粤督张安帅，谓粤人所设勘界维持会，宜守文明规则一语。大哉！政府之言乎，其先得设会者之初心也。异哉！政府之言乎，其犹未谅设会者之苦衷也。自勘界问题发现，香山士绅，以葡人之贪得无厌也，诚恐涓涓不塞，将成江河。又以粤民之积忿日深也，诚恐一夫攘臂，万众同仇。则一旦事机决裂，影响及于全面，其祸伊于胡底。是以首设香山勘界维持会，弭无形之隐患，作未雨之绸缪。复念偏隅力薄，一木难支，迫得出而联合全省大绅诸君，协同襄助，必求达维持之目的而后已。幸而热心志士，爱国绅商，念澳界为全省之门户所关，勘界又为粤人之安危所系，或发为伟论，作棒喝于当头；或慨助金钱，冀裘成于集腋。所以勘界维持总会又继起于羊地也。有此原因，吾不能不为当道诸公告。[《香山旬报》第二十一期，己酉（1909）三月初一日]

香山勘界维持会开特别大会议

廿一日香山勘界维持会开特别大会。以正主席曾君师亮，副主席吴君镜舫，宣布员黄君仲瑜、鲍君少勤，书记林君佩三、杨君桂符。议案如下：

（一）近高使已与葡使会晤，开议在即，倘葡使竟不退还侵地，应请各团体如何维持，以助政府之不逮。

（二）联合各界，举定代表赴港，开一特别大会议，定惟一宗旨，然后面谒高使，切实维持以尽本会之责（当时献议甚多，未便宣布）。议毕关君佐田演说，极力激劝，鼓掌之声不绝。至四点半钟散会。［《香山旬报》第二十九期，己酉（1909）五月廿一日］

香山勘界维持会特别会议

该会昨刊布传单云：切启者，中葡界务开议已历数期，异常秘密，全粤忧疑。据各报登载葡使要求二款：一为禁止香洲埠不得有妨碍澳门商务；二为抑勒住澳华民，必须尽入葡籍；其野蛮无理可概见。且外间传来消息出乎意料，均属可危可虑。嗟嗟！国土有几，葡欲无厌。当地事迫势危，若非合力维持，恐一失败，则身命财产，悉为葡缚，惨痛曷可胜言。兹订六月三十日，仍在恭都联沙局开特别会议，联合大团，实筹对待，冀救垂危。得失存亡，胥此一举。届期务请各界同胞，踊跃莅会，万勿放弃，是所切盼。此布。［《香山旬报》第三十三期，己酉（1909）七月初一日］

香山勘界维持会特别会议详纪

该会定前月三十日开特别会议，已志前报。是日到会者异常踊跃，正主席梁君凤鸣，副主席张君振德，宣布员吴君哲生，书记员杨君学坡、林君佩三。其案如下：

（一）袁督新到，本会应否将界务证据及坚持力争主旨，补呈公禀，以期周到，请公定，杨君瑞初起言，袁督新到，澳界情形恐未透悉，应以速递公呈为是，梁君虞廷和议，众赞成。

（二）现方磋议界务，葡国新造炮船，竟于本月中旬连日驶入前山、南屏一带内河，游弋测绘，背约骚扰，狡谋难料。据人道新报所载，葡已运到大批军火，候配置各船妥当后，实行巡阅内河，今巡阅之说现已发露，举国皆之知，彼蓄阴谋，我无预备，万一事机决裂，何以自存，加以土匪乘机，在在可虑，应如何续请督宪水提派兵拨轮驻扎湾仔、关闸及九洲洋等处，以资镇慑，请公定。张君树屏起言，葡谋难测，彼既背约，扰我内河，应将居民危惧情形，据实禀请各宪，从速派拨陆军兵轮驻扎要隘以安民心。郑君植庭起言，请派兵轮，固今日不易办法，倘政界不如所请，又将何以自存？似宜一面禀请，一面另行设法布置，以冀图存。唐君星枢献议，请兵政界，诚有如郑君所言。鄙见现当开议界务，议论纷传，土匪乘机煽动，最为可虑。

为自卫计，莫如赶制军火，举办联乡团防，较为有济。杨君瑞初、郑君鹗一、苏君藻煌、刘君介眉、郑君植庭、李君声桃、郑君培之等均力赞成。随公决先由本会刊印劝办联乡团防传单分送各乡，公举杨君学坡、林君佩三草拟联乡团防章程。并公举李君声桃、蔡君雄枢亲赴各乡联络，宣布理由，众赞成。

（三）务开议已届四期所议秘而不宣，我国民从何研究，现据各报登载及葡人言词举动，界务前途实属危险，应如何实筹对待，以为政界后盾，请献议。郑君禄、李君声桃、唐君星枢、林君介眉、郑君植庭及旅港维持会代表等均有献议，彼此公同研究数时之久。公决限期七日，由全体会员条覆本会，并订初十日开第十期大会，决议实行。[《香山旬报》第三十四期，己酉（1909）七月十一日]

争界电文汇纪

昨邑中勘界维持会致北京电文云：北京戴梁尚书、唐侍郎、陈给谏暨同乡官转军机外部王爷中堂鉴：澳界议案，葡索五款，香山南境，水陆尽失。旧占不还，复增新占，居民愤恨，誓将死争。乞电粤督高使峻拒勿让，保边隅即保全粤。又恭都北山唐家十八乡致北京电文云：北京香山馆唐侍郎暨各同乡转军机外部宪鉴，澳界议案，葡索五款，狡混侵越，恭都水陆悉为襄括，民已异常惊怖，近阅葡使照会高使，禁止华人在前山河面填海筑地，直指该处为葡管辖。水界被占，陆界随亡。现居民纷窜，益形狼狈。乞念边隅卷赤，万勿割弃，并迅电粤督高使严驳，力为保全。[《香山旬报》第四十期，己酉（1909）九月十一日]

勘界维持会再致北京电文

北京分送外务部军机王爷中堂钧鉴，中葡界务，久提京议，迁延未结，益长葡焰，水泡未撤，隐患方长，越界侵权，万难恝置，民愤日深，恐碍全局，乞早议结，收我主权，粤民切切待命，香山勘界维持会全体，叩。[《香山旬报》第六十五期，庚戌（1910）六月十一日]

香山勘界维持会议案

七月初二日香山勘界维持会寻常会，十二点钟开会，议案四条录下：（一）葡攻路环无良无歹，同罹惨祸，前经函请各埠同胞，合电政府维持，今事机危迫，应用电催函催，请公定，公议应即函催各埠同胞助电，务达维持目的而后已，众赞成。（二）路湾事起，各乡见葡残虐，虑被殃及，人心震惊，现仍纷扰异常，应否电请政府派轮驻扎湾仔前山海面，以资保护，请公定，公议即电政府请饬粤督水提，派轮分驻湾仔前山海面，俾安人心，众赞成。（三）本会收支数目，前经决议，刊刻第一期征信录，惟编列数目，尚需时日，应否先将同胞捐助款项先行登报，请公定，公议应将捐款，即行登报，俾众先睹，至征信录俟刊刻成后，再行派送，众赞成。（四）本会前发各捐部来缴者，尚属多数，应不定期催缴，请公定，公议应即函催早缴，俟开特别会议时，再行定期，一律催令缴齐，众赞成。议至四点余钟，茶会而散云。〔《香山旬报》第六十九期，庚戌（1910）七月廿一日〕

香山勘界维持会力争主权电文

北京分送外务部军咨处，暨同乡官鉴，香山边地，葡人垂涎，各乡鉴路环之祸，虑葡藉势侵扰，乡民震惊异常。乞电粤督水提派轮常驻前山湾仔海面，以免遇事再失主权。香山勘界维持会陈德驹、杨应麟等叩。〔《香山旬报》第六十九期，庚戌（1910）七月廿一日〕

勘界维持会致葡领事书

大葡国广州总领事大人台鉴，敬启者，现我国在高沙地方设立稽查烟膏牌厂，由贵领事照会粤督，请为裁撤，业经督宪驳覆在案。兹又闻以此事照会，声称光绪十三年所立条约，载明未定界址以前，中葡两国均宜照旧，不得改变加减等由，窃查该条约所载，不得改变加减之要义，无非专为占地而言，两国互为防范，各守现时情形，听候议决，权操两国中央政府。惟于界务未定，我国不得将已占之地擅行收回，即贵国亦不得蚕食无厌，希图再占，此明明非指中国之内地，及贵国之澳门而言也，个中文义，昭然若揭，质诸公理，可谓至明至当，不宁惟是，我国不应在高沙设厂抽厘，犹之贵国亦不合在澳开赌承饷，有挽夺我国内地利权，诚如贵照会所云，最好彼此从今免以辩论，听候两国政府定夺，然后方可在高沙澳门征税，以昭公道可乎？两相比较，迎刃而解，所谓不得改变加减者，系专指占地而言，非为特许贵国以此六字，咨行干涉我内政也。至照会所云，高沙地方或属中，或属葡，或算局外地，此等谬妄之语，尤为贵领事好为大言之标榜。查澳门本部，原属香山县治，自贵国租借以来，有围墙为界，墙外占地，莫非我土，方今议界，尚待磋商收回，其未经被占之地，为我中国完全之土地，实与界务无涉，试问贵领事，有何权力，谬借我土地圈出局外，倘有第三国毗连该处地方，厕足于其间者，又为我两国多翻交涉矣。贵领事措词含混，特未之思耳，嗣后文牍往来，当宜斟酌，免两国勘界前大生阻力，此次交涉，系因抽厘，原属国权，自无庸商界所该干预，然妄弃我土地人民于局外，欺我政府，激怂舆情，实伤我两国感情，若论公法，此等领事亦应撤换也。唐突之言，希为原宥，祗颂大安，勘界维持会上言。[《香山旬报》第七十三期，庚戌（1910）九月初一日]

勘界维持会请废约收回澳门

咨议局自治会呈督宪鉴，葡易主，换旗，前约无效，乞提议，电请废约，收回全澳，并即派轮驻保，以固边隅，香山勘界维持会黄商霖全体叩。[《香山旬报》第七十七期，庚戌（1910）十月十一日]

勘界维持会致北京电

北京分送军咨处外部资政院呈摄政王鉴，葡易民主，前约应废，澳地亦应收回，乞速施行，免生别故，并即派轮驻保，香山勘界维持会杨应麟等叩。又电云，北京资政院公鉴，界议停，葡谋亟，旧未还，图新占，倘失败，全粤危，乞提议力争，收占地，保海权，葡变起，早结尤要，香山勘界维持会杨应麟等叩。[《香山旬报》第七十六期，庚戌（1910）十月初一日]

勘界维持会集议传单

公启者，刻接总会来函云，资政院议员罗君前电称，政府有派员就葡议结界务消息，近闻葡惊变起，局面已非，界务更难搁置，又读直省联合会致本省咨议局公函，及外洋华侨迭来函电，均属谋深情急，足征万众一心，同深义愤。我邑痛关切肤，更宜联合大团，亟筹对待。兹订十月初五日在恭都联沙公局开大会议，研究办法，共挽危机，幸毋吝教，谨布。[《香山旬报》第七十七期，庚戌（1910）十月十一日]

勘界维持会请收回占地

勘界维持会恭谷两都各乡代表十余人，于十六日往见军民府，为收回澳门占地，并请详请水陆派勇镇压地方，以防事出意外，闻不日将具禀邑令及各大宪云。［《香山旬报》第七十八期，庚戌（1910）十月廿一日］

勘界维持会议案

本月初五日香山勘界维持会开特别会议。是日天虽阴雨，各乡赴会者，络绎不绝，两点钟开会，公推正主席张揖廷，副主席李声桃，宣布员黄仲瑜、吴哲生，书记林佩三、杨桂苻，纠礼容达楷、林子麟，议案三条录下：

（一）葡国内乱，易主换旗，故国全非，前约应废，此诚千载一时之遇，万难错过，应如何实筹对待，请献议。杨柏秀起云，葡国内乱，逐其君主，改换民旗，按之公法约章，均应收回全澳，本会亟宜联合各乡，公举代表，同赴地方衙门，呈请执持公法，接照约章，实行收回全澳，万不可失此时机，致贻后患。李声桃、杨量余、张砚朋、吴哲生等均赞成此说。随研究发电入禀先后办法，公决办法三级，第一先发电新粤督张宪，商请政府实行收回全澳。第二函请各乡举定代表，以十月十六日齐集，同赴地方各衙门，呈请转详大宪，据约收回全澳，务达目的。第三级办法，暂不宣布，全体赞成。

（二）葡乱未定，澳门人心惶惶，均遭糜烂，应如何预筹自卫，请献议。林昌略起云，欲图自卫，除举办团练，别无他法。李声桃、吴哲生、林佩三等研究数时，随由众公决，一面电请政府派轮保卫，一面由本会将前期议决联乡团防章程，呈请县宪核饬各乡举办，以期实行自卫，并联公定用本会名义具呈，全体赞成。

（三）本会维持界务，于兹两年，今虽早获此时机，能否达到目的，尚难逆料，倘政府游移，终不解决，则后顾茫茫，益难措手，应如何妥筹善后，请献议。张光灼起云，事至今日，虽政府游移不决，本会亦无中止之理，惟有誓死力争，务达目的而后已。但始终坚持，必须经费，如无经费，则无论如何事均不能办，鄙见当先筹定款项，筹款之法，除义捐外，或捐田亩，或设别法，务求集合。总之以己之财，保己之产，较胜于外人奴隶马牛，倘能集合经费，办事有资，虽赴汤蹈火，吾粤未必无人，即本会亦未必无人也，鄙见如此，请诸君研究。郑培之起言，本会万无中止，诚如张君所云，今惟有见一步，行一步，必达维持目的。张砚朋起云，以死力争，分数层办去，坚持此旨，方不负维持名义，亦已见我中国民气之发扬也。办法数层，拟不宣布，正副主席起询诸君赞成张郑三君之说否，当时鼓掌之声震破屋瓦，全体赞成，议案公决毕，杨盛祥、吴哲生登台演说，痛陈中国利弊，及澳门被占原委。至五点钟后，主席摇铃闭会。[《香山旬报》第七十七期，庚戌（1910）十月十一日]

勘界维持会集议纪闻

勘界维持会因葡人毁掘基围事发出传单，订期初八日假座恭都联沙局开特别大会议，共筹对待方法，兹查得是日集议情形，正主席陈伯乾，副主席鲍声远，到会者数百人，提议实行练习义勇队，并派人往各乡演说痛陈葡人之横蛮无理，鼓万民气，葡人侦探亦有到场觇望。[《香山循报》第八十九期，辛亥（1911）二月十四日]

勘界维持会呈张督公禀

禀为葡迭拆内河围基，势将挑衅，联恳察夺，严责赔偿，迅拨水陆重军，分札要隘，以资镇慑而防祸变事。窃自中葡议界未决，葡人违背约章，干我内政，侵我海权，种种蛮横，不胜屈指。讵于本年二月初一日，突有葡官驾驶小轮率工役百余人，擅入前山内河拆毁白石角亚婆石新筑围基，越境侵陵，无理已极，业由前山庄分宪电禀，蒙饬何中军初三日乘驾广元兵轮到勘。而葡人于初四日复行督率工役将围基掘毁，恫喝哄动，势将挑衅。似此野蛮举动，欺藐我国太甚，若不严为诘责，不独界务前途有碍，且于领土国权均被侵害。查白石角接连前山内河，倘被葡占，则前山城防门户尽失，势近民愤，后祸实难揣测。为此联叩崇辕伏乞俯赐察夺，严责赔偿并请迅速拨水陆重兵分札要隘长驻保护，以资镇慑，实为公便，谨禀。[《香山循报》第八十九期，辛亥（1911）二月十四日]

勘界维持会致省急电

省分送督宪交涉司钧鉴：葡越界毁围，祸机潜伏，公决赶筹自卫，誓死维持。务乞严责赔偿，宣示办法，以平民愤，并请多派水陆军长驻保护，香山勘界维持会临时主席陈若琼、鲍荣等全体叩。[《香山循报》第九十期，辛亥（1911）二月廿二日]

对葡义勇队之组织

日昨香山勘界维持会又发出传单云，切启者，本会昨因葡人拆白石角新筑围基开特别会议，众心愤恨，誓死维持。业经公决办法，次第实行，并订本月十三日仍在恭都联沙局再开大会，组织义勇队，以期自卫，届期务请各界同胞踊跃赴议，万勿放弃，是所切盼。［《香山循报》第九十期，辛亥（1911）二月廿二日］

勘界维持会集议详情

本月初八日，香山勘界维持会为葡人拆毁前山河面白石角新筑围基开特别会议，略纪前报。兹查得是日赴会者络绎不绝，人心愤恨，挤拥异常，幸郑管带之宝率勇到场弹压，不致鼓噪。两点钟开会，座为之满，公推临时主席陈君若琼，鲍君声远。议案如下：一本月初一初四等日，葡官率工役百余人，拆毁白石角新筑围至一至再，查该处接连前山内河，倘被葡占，则前山防城门户尽失，且葡人借口北山岭为局外地，其蓄谋图占关闸外一带地方，心迹显露，若不速筹挽救，恐将为龙田旺夏之续，应如何维持，请献议。张君莘楼起言，葡欺藐侵轶，忍无可忍，连日会长往见各政界如何情形，请详细陈明俾众妥筹对待。会长杨君瑞初起述往见政界筹商办法各情形毕。张君粟秋起言，当联合大团，要请政府责令赔偿损失，不赔不休。毛君煦洲起言对葡之法，当即派员分头演说，以鼓民气。黄君玉堂起言派员演说最为要着，宜速行之。鲍君梦生起言演说要诚，然非先行团练，不足以救目前之急。陈君筱江起言，葡人如此欺凌，非即编设义勇队，势难图存，且义勇二字，足以激励民气，倘能决议实行，自有人出而担任。李君声桃、黄君梅章、鲍君玉林、吴君瑞仁、杨君逊吴、张君砚朋、黄君玉堂、徐君侣朋、容君建球、杨君乃焜、吴君曙堂、徐君礼剑等各有献议，言论纷纷。苏君墨齐起言，诸君商议阅议，各有见地，惟时候无多，当以速定办法为是。刘君希明起请纠礼员劝令各人暂勿喧哗，以肃场规，并请主席献议即付表决，随决定办法三层：

（一）全体要请京省各宪严与葡领交涉，务令赔偿损失，以保国权，如不赔偿，另筹对待。

（二）赶编义勇队，实行自卫，并订本月十三日再开大会，研究办法，限日举行。

（三）多派演说员分赴各处演说，以开民智，而戒暴动。是日议案四条，第一条解决后，时已五打后钟，有人献议为时已晚，所有未决议案请俟下期再议，众赞成，主席摇铃闭会。［《香山循报》第九十期，辛亥（1911）二月廿二日］

勘界维持会集议再志

本月十三日香山勘界维持会因葡官越界拆围赶筹自卫再开大会，是日赴议者愈形踊跃，均有愤不欲生之慨。一点后钟，郑管带之宝仍多带巡勇到场弹压，两点钟闭会，临时公推主席吴君寿彭、林君介眉，议案如下，一前期决议组织义勇队以图自卫，现发起人已将章程拟就，交出宣布，应否照行，或须修正，请公决宣布员黄君仲瑜，随将章程宣布毕，后由主席吴君寿彭逐条说明，请众研究。柳君璧臣、李君声桃、杨君瑞初、陈君伯乾、郑君植庭、林君介眉、黄君商林、鲍君玉林、杨君逊吾、林君昌略等，各抒己见，公同解决筹款筹械及勇额驻扎各问题，并联定十五日由发起人在前山酌借公地实行组织，限日成团，当时万众一心，全体鼓掌赞成。苏君墨齐起言，请主席定期举员担任，并痛陈葡人野心祸伏眉睫，力劝各同胞振刷精神，速成此举，倘或虚延时日，后祸立至。语语沉痛，人皆感奋，掌声震屋。随公定举员担任一节，另日举行，此条决议后，时已六打钟，因为时已夜，未便再议别案，主席遂摇铃闭会。[《香山循报》第九十期，辛亥（1911）二月廿二日]

勘界维持会致北京要电

北京分送外部、海陆军部、军机宪鉴，葡越拆前山围基，欺凌实甚，民情汹汹，愤不可遏，乞责赔偿，并赐兵驻保，至派使就葡议界情形阂隔，可虑尚多，务恳收回成命，尤乞迅速议结，明示办法，以定民心，香山勘界维持会杨应麟等叩。[《香山循报》第九十一期，辛亥（1911）二月廿八日]

葡人又欲侵占我国领土

三月廿二日，葡人突到路环附近之九澳等处，丈量田土，勒令纳税，该田业户郑彦庄等，当即据情禀请督宪暨交涉司，前山同知邑令严词拒斥，复以前情报请勘界维持会设法维持，兹该会会长杨应麟、陈德驹、张振德等，已据情为葡人违约越占，勒收田税，粘乞据情详请督宪电部据约力争，万勿割弃，以保领土而弭巨祸事呈请大宪保全。其词云，窃本年三月廿三日，据南屏乡业户郑彦庄等报称，现接九澳佃人钟人彩函称，连日有西洋人将九澳等处田地一俱丈量，并勒令该处耕佃以后所纳税项，一概纳与西洋皇家，准于本月廿四日要齐到报名等语。并将原函送交前来，据此查九澳黑沙等处，系属我国领土，难任葡人占越，且光绪十三年条约载明未经定界以前，彼此不得增减改变等语。今葡人连日丈量九澳等处田亩，勒收税项，限日报名，其任意增减改变，显与前约相违，且被占之地当须收回，固有之地讵能稍弃，现当界事未结之际，稍一退让，香山南境，恐非国有，某等念事关国权领土，理合抄白来函粘叩台阶，伏乞据情详请督宪电部据约力争，万勿割弃以保领土而弭巨祸，全体沾恩云。又闻此事先经该会电禀省宪云，探悉葡人在路环九澳内地，肆行丈量田亩，限乡民即日（三月廿四日）报名，勒抽赋税，强硬作据，形迹显然。现民情汹涌，尤妨暴动，乞飞檄派水陆防兵，到场察验，以杜葡人越界苛捐，骚扰居民，实为德便，勘界维持会等叩敬。

[《香山循报》第九十六期，辛亥（1911）四月初四日]

关于葡人侵界（一）

香山勘界维持会上书咨议局，呈请建议。略云：自中葡勘界以来，葡人倔强无理，违背条约，多方要索，前此高大臣而谦莅粤开议，迁守和平，时日宕延，毫无效果。及后全案提京，迄今仍议结无期，以致葡人野心益肆，横暴频施。去年春间，增设水泡于青洲岛外，干涉湾仔之鱼苗局，关闸外之膏牌局，显然不遵旧约，且欲占我海权，侵我内政，甚而藉剿匪为名，炮攻路环，惨毙居民无算，同胞罹毒，痛愤未消。孰料今日更有令人惊骇之事，本年二月朔日，突有葡人率同工役百余人，擅入前山内河，拆掘白石角亚婆石新筑围基，汹涌哄动，意存挑衅。嗣由张分府电禀督宪，派委何中军，于初三日，驾驶广元兵轮到勘。而葡人于初四日，复率工役多人，将该围基掘毁，似此明目张胆，一再尝试，欺藐我国实甚，若不亟筹对待，从此得寸入尺，渐肆鲸吞，以蕞尔之葡亦效列强之窃据，拊膺太息，可为寒心。且也一发之动，全体为牵，澳为全粤咽喉，设任侵凌，稍存退让，势乘滋蔓，受害岂独一隅。敝会以国土所关，士民同有责任，前此维持数载，力竭声嘶，今则显被欺凌，倍形惶急。欣逢贵局现届开议时期，诸公代表一省舆论，必能统筹全局，力挽危机，特详具葡人越界拆围情形，陈请建议，转请督宪或电部严责赔偿损失，并派重兵长驻保护，以弭祸变而保边隅。粤民幸甚。附节略三条：一请将此次葡人越界拆围情形，转请督宪，或电部要求，赔偿损失，务达赔偿目的，不稍退让，以全国体。一请转恳督宪，多派水陆重军，驻扎湾仔前山水陆各要隘，以保领土而安民心，因民间屡请无效，故求贵局代达，俾邀乞准。一请转请督宪或电部，援照旧约，将澳界速为议结，免令葡人生心。惟各报纷传政府欲将界事移交海牙会断，或派葡使就葡磋议，两者均非粤福，务求转请政府，收回成命，就近在粤议结，庶可保存，不至失败。[《香山循报》九十七期，辛亥（1911）四月十一日]

关于葡人侵界（二）

邑人郑彦庄等具禀各宪云，具禀香山南屏乡郑族绅耆职员郑彦庄、郑彦韶、郑锟贤、郑方贤、郑瓒贤、郑灿贤等禀为丈量勒纳，改隶不甘，粘乞详请督宪，严拒保全，批示祗遵，以挽国权而安民产事。窃职等居一祖逸潮祖有尝田数段，坐落县属土名九澳角石排湾，阿婆鹦管、鬼叫坑、蚰蛇塘、竹仔兜、南坑、车坑、西坑、昂湖、阿婆山下阿婆左侧席草坑等处，共该起升征斥卤升下税，一顷一十一亩六分厘九毛六丝六忽，其税寄存番南末郑裕业爪场都一图七甲郑荫芳户内，历皆遵赴县署完纳银米无异。讵本年三月二十二日，忽接佃人钟仁彩函称，近有西洋人将九澳等处田地丈量，勒令各佃以后所纳税项，一概纳与西洋皇家，准本月二十四日，齐到报名等语。二十三日复据佃人钟仁彩等亲到祖祠，投同前情，当将原函送交香山勘界维持会投请，设法维持，以杜葡人越占。伏念九澳角石排湾等处地方，纯然我国领土，职等尝田，岁纳粮米，向由香山县署征收，与葡何涉，今葡任意丈量该处田地勒收税项，显图占据，倘不先事力争，将为葡有，事关祖尝，国土改隶，实所不甘，职等闻耗，焦灼万状，除禀各宪外，理合抄白各田契照及佃人来函，粘叩宪阶，联乞迅赐详请督宪，严词拒斥，实力保全，若以国弱葡蛮，付之无可如何之数，仍乞督宪批示祗遵，实为德便，切赴，一呈前山厅，一呈香山县，一呈交涉司，一呈督宪。[《香山循报》九十七期，辛亥（1911）四月十一日]

北山南屏保卫严

恭都南屏、北山两乡绅士杨应麟、容鹏翔等，以编练民团事，具禀当道，略谓两乡孤县海岛，匪患频仍，平时已极忧危，于今倍形震骇，自省佛乱后，草木皆兵，人心惶惶，不可终日。绅等睹此纷扰情形，连日会议，金以内匪患深，居民情急，决计编练民团以图自卫，编练之法，募集两乡土著、体魄强壮、有职业而无嗜好者入团，先以一百名为额，妥定团章以训练，无事各安生业，遇变齐起严防，名曰南屏、北山两乡自卫团，成团后所需枪械，即由两乡分筹经费，备价禀请发给领用，俾资防御，当经全体赞成。现计报名入团者，已达百名之额，其情殷自卫，已可概见，绅等为防御内匪，保卫乡间起见，理合将章程名册，呈缴崇辕，联恳俯念时局艰危，地方惊扰，迅赐详请督宪，恩准饬局核给单响毛瑟枪一百杆，子弹一万颗，俾得备价领用，以资自卫云云。[《香山循报》第一百零二期，辛亥（1911）五月十七日]

勘界维持会上督院禀

为葡人背约，擅浚河道，乞恩照会严诘，以维领海而保主权事，窃中葡界务，数年未决，葡人日肆横暴，忽而潜移水泡，忽而拘押渔拖，忽而干涉鱼苗局，忽而折毁海安围基，迭经某等具禀各在案，揆其种种野蛮，无非欲据有澳门全海，以实行其蚕食之谋耳。近阅报载葡人与香港麦端那洋行订立合同，疏浚澳门海道，惩前毖后，动魄惊心，查澳门海道，实为香山之门户，即握全澳之咽喉，牵一发可动全身，是海权之关系也如此。又查光绪十三年，中葡条约，只许其居住，并未与以海权，又云未经勘界以前，彼此不得稍有增减改变，今擅浚河道，并不照我国协商，是葡人之蛮横也又如此，我政府畏葡如虎，界务虚悬，既启外人以蔑视之心，实肇国民以猜疑之渐。某等怆怀时局，所为默息难安也，张文襄有言曰，我争则彼让，我弃则彼取，是操纵之权在我，奚事徘徊瞻顾哉，今幸制宪大人，爱国恤民，权衡在握，敢恳照会严诘，杜彼狡谋，且免将来勘界时，有所借口，则全粤幸甚，大局幸甚。谨将葡人背约侵权，擅浚河道缘由，呈请大公祖大人爵前，察核施行。[《香山循报》第一百零七期，辛亥（1911）六月廿三日]

勘界维持会上张督书

敬禀者，葡人违约浚海，两国现开交涉，乘我地方不靖，防务吃紧之际，葡人藉此取巧，预探我政府自顾不暇，安能舍要务而开别国之边衅，是以投瑕抵隙，纵违约而弗恤也，况水道交通，似为公法所乐从，然万国能依公法以行其理，断不能违公理以行其法。葡人违约者违理也，细查前山洋面，岛屿纷歧，葡人到处可以随机霸占，至湾仔水陆，葡人图谋日久，实为息息堪虞，时至今日，葡人可以罔顾约章任意横行，今日浚海不已，明日又可以伸其权而占地方，万一再酿事端，徒唤奈何而已，若非步步为营，实不足以针对葡人之手段也。事前不为提防，事后必难于交涉，倘不以兵力，又焉能保障吾围，为此仰恳宪台，迅派陆军兵轮，分防前山隘等处，并请札行拱北关税司，就海关所辖界线，加以防范，以期尽法保卫海权，实为要图，统希宪鉴。[《香山循报》第一百零八期，辛亥（1911）六月卅日]

勘界维持会上海军大臣书

敬禀者，澳门海道，毗连九洲洋面，为内河出口之咽喉，外海八省门户，十二府厅州水利交通，亦以此为孔道，海疆要点，万难轻忽，让与外人。讵料葡人值我粤事甫平，民心未靖，遂乘间抵隙，借挑航路，占领海权，恃英商之浚海船，援引二辰丸为殷鉴，素稔政府惩前毖后，无敢抗阻，故违背约章而弗顾也，虽有制府照会而弗恤也。岂知浚海问题，关乎国际交涉，中葡没因此交哄，友邦各国，应守中立之义，彼英商不过为商业起见，可行可止，于交际上毫无关涉，葡人又藉浚海事关公益，固为各国所乐从，虽破坏约章，大违公法，而以浚通航路为题，一概抹煞约章要义，遽然可以独行霸道者也。查光绪十三年中葡和约第二条，订明澳界未划以前，各事照守现时情形，彼此不得更改，个中文义，昭然若揭。在中国方面，迥然不同，盖约章并未订明将海割让也，应否挑浚，权操中国，岂容葡人越俎代庖。总之葡人之霸占我香山南乡一带，数十年来，指不胜屈，就议界于兹，仍日日怀得寸入尺之心，如前往湾仔强拖渔船，后在青洲暗设水泡。必欲先据海面，随由陆路起点索界，故我国之在高沙设厂抽厘，在湾仔设立渔局，凡诸内政，俱受葡领诘责，不曰地方为两国必争，即曰全河为该国所管肆为大言，希图影射，探悉政府冀蹈奸谋，若应付稍未得宜，遂援为占领之铁证。如路环一役，又无非为实占之张本，恨当道诸公，坐失机宜，以致良民同遭惨戮，含冤莫雪，今经周岁，未闻政府责令赔偿。甚至中俄交涉，值困难之时，广州葡领事，竟用决绝文牒恫喝制府，干预我国驻兵横琴，继而犯边挑衅，强毁基围，当党人在粤起事之先，风声一泄，葡又取巧，越境丈量田亩，谋夺黑沙九澳赋税。时至今日，借口浚海，恃符狡狯，咨意横行，自东徂西，全海霸占，兼并九洲，用伸权力，直与英租海界相连，至是广东门户堵塞耳。将来粤洋海军交通，受人牵掣，举凡捕权缉私，航船渔业，在在均为棘手。失败如斯，殊堪发指，倘再事姑容，祸无了日，非用兵舰，勒令停工，亦难望葡人就我范围，则虽日日咨行粤督阻止，时时照会葡官交涉，亦是徒托空言，于事无济也。以今之墨国交涉，虽远历重洋，中国尚可派出军舰，严责赔款，不解政府畏惧葡人若是之甚。勿因粤省小乱，即舍外侮而不暇及也，窃思葡国党人纷扰，至今未靖，似尤甚于粤垣也，奈何视小国外交如是畏难，倘大国之要求，则将何以抵御，此远东大局，究何日敉平哉。仰见海部当发轫之始，正为图强之基，惟恳宪台运筹帷幄，当有善法以处此，商等不胜翘企待命之至。

按葡人背约浚海，确为欺藐我国，希图占地，迭经我国与之交涉，彼犹恃顽弗恤，勘界维持会上海军部书，谓非用兵舰，勒令停工，亦难望葡人就我范围，可谓的论。故本报本期时评，亦主张示威运动，向葡人交涉，亦同一用意，惟是国际争议，非常紧要，我民宜先组织实力，听政界与之严重交涉，切勿稍形暴动，致为彼辈所借口，吾愿我粤人留意及之。[《香山循报》第一百一十期，辛亥（1911）闰六月十四日]

勘界维持会秘密会议

葡人违约，擅浚九洲洋等处海道，迭经邑中士绅禀电纷驰，力争无效，近以粤督奉饬拟派水陆军驻扎阻止，粤人闻耗，全体欢呼。现本邑及省港各团体，派员约赴勘界维持会筹商对待，连日秘密会议，某君痛陈葡人横暴，由租借而侵占，既已占陆，复图占海，此次所浚海道，均系我国领海，全粤门户，倘被占据，海权一去，门户尽失，粤人惟有束手待毙，诸君既负维持责任，务须始终勿懈，磨厉以须，务为政界后盾，不可游移顾异，至为他人奴隶等语，声泪俱下，全座皆泣。于是有持猛烈进行主义者，有持要求政界宣战者，议论纷纷，均在保国保家，誓死勿贰之志，随决定分两部办法，一干事部员额，以某十人为率，由邑中各团体担任举定某团体，某君为部长，一运动部员额，以某十人为率，由省港各团体举定某团体，某君为部长，两部均以务守文明，严守秘密为宗旨，所有两部，暂时经费，由各部员自行筹备，不另捐集，当经全体赞成，切实担任，即从本月为两部实行分任期，议决后，各团体遂分道而散。[《香山循报》第一一二期，辛亥（1911）闰六月廿八日]

勘界维持会致北京电文

北京分送外部海陆军部宪鉴，葡浚海未已，又勒收九澳黑沙田租，若再忍让，海陆皆失，迅派水陆军严重交涉，立收海权，明定疆界，纵有决裂，粤民虽死不惜，望速施行，香山勘界维持会杨应麟、陈德驹等叩。[《香山循报》第一一二期，辛亥（1911）闰六月廿八日]

勘界维持会电文汇录

日前勘界维持会，因澳门米价飞涨，及拟调防营事，特电请粤使维持，兹将其电文录下，分送督宪龙镇统钧鉴。澳门米价连日飞涨，粗米每元十三斥，全澳震动，朝不保夕，湾仔一带，与澳隔河，孤悬海外，兵防薄弱，澳若有变，饥民纷扰，湾仔各乡，势遭糜烂，乞飞电蒋协统，即拨新军驻扎湾仔要隘，以保边境，香山勘界维持会叩。又电云，分送督宪龙镇统水提宪钧鉴，前山二十六营，为界务设，江总办忽调他扎，谣言益炽，乞饬勿动，以安人心，禀祥，香山勘界维持会叩。〔《香山循报》第一一六期，辛亥（1911）七月廿七日〕

葡兵轮擅入南屏乡胡为者

勘界维持会因日前有葡国兵轮无故驶入南屏乡内河，即致书前山庄丞云，飞禀者，本日下午四点八字钟，葡兵轮马交驶入南屏乡内河湾泊，乡人瞥见，互相惊传，因惊生疑，愈疑愈惊，漏夜纷到本会探问消息，谓新兵既到，界务未结，谣言已经日炽，今葡轮无端入我内河，必非好意等语。本会据此，除极力劝慰外，理合飞禀崇辕，乞赐派船跟迹诘问，勒令驶去，是为至要，消息如何，仍乞赐复，以便宣布以安人心，实为公便。八月初七晚七点十字钟渺，庄丞得书后，随电禀督院云，据勘界维持会飞禀，称有葡兵轮马交驶入南屏乡内河湾泊，乡民瞥见，互相惊疑，同知覆查属实，理合电禀，请即电知澳督，速饬该兵轮驶去，以免惊疑而安人心。〔《香山循报》第一一九期，辛亥（1911）八月十九日〕

2. 省城勘界维持总会

会议澳门勘界详情

初七日邑中勘界维持会假座府学明伦堂，请全省绅商学各界开特别会议，莅会者皆热心时局洞明理法之人。公推江少荃、梁小山主席。先由勘界维持会同人宣布澳门租借之历史及葡人占地之沿革。举座愤激，金以勘界问题与国权民气有大关系，人人应负协助责任，即互相研究对待办法，与办事阶级先行组立总机关。兹将议决事项照录如下：

（一）在省城另立勘界维持会。

（二）借定制台前杨家祠为会所。

（三）举定莫任衡、杜贡石、陈罗笙、叶夏声四君担任组织会章。

（四）第二次会议定期十一日一点钟，仍在广府明伦堂。〔《香山旬报》第十九期，己酉（1909）闰二月十一日〕

勘界维持会三次会议详情

初七日勘界维持会假座府学明礼堂，请全省绅商学报各界开特别会议，公推江少荃、梁小山主席，先由香山勘界维持会同人宣布澳门租界之历史，及葡人占地之沿革，举座愤激，金以勘界问题，与国权民权均有关系，人人应负协勘责任，经订明互相研究对待办法，与办事阶级先行组立总机关，兹将议决事项照录如下：

一、在省城另立勘界维持会。

二、借定制台前杨家祠为会所。

三、举定杜贡石、陈罗笙、叶夏声、莫任衡、四君担任组织会章。

四、第二次会议定期十一日一点钟，仍在广府明礼堂。及十一日第二次开会，公推桂南屏主席、杜贡石宣布、黄清海书记，先宣读该会章程三十七条，逐疑研究，均经决议，随定下期会议，众决十四日一点钟在制台前杨家祠办事所内会议，至五点钟茶会而散。及十四日第三次在杨家祠会议，是日公推苏伯赓、桂南屏两绅为临时主席，谭荔垣宣布，杜贡石、林子祥书记，议案如下，一议本会草定章程第四章第十条，本会只举常川干事，不举会长，倘有各种交涉干事难于分任者，随时得由会员公举代表同人，现以临时推举代表，不如举定正副会长主持一切，依三十六条规定，应否提议改良，请公定，众议应公举正副会长，随用明举法，举定如额姓名，客曰布告。

一宣布征集澳门勘界条文广告，众赞成。

一议举定各部干事，随用明举法，举定如额，其编辑干事姓名客曰宣布，其调查干事姓名，则众议秘密。

一议定收捐款日期，众议以闰二月底截止。

一议择定总会所，众以仍以制台前杨家祠为办事所，遇有大会议，则仍在广府学宫明礼堂。〔《香山旬报》第十九期，己酉（1909）闰二月十一日〕

二十一日勘界维持总会议案

罗关石主席，杜贡石宣布，陈罗生、林子祥书记，（一）决议函电京外各同乡，宣言本会经已成立，请其协助；（二）决议公函报界公会，凡本会各文件，事关大局，未经本会加盖图章送请公会分送各报者，请各报勿登；（三）本会既经公举专司财政员，其驻所收支员，公议由财政员主任选聘，义务书记员既经公举，常川驻所书记由会长选聘，每人每月公议致送修金二十元；（四）梧州特派代表员黄君可伯浩提议本会应派代表到京，联络同乡京官办理此事。众议俟葡使到粤勘界后，察看情形，再行议决；（五）宣布致北京、上海、新加坡、金山各同乡电文：澳界事亟，全粤设会维持，乞协助。余函详。勘界维持会叩。[《香山旬报》第二十一期，己酉（1909）三月初一日]

勘界维持会会议情形

勘界维持总会，昨在府学伦明堂开特别会议。易南池主席，谭荔垣、杜贡石宣布：（一）宣布上海广肇公所来函条议及所呈高使函稿；（二）宣布本会意见书之概要。首言立会宗旨，次言采集现在与论之派别，分甲乙丙丁四说，每提一说经众研究，说至切中透快之处，座上鼓掌如雷。次言代葡人假设之论据，逐层指驳。次言本会同一之主张，根据国际法及十三年中葡和约，第二款条文解决。而归结在请政界据理力争，经全体赞成，交权编辑员照此即行拟稿，再由干会公同核定。（三）举定公呈意见书代表员。[《香山旬报》第二十一期，己酉（1909）三月初一日]

勘界维持会章程

第一章，定名。（第一条）本会为维持勘定澳门旧界发起，定名为勘界维持会。

第二章，宗旨。（第二条）本会以搜辑证据，发明法理为勘界大臣之补助为宗旨。

第三章，范围。（第三条）本会设在省城，作为总会。（第四条）香山原设之勘界会，作为分会。对于本会仍当联络一气，匡助本会所不及。

第四章，会员。（第五条）凡愿赞助本会热心界务者，皆得介绍为会员。（第六条）会员有履行本会宗旨及谨守本会所定规律之责任。（第七条）会员关于界事有建议之权。（第八条）会员有关于界事有调查报告之权，兼有介绍调查报告之权，应先由本会议决定调查事项俾易着手。（第九条）凡会员皆由选举及被选举为干事及代表之权。（第十条）本会只举常川干事，不举会长。倘有各种交涉干事难于分任者，随时得由会员公举代表，代表之权限由会员委任之。

第五章，干事。第一节，总则。（第十一条）本会暂设编辑干事四人，调查干事四人，书记干事四人，广务干事四人，招待干事十人，皆由本会会员分别选举充之，唯兹事体大，将来各部干事如须添设之处，可由干事员介绍，但得干事员过半数之认可，即可公布选充。（第十二条）常川住会之干事得酌支办公费。（第十三条）干事任期以会事完了止。（第十四条）有干事多数之同意，得随时为召集全体大会。

第二节，编辑干事。（第十五条）本会搜集一般舆论，暨各种凭证，编辑干事当分别条理辑成一册，俟分布决定后，以备呈诸当道。（第十六条）编辑干事对于前条文件有决定去取权。

第三节，调查干事。（第十七条）本会有特别调查之事，当委任调查干事充之。（第十八条）调查干事有特别调查时得酌支公费。（第十九条）调查干事于调查事竣得交意见书于本会，以凭公定。

第四节，书记干事。（二十条）书记干事专司来往书札及记载会议时提议决议之件。（二十一条）应设簿籍如下：一会员册，二职员册，三通信部。但司记述，不必详论。

第五节，庶务干事。（二十二条）庶务干事管理本会收支及一切庶务事宜。

第六节，招待干事。（二十三条）招待干事有介绍热心界事者入会之责任。（二十四条）对于新到会员，须宣示本会宗旨，并增以本会章程，告以事务所所在。

第六章，会议规则。（二十五条）本会以星期日为会期。但遇有特别事情，有干事多数同意，得召集特别大会。（二十六条）开会时得举临时主席。（二十七条）庶务干事设会员到会册，凡到会者皆署名。（二十八条）凡提议及引申者皆须起立，演说未竟，不得从中搀越。（二十九条）在会场中宜肃静有序。（三十条）凡发议用官话或白话各从其便。（三十一条）凡赞成以举手为议，如有反对不陈述意见者，作为默认。（三十三条）有不守会场规则者，主席得命其退出。

第七章，经费。（三十四条）本会经费分二种：（一）会员捐，本会不定会员捐额，惟其量力协助，不拘多寡。（二）会员外之特别捐，如有热心本会愿协助经费者，本会亦得领受。

第八章，附则。（三十五条）本会章程经会员多数决议，即当实行。（三十六条）本会章程将来如有提方改良者，须得本会会员多数之许可。（三十七条）本会于勘界事竣，宗旨既达，即行解散。[《香山旬报》第二十一期，己酉（1909）三月初一日]

省勘界维持总会致邑人公函

昨省勘界维持总会，遍发公函与邑中士绅略谓勘界维持总会，由贵邑杨君瑞初、陈君仲达等历述葡人种种横暴背约侵占情形，弟等骤听之余，同深感愤，因此全省组织此会，以为诸君之臂助。现在力筹办法，日夕磋商，叠次集议本省自治会广府明礼堂，凡绅商学报慈善农工各界，莫不共表同情，经即函电北京政府各埠同乡，协同襄助，务达维持之目的而后已。惟本会虽已成立，亦必与贵邑勘界维持会相辅而行，始克有济，想诸君安危较切，肤痛尤深，请于葡使未到以前，从速调查葡人侵占实据及近日情形，无拘事之大小，随时寄来本会，以为交涉之预备。诸君子见闻较确，采访匪难，若能彼此一心，坚持到底，则主权可复，侵地可还，不特贵邑之幸，亦大局之幸也，云云。[《香山旬报》第二十三期，己酉（1909）三月廿一日]

二十日勘界维持总会议案（本省）

（一）接旅港香山人传单云，香港华字日报，有中葡勘界使臣四月中旬方能到粤，闻将请各国作公证人，虑为第三国干涉之导线。中葡勘界使臣，是否只系租借港地，作为会议办公之所，有无第三国干涉，应否请当道明示，以释群疑。（众议应请当道明示。）（二）致函京外各埠，应否将本会上张督院高使臣意见书及调查葡人历年占地侵权虐待各案证情形稿件附入，以资研究。（众赞成将各稿件附入。）（三）高使勘界时，本会应否举派会员随同前往，以便高使傅同指证。（决议俟请高使意见定夺。）（四）本会义捐经费，已指定开新公司罗有记代收，应否登报，以便捐款诸君缴交。（俟下期决议。）[《香山旬报》第二十三期，己酉（1909）三月廿一日]

勘界维持总会联呈张督院高钦使意见书

公肃者，葡人租借澳门，自逼租毁界以来得寸进尺，其为粤省腹心之患久矣。乃者，圣朝垂念南疆，特简专使来粤勘界，商承我公折衡樽俎（致高使书改用特简我公来粤勘界字样），绅等方将额手称庆。惟思吾粤于澳门界务，关系密切，连月以来，群情惶惶，热诚爱国，将来若一失当，深恐义愤所激，或有牵动。绅等上仰朝廷邦交之意，下竭乡井友助之情，特联全体粤人，设立勘界维持总会。会内惟一主旨，不外研究国际理法，搜集界务证据，为政界之补助。试一陈意见于我公之前可乎？请言葡人在澳门法律上之性质。凡领土通例，不出取得、交换、卖买、割让、略夺、抵当数种。葡人之于澳门，按诸各种领土原因，无一适例。自明嘉靖间借住，岁纳租课，各国通商，历史斑斑可考。即光绪十三年中葡和约第三款亦载明，未经大清国首肯，不得将澳门让与他国，可见主权仍在中国，未尝转于葡人。就法律推求，澳门不过始终一租借地耳。请言对待葡人之舆论。有主张废约者。凡条约必双方履行，乃生效力。葡人既承认，未经定界以前，不得增减改变之条文，乃以后仍行侵占，彼既有背约之实据，我既有废约之理由。中葡广澳铁路合同，其正此例也。有主张取还者。既废前约，则永居管理之语应作为无效，纯然一借与地性质。有有期之借与，有无期之借与；有有偿之借与，有无偿之借。澳门固无期而有偿者也。惟无期则随时可以取还，有偿则补偿亦可以取还。有主张照旧界加租者。明嘉靖十四年，都指挥黄庆请于上官，移泊口于濠镜，岁输课二万金。其后始改课税为地租五百两。万历二年建闸于莲花茎，以限华彝。康熙十二年香山县申良翰修增，乾隆八年移香山县丞分防澳门，驻望厦村。中国既享有地主所有权，自可查明旧界，酌增租额。此乃现在舆论之派别。虽不敢据为口实，亦未便雍于上闻。请言葡人之论据，其对于陆界者二。一曰：条约中国允准葡人永居管理，然下云俟两国派员妥为会订界址，再行特立专约。是则未立专约以前，不得作为永居管理之据。即谓条约内有照依现时情形一层，其效力亦仅及十三年立约之前，以后占地，万不能影射。二曰：某地曾有葡人建设，某地系与澳门联属，应归葡人管辖。既曰管辖，则凡征税听狱，应有天然之政权。何以所指为管辖之望厦、龙田、龙环、塔石、沙岗、新桥、沙梨头等村，一切灯费地租或缴或不缴？迨光绪十三年正月，葡用强权逼索，仍敢鸣锣抵抗？门牌亦听其旋钉旋毁？望厦等村历年重大词讼，如咸丰十一年凶犯陆亚挪；同治七年凶犯洗开和等案，何以西洋理事官又肯移解华官审判？观此则所持陆地之论据自破矣。其对于海界者四。一曰：一千八百七十四年及一千八百八十二年税务司海图。夫税务司不过一税务行政官，其所管辖应不过税务之一部，固无定界之权。中国政府亦无交权税务司及承认税务司海图之证。即如光绪三十三年七月二十八日，葡领因争论湾仔事，照复胡护院，亦谓无权可决，须俟奉到政府给以全权会订界址，彼此乃能会商。外交官且然，何有于税务官？且照覆内称：初绘若有舛误，再绘既可由我更正，则三绘四绘亦可更正。权操自我，彼已默认，于葡人何涉？二曰：中国官船于澳门入口及停泊，须赴船政厅请领人情。查向来中国船入口及停泊，并未有向澳门船政厅领取人情，不过船政厅强行派人到船签字。去年中国广元兵输驶泊银航海面，葡人又来干涉，广元不恤，葡亦无如我何。三曰：外国兵轮无须为礼于中国。不知海军礼节，有鸣炮即有还炮，该处中国未设炮台，不能行还炮之礼，故外国兵轮无须行鸣炮之礼，并非不认为中国领海。四曰：中国海关缉私船不能在澳门内海及凼仔、路湾诸海面巡缉。顾巡缉必择要地，所云凼仔、路湾各处均非货物出入所必经，不妨视作瓯脱，未尝拱手以让诸葡人也。驻泊师船亦然。光绪十六年李前督饬将青洲师船移泊前山。曾声明此举不过暂时通融，与将来分界之事毫无干涉，是其明证。观此，则所持海界之论据亦破矣。然则必如何而后可以解决此勘界问题？在本会同一意见，则以为现在已从和约之范围，移入界约之范围。光绪十三条约第二款云，前在大西洋国京都理斯波阿（里斯本）所订预立节略内，大西洋国永居管理澳门之第二款，大清国仍允无异，惟现经商定，俟两国派员妥为会订界址，再行特立专约。其未经定界之前，一切事宜俱照依现时情形勿动，彼此均不得有增减改变之事。按此条约之意，是界址如何，当俟勘明界址之后，再立专约以为确据，专约未定以前，如光绪十三年之和约，亦无指定界址之权。本约汉文只有澳门二字，洋文乃有澳门及澳门附属之地一语，葡人必以为口实。然本条约但认许其永居管理为真实之应允。所谓澳门附属之地等语，界址如何，仍应在专约订明，方有确实。本款下半所云，未经定界以前，一切事宜照依观时情形勿动，彼此不得有增减改变之事。反而言之，即界址既经勘定以后，不必依现时情形，得有增减改变之事。今既特派勘界大臣会订界址，为特立专约之时期。所有澳门各地，有提出中国确无借与葡人之凭证者，即当返还。查葡人永居管理澳门之权，系由中国允认而来，其主权自在中国。故澳门之界址如何，当以中国主权所允认者为凭。葡人于光绪十三年以后，违反条约越界侵权，是葡人不守条约。按国际法，结约之一国不守条约，他之一国亦无遵守之义务。但中国不因葡人不守约而废约，现惟确守十三年条约之意义办理。今当勘视界址再订专约之始，宜先提出此意见以质葡人。若葡人不依此办理，则宜诘以背约之罪。如光绪十五年以北山岭一带作为局外地；十六年圈占青洲转租英人；二十二年在大小横琴起建兵房；二十四年迫收望厦村业钞；二十八年硬以对面山、大小横琴为澳门生成属地；三十三年越湾仔界张贴告示，迫轮渡渔船换照及干涉医院，勒抽银坑草油厂人情纸费，随举皆是其又可说之辞。素稔我公为国为民，中外信仰。绅等患切情急，谨将管见所及冒昧上陈。务恳鼎力维持，粤人幸甚！中国幸甚！敬叩勋安。诸维钧夺。[《香山旬报》第二十三期，己酉（1909）三月廿一日]

勘界维持总会议案

初十勘界维持会开大会议，是日赴会者甚众。公推临时主席易兰池、罗关石，宣布林子祥，书记谭荔垣，议案照录如下：

（一）现葡使已到，勘界在即。如葡人按照公理，于旧界之外已侵占者照约退还，固属幸事。若始终违约强占，不肯退还，应如何预筹对待之策，请公定。众随议定对待之策，暂不宣布。

（二）本会拟举绅士二人随同高大臣前往港澳，以供顾问。并举干事员、书记员若干人随同前往担任一切，应举何人，请明举。众随举定如额，暂不宣布。［《香山旬报》第二十九期，己酉（1909）五月廿一日］

勘界维持总会初四日议案

勘界维持总会以澳门界务，高使节节退让，门户既失，将及堂奥，事机危近，间不容发，乃于昨初四日假座西关文澜书院大集会议。绅商学各界到者约千人，两点钟开议，公举苏伯赓、梁小山主席，谭荔垣宣布。

（一）宣布高使与葡人会议，前后凡九次，日前在港特传见吾粤绅商，到行辕宣示自第一期至第六期议案。而第七、八、九各期议案，仍守秘密。此事乃吾粤人切肤之痛，利病得失，理当与闻。今高使既不能力争，又复于最契紧处秘不宣示，宜如何对待，请公定。颜小初发议，拟一意见书向高使质问，请其将前后议案一律宣示。随举定杜贡石、莫任衡协同拟稿，众赞成。主席梁小山起言，现事机已急，若政府一经画押，则成事不说，无可挽回。宜立刻电致外务部，诇勿遽行画押，庶可力筹补救。众赞成。其电文仍由杜贡石、莫任衡协同担任。

（二）宣布香山士民，前在内河填筑，葡人竟照会高使禁阻。高使模棱两可，糊涂覆答，绝不驳拒，宜如何对待，请公定。林子祥言，此系我国领土主权，葡人断不能干涉，宜并于意见书内，切实揭出，向高使质问，众赞成。

（三）宣布葡人自议界后，擅将兵船驶进内河，游弋测绘，以至人心惶惶，高使绝不向葡人诘责，宜如何对待，请公定。杜贡石言：葡船驶入内河，擅行测绘，地方官有禁止之权。宜禀请大吏，饬该地方实行禁止。众赞成。

（四）宣布现外间传说有某吏受葡人贿托，甘心卖国，隐为公敌。并谓吾粤人办事，只有虚声，全无实力，此等民气，实不足畏等语。宜如何对待，请公定。众议宜调查实据，宣布罪状。并于意见书内，明白揭出，请将其摈斥，不使与闻界务。

（五）提议公举明达大绅，晋谒袁督，面禀界务危急，请其极力维持。宜举定何人，请明举。随以多数举定易兰池、邱仙根、卢梓川、杨瑞初、陈仲葵、何子峰、邓毓生。

（六）提议将高使退让及葡人横索各情形，电达外埠华侨，请协同誓死力争，如何请公定，众议华侨爱国，必表同情，随公举杜贡石拟定电文，明日即发。

（七）提议多派演说员，往香山各乡，将界务利害得失之关切，及乡民文明对待之办法到处演说，以激发乡民爱国之热心，如何请公定。众议宜派演说员多名，分头下乡，其经费即由会员担任。

（八）提议公举明达大绅，赴京面禀外部，请其极力维持。众以时将入夜，公举需时，候下期再议，随摇铃散会。［《香山旬报》第四十期，己酉（1909）九月十一日］

勘界维持总会十八日议案

十八日，勘界维持会为寻常会议之期咸以界务日亟，各会员到者较前尤为踊跃。

（一）研究日内所接各省及外埠寄来意见书，切筹现在办法，及最后对待之策。查所决定者数条，均皆切要，暂秘不宣。

（二）港商维持会代表黄君到达近接南洋华侨函称：前有长电八九封，交港东华医院转达本会，及各当道，何以久未答覆等语。本会详查号部，实未收到。究因何搁落，亟宜调查，免负华侨厚意。

（三）昨接九江来电，俟商定交报界宣布。至举代表入京筹款各节，事情重大，应俟下期广集同志，然后决议实行。［《香山旬报》第四十一期，己酉（1909）九月廿一日］

勘界维持总会议案（本省）

勘界维持总会，十月初二日议员例议。是日提议界事日形棘手，前期会议事要数则，其已经举行者当切实办理，其未决行者，现报载御史屡劾高大臣媚外卖国，朝谕枢臣原折抄录，致电粤督，按所参各节，并查复奏，自应听候粤督如何奏复，然后次第决议实行维持之法。

（一）佘君爱树献议，通告阖省绅商士民善堂各界，合力设法筹款，以济界务公要之需。

（二）又献议劝香山恭谷两都各认真操练冬防，庄弹暴动，防守自卫，为治内防盗之谋。

（三）宣布雪梨香邑同善堂众商来电，又小吕宋中华工商团体会来电，及中国会馆商民来电，电文从略（余议俟会长决议后宣布）。又初七日该会临时集议，香山恭都联沙局代表林君昌略言及本月初五日四下钟，葡人浅水兵轮名马交，又复驶进南屏乡前湾泊，已经三日，至今仍未退出。连日天气晴明，既非避风，又值界事停议之期，人心尤为震动。当如何急筹对待之法，请献议。众议急行禀请督宪照会葡督严诘，勒令退出。并请速派兵轮镇守，以防暴动而安人心。颜君小初起言，如照会后，葡轮仍不退出，我等直行联结民团，力筹自卫办法。余俟下期十六星期日大集议再宣布。［《香山旬报》第四十三期，己酉（1909）十月十一日］

勘界维持总会大集议议案

十六日勘界维持总会假座文澜书院大集会议，公推梁梅溪、罗关石为临时主席，宣布李少擎，书记曾师亮。

（一）议葡人违背约章，界事停议，应请咨议局提议详请督宪电外部，将光绪十三年之约作废，并宣布请愿书。莫任衡献议，现在界务会议中止，有提京开议之说，应即电禀外部，请将澳界在粤订议，不可移京，最为要着。全体赞成。

（二）议报载外部闻葡使在京商议界务，葡使坚执不肯退让。谭民三献议，先电止外部暂不开议，须俟派代表到京然后开议。又云举代表晋京，最难者经费，先由小榄乡担任数百金，为各乡之倡，后由香山各乡劝捐，筹足三千金，以供代表入京费用，全体赞成。杜贡石云，此代表不能泛泛集议公举，必须先由勘测界总会再三酌订熟识界务热心此事之人才可，众赞成。

（三）葡国兵轮名马交频频游弋前山内河一带，来去靡常，似此越界骚扰，万一激成暴动，葡实主之，乡人不任其咎。胡耀云先生献议冬防在即，必须先办民团，各人热心，葡人自然退让。访查澳门暗筑炮台数座，夜间又用电灯遍照各乡，恐有意外之虞。经乡人联禀前山军民府，庄司马谢不敢理。该处乡民无所告诉，宜急筹对待之策。莫任衡云，办团练是我国民武力自最要紧的事，必须实力筹办，不可专靠官力。众赞成。

（四）宣布香港维持会来函。

议毕，时已入夜，茶会而散。［《香山旬报》第四十四期，己酉（1909）十月廿一日］

勘界维持会致咨议局请愿书

为界事停议，后患方长，前月初一日，勘测界大臣高与葡国大臣马末次会议，界务已成决绝，据葡使要挟扩张附近前山一带水陆地方，提议以拱北关附近一截为港内水界，以大小横琴及澳门附近等处海岛为港外水界，统归澳门全权节制等语，是粤省门户，尽被强占，摇动全局，何以图存？葡人已显背光绪十三年所立章程，查该约将澳门归葡管理，只以围墙以内之地属之葡人，并未言及海岛水界字样，且该约声明，未经派员踏勘以前，一切照现在情形办理，彼此不得稍有增减变改，又申明非经中国允许，不得转让其地于他国，可见地虽准居住，而主仍中国也。今葡人于立约后，既侵占之不已，葡使于会议时，又苛求无餍，是背约出自葡人，显有证据，按国际法，结约之一国不守条约，地之一国亦无遵守之义务，今中国仍不因葡人不守约而废约，仍确守光绪十三年之意义，与开谈判，可谓仁至义尽，蔑以复加。现当两国派员勘视界址再订专约之时期，葡使竟越界侵权，蛮横无理，又复迭遣兵轮游弋内地，一肆其恫喝要挟之谋，为强夺智取之计。查其光绪十五年，以北山岭一带作为局外地，十六年圈占青洲转租英人，廿四年将龙田、旺厦各村编列门牌，勒收房租，廿八年硬以对面山、大小横琴为澳门生成属地，三十三年越湾仔界张贴告示，勒迫轮渡、渔船换照，及干涉湾仔医院，勒抽银坑草油厂人情纸费，种种违反条约，罄竹难书。应请诸公建议，详请督宪，电致外务部立行废去光绪十三年之约，以保主权而安民命。又现在冬防吃紧，民志汹汹，内讧外忧，时虞暴动，若不加厚水陆边防，添兵派舰，镇守前山内河，万一变生不测，谁任其咎。盖弭患于未萌，较易措手，若皇皇于事后，患甚养痈，并请诸公建议，详请督宪重民命注意冬防，界事幸甚。［《香山旬报》第四十五期，己酉（1909）十一月初一日］

勘界维持总会议案

初七日，勘界维持会员例议之期，兹将其议案四条录下：

（一）宣布前月十八日到同乡京官长电一通，经接复电，当从决议，电文暂不宣布。

（二）宣布九江广东会馆来函，并汇来代表入京经费六百七十一员，现已接收，即日函复。

（三）杨瑞初、陈仲达二君，昨由港返省，宣布与旅港同人议定秘密办法数条，公决次第举行。

（四）界事现提京续议，来往电费一切经费为数浩繁，欲谋持久之计，须举员担任筹捐以资接济，众均赞成。[《香山旬报》第四十六期，己酉（1909）十一月十一日]

勘界维持总会议案

十四日为勘界维持总会会员例议之期，议案录下：

（一）宣布香山绅士据湾仔商民函称，澳葡量地官于十月十六，廿八，十一月初五等日带同葡人三四名到湾仔测量三沙地方，民情汹汹，恐酿祸变，请转禀大宪阻止等语，众以兹事重大，亟应禀请督宪，照会阻止。

（二）吴兰选献议现在停议界事，亟应禀请多派防营驻扎关闸、湾仔、银坑附近一带，以镇民心而弭外患，众赞成。

（三）陈逸初献议查香山湾仔现已设立巡警，可否禀请大宪札饬地方官协同巡警，劝止外人入境测量，以杜滋扰而保治安。众议此地方官及巡警应办之事，查湾仔一带地方，向由中国官管理，外人宜守向章，不能越界测量。[《香山旬报》第四十七期，己酉（1909）十一月廿一日]

勘界维持总会议案

初六日为勘界维持总会例议，其议案四条，照录如下：

（一）众议前月报载督宪札复咨议局为呈请维持中葡勘界事，批云：中葡勘界事已中止，所请应毋庸议等语。所云中止，是督宪中止乎，抑外部中止乎，抑葡人迫我中止乎，即果中止，亦当有中止之维持，善后之办法，明白宣示，使国民知所适从。今界址未定，海权未收，全省门户为彼越占，是仍制我粤人之命脉，即使他日铁路告成，香洲繁盛，均在彼势力圈内，徒为他人作嫁耳。海权之重如此，乃大宪不察，徒曰中止毋庸议，令人疑惑滋深，实失民望，某君诘之曰，督宪智珠在握，扑克有权衡，不观前次之督批云，本部堂有守土之责，断无弃地弃民之理乎，煌煌宪谕，言出必行，何必多此一虑。

（二）宣布吴赞中来函并地图一轴，洋洋万言，语皆握要。

（三）宣布越南海防华商会馆来函，大意宁愿执干戈以卫社稷，不愿为奴隶以沦异族，并激励本会以死力维持，万勿中止等语，其情可感，其志可哀，令人读之生愧。

（四）宣布南洋华侨来电、神户华侨来电、怡朗埠华商来电、巴达维亚广肇会馆来电，大都誓死力争，字字有血，计本会自春间成立已至今日，统接各埠华侨来电，不下二百余纸，莫不爱群爱国，万众一心，我国有如此民气，如此人心，朝廷能善用之，可立致富强，若不善用而戕贼之，则非本会所忍言也。[《香山旬报》第四十九期，己酉（1909）十二月十一日]

勘界维持总会议案

二月初三日为勘界维持总会例议之期，议案四条录下：

（一）界事自提京后，自当各守范围，静候部议，乃葡人狡谋日迫，横逆频来，如本会去腊议案，有创设报馆维持界务一说，葡领竟照会督院，砌词干涉，是无理取闹，侵我主权。大宪能否据理斥驳，虽不可知，而本会受此激刺，除函覆警宪外，以后益当毅力坚持，誓达目的而后已，众赞成。

（二）湾仔为我国领土，去冬有商人禀奉宪谕开设渔业分会，葡人又借端干涉，照会督院撤销，是侵我政权之明证也。又前山附近白石角河面，为我海权所属，葡人近又添设水泡一个，与湾仔坦边之泡，遥遥相对，是夺我海权之明证也，得寸思尺，欲壑难偿，乡人虽已禀官办理，本会亦经电京力争（电文录后），惟后患方长，当谋持久之计，请公定，众议妥筹密商。

（三）界事既移京开议，报载又派员再勘，无论如何，危机今已日迫，我退则彼进，须即举员赴京就近磋商，庶不虞隔阂，惟赴京必须筹款，如何请公定。众议去年开会，闻各乡集有款项，请先提应支，俾早日实行。

（四）本会成立，已及一年，全赖桑梓同心，华侨爱国，协同襄助，方克坚持至此，良用深铭，惟后顾茫茫，款项支绌，当如何续筹接济，以底于成，请公定。众议下期宣布。附录元月念六致北京电文：外务部王爷中堂鉴，葡人现添置水泡在前山白石角海面，显系谋夺海权，又照会粤督勒撤湾仔官立渔业公会，公然侵我政权，横妄已极，联恳立向葡使驳诘，并电粤督严限撤退，迫切待命，勘界维持会全体吁叩。[《香山旬报》第五十三期，庚戌（1910）二月十一日]

勘界维持总会传单

现在界事未结，葡人日益横暴，本会经由会长秘密会议，应办各件，已次第举行，凡各会员，务请于星期例议日，须齐集办事所，协商一切，俾资臂助，是为殷盼，昨又接梧州绅商来函，内附电文，照录如下：

北京外务部宪鉴：

澳界停议，葡人再逞野心，添移水泡，勒撤鱼苗局，逐渔船，逼领照，夺海权，乞即向葡使力争，万难退让，梧州粤东会馆李怀邦等叩。[《香山旬报》第五十四期，庚戌（1910）二月廿一日]

勘界维持会致葡领事书

大葡国广州总领事宪台大人座前，敬禀者澳门界务按下以来，贵总领事屡次照会粤督，责我官民不守约章者，可谓不遗余力矣。窃按照所云中葡条约第二款，载明界址未定，彼此均不得有增减改变之事，迄兹廿余年，本国于此约莫不加意遵守，无如中国官员不以条约为意等语。溯自道光季年以来，贵国乘我国多事之秋，强占路环潭仔塔石沙岗新桥沙梨头石塘龙旺厦石澳诸地，迨至光绪十三年，即一千八百八十七年中葡立约，占地尚未归还，我政府以地方虽被占据，总有铁证可稽，义不容混，所以从权按下，须俟异日两国派员议界，自当按址收回，于约章并未声明许让贵国，必须会勘之后，彼疆此界，指定地名，另立附章，方为实据。况约章载明不得增减改变者，实为杜渐防微起见，免有复占之虞也，此政府不得已之苦衷，优待贵国，可谓仁至义尽。自立约至今，垂廿余年，无如贵国绝无感情，纯以强索为宗旨，中葡约后，突占青洲，一千九百一年遣使入都，要索大小横琴诸地，几于年年背约，无不以侵地为心，种种背约夺权情事，固非此札所能尽录，但是非曲直，想久在宪台洞鉴之中，无待鄙人赘述也。及至今日，议界更复强横，擅将河心水泡潜移，贴近湾仔岸边，先行埋没水界，徐图湾仔土地，突青洲之水泡，意欲预据全河，兼合海道，湾仔为中国完全领土，华人在本国地方设立鱼苗公局，经营渔业，本属吾国商务所关，贵领事照会粤督，勒令将局撤去，粤督照驳，反指湾仔为两国所争之地，在此设局，亦谓有碍贵国主权，究竟中国在湾仔内政，有碍中国主权乎，想质诸公断，必异口同声，谓贵国有碍中国主权也，谋人土地，反责我官员不守约章，其藐视中国，已可概见矣。至云一千九百八年，中国官员准中国子民于就澳门现时所管的地方肆意建筑，竖立界址，希图侵占，经澳督阻止，免枝节横生，又澳督以该处地方未便任其建筑，请本总领事照会贵部堂，晓谕人民，务须遵守旧约等由，所谓就近澳门所管之地者，固非澳门现时所管之地也，澳门所管之地，澳督自有权施于所管之处，断无容让治法主权于我中国者，其须用照会粤督者，必为粤督所属之地无疑耳，中国子民，在中国地方，凡有建筑之事，虽昆连澳门，仍属中国内政，自无烦贵国越俎代庖，亦固非澳督所能夺其自由也，若因就近澳门而禁之，则充其量至万边隅，别国亦有附近内地者，则凡属边民经营，禁不胜禁，我国民无所措手足耳。夫以香山与澳门亘横接壤也，香山之经营，不能因就近澳门而禁者，犹之澳门之经营，不能因就近香山而禁止也，前年中国子民经营此地，辄曰不守约章，诚恐异日该管地方官在此贴示，必曰有碍贵国主权耳，凡地方必各有所属也，非其所属，不得擅行其政，所谓经澳督阻止，免枝节横生。该澳督先行阻止而后照会，无乃夺我治法主权矣，若论照会来文，不详地名，其架空影射，已可概见。然路人皆知照会所指之地必是吴昌围，查吴昌围在关闸外，向纳中国粮税，隶中国版图，显然内地明证矣，况关闸以南，全部海股，俱为贵国盘据，应按围墙界址交还之地，指不胜屈，讵料心犹未足，于关闸外地尚肆无厌之求，其为贪横狡赖，又可概见。谋人土地，胡为反责吾民，希图侵占者哉，澳门本部，原属中国，此固环球皆知。所有附属诸地，非经中国相让，皆谓之占，想贵国谋占香山土地者，人皆信之，我国图占贵国土地者，中外臣民未之信也，试问贵领事，贵国有何地方附近我中国地面，为国民希图侵占者哉。先生肆为大言，欺我中国人为聋聩，抑或欺外国人为聋聩耶，历观照会词语，无非为强索土地之计，即用官力以压抑我民气耳，吾国官员，顾念邦交，或为大度休容，实则民情不甘悦服也，焉有自家土地，甘心拱手而与强霸之人哉，旧地未还，又索新地，问谁肯填无厌之欲壑耶。我中国际此立宪图强，非从前暗弱比，今日断无弃地弃民，致启日后无穷之祸胎也，近日列强看待我国，亦非从前强硬手段可比，如美国减庚子赔偿之款，近闻英有交还大沽威海之信，他如苏杭甬路、铜官山矿交涉，外人尤以退让为宗旨，非为畏我国之势力，实免生我国民之恶感，何独贵国斤斤注意，与我国民为难，遂使中葡人民互生龃龉，致伤数百年睦谊之感情哉。想议界一日不成，祸患一日不消，强横照令，无理要求，殊非为中葡人民造福也，商等屡接内外华商函件，所谈界事，罔不敌忾同仇，心深愤激，每筹对待之策，难以枚举，其未见诸实行者，想必待时而动也，大抵外部倘有失败之处，即筹的款，力劝澳门华人迁居别埠，补其迁费，华人迁地，实为澳门大不利焉，诚以澳有华人，即如人身之有魂魄也，不能暂离，澳门之华人，亦犹是也。澳为贵国远东侨民根据之地也，阁下既知忠君爱国，尤须维持澳门大局，虽不顾宇下七万华侨，亦要为贵国数千土著人民设想也，现据粤督札饬地方官查覆，该处绅民咸称并无人民在关闸附近建筑，亦无建造民房等情，嗣后仰恳贵领事，于此等子虚之谈，幸勿照会，以免激动风潮，致滋暴动，是为切祷，商等为保全是葡和局起见，不揣冒昧，慷慨直陈，祗颂升安，统希垂鉴，勘界维持会上。［《香山旬报》第六十一期，庚戌（1910）五月初一日］

勘界维持会请资政院提议力争电文

北京资政院公鉴，澳界关粤安危，海权各岛，万难割弃，民情忧愤，请提力争，以维全局。勘界维持总会易学请等叩。［《香山旬报》第七十四期，庚戌（1910）九月十一日］

勘界维持总会之布告

切启者，葡国内乱，推翻政府，改立葡皇，是与我政府光绪十三年所立之约已作无形之消灭，澳门可传檄而立定。乃引首入槛，就议葡京，此诚百思而不得其故。今举国士夫骇讦奔告，各埠华侨函电询问，莫不以废旧约收澳门相责备，本会除电政府并陈请资政院建议外，理合布告中外，集众磋商，务得政府联决，今订于本月初五星期日两点钟，在制台前开特别大会议，凡各界同胞，爱国志士，务祈踊跃赴会，协助维持，此布。［《香山旬报》第七十七期，庚戌（1910）十月十一日］

勘界维持会会议记略

初五日，勘界维持总会大会议，到座者不能容，公推易兰池，吴星楼主席，议至八黑时始行散会，其议案太长，已载省城各日报，恕不备录。［《香山旬报》第七十七期，庚戌（1910）十月十一日］

廿六日勘界维持总会议案

十月念六日勘界维持总会在文澜书院大集议，到者甚众，公推主席汪半樵，议案如下：

一、中葡界务久未议结，现葡易民主，时局已非，若不乘此收回澳门，恐无挽回之日，应如何设法，请献议，杨有成起言，澳门早应一律收回，无如政府畏葸不前，徒为握腕，何职臣起言收回澳门，系照约办法，如政府不能办到，我国民亦当代国家为之，言甚沈痛，全堂鼓掌，伍汉持登台演说，欲争澳门，先筹对待，有兵战笔战商战。1. 助成香洲，澳门商务必衰。2. 香洲必开赌，方能截澳门之财源。3. 则香洲渔业，亦可制葡人之死命。众议现方禁赌，又请开赌，多不赞成。

二、宣布本会罗关石来函，其中有闻刘公使赴海牙会之议，此正界务危急之秋，为同人所深虑，请切实研究，以祈挽回。于是纷纷献议，皆反对海牙会之说，请即电阻。李少擎起言，现刻不容缓之时，一电恐不济事，须派代表入京。此事去年已有提议，不知因何延搁至今，似为缺点，今宜速举以图挽救。于是有言当堂公举者，有言从中选定其人，下星期表决者。主席起言，代表重要，必要择人，既举代表，经费从何而出？杨瑞初续言去年议举代表，本会亟欲实行，无如再四磋商，未得其人，且助款无多，是以未能举行。后罗关石入京，本会已经重托，罗君亦力任其难。今细玩来函，仍有在京联合同乡议员，组织研究会之说，则代表一层，似可放心矣。

三、宣布林某来函。

四、宣布王伯宸来函。

五、宣布陈席儒来函。大意以拱北关税务司办事处向设澳门，诸多失势，宜将该办事处迁在前山，或湾仔，以请权限而分界线。应如何禀请，请献议。众议俟将书登报各人研究，然后表决。

六、宣布香洲埠议案，王伍代表姚瑞堂起言，王伍今日不来之故，彼此辩论，甚为激烈，一时不能表决，遂摇铃散会。[《香山旬报》第七十九期，庚戌（1910）十一月初一日]

勘界会奏请改设拱北关

闻广东勘界维持会有禀到外务农工商等部，内称中葡勘界一案，恳大部代奏，收回驻澳拱北关成命，并请设立拱北关于湾仔地方，以救危亡而保主

权等语，闻部中已与高丞堂而谦熟商办法。[《香山循报》第八十七期，辛亥（1911）正月卅日]

3. 香港勘界维持分会

禀请维持界务批词两志（本省）

旅港商民杨瑞阶等以澳门勘界开议具禀制府，乞派兵轮镇压等情奉批，查澳门勘界一事，现在高大臣正与葡使协约磋商，省港各报所载多属悬揣之词，殊不足信，惟来禀各节亦为慎重界务起见，候据情咨会高大臣查照，现禀称七月初一日有英旗小轮又进内河等语，是否商轮，抑系兵轮，驶至何处，如何情形，仰前山同知迅速查明禀复察夺，禀抄发。又勘界维持会代表杨瑞阶以澳门划界问题禀奉督院批示，所禀不为无见，候酌核办理，并咨会高大臣查照可也，仰即知照。[《香山旬报》第三十五期，己酉（1909）七月廿一日]

勘界维持会电争湾仔设泡事

澳门勘界，迄未就绪，近更横生枝节，闻旅港勘界维持会，致电京中，其大略云，葡将湾澳河心旧泡，移贴湾仔滩边，埋没东西水界，复在青洲之上，阿婆石之下，适中海面，突设水泡，定为暂界，南属于葡，声明管辖全河，藉此狡计，吞并湾仔，兼收海权，沿河以西，失地弃民矣，若照办法，大祸必至，请勿从葡议，以待禀详，救地救民，乞恩待命。[《香山旬报》第五十四期，庚戌（1910）二月廿一日]

勘界维持会致北京电文

北京分送军机处都察院暨各部列宪，转呈摄政王钧鉴，葡占路环，制造贼巢，历来掳劫贻害无穷，一旦捕匪，擅动兵舰，轰击我土，良莠不分，人命财产，无辜殄灭，葡人养匪为患，尤为公法所不容。若论强权对待，当兴师问罪，即和平办法，亦属资备赔偿，易地而居，我国不知几许赔偿，方能了此重大交涉。今事将二月，未闻政府据理诘责，自甘委靡，葡更骄横，异日借事生端，香山边患，保无再蹈环覆辙。际此日后俄协约既成，大局有岌岌可危之势，非开国会，上下一心，难支危局，若以澳界地处荒僻，稍为轻忽，实开列邦效尤之渐。况附近澳门之西瓜园地方，久为某国垂涎，前经占据有案，澳界一经失败，必为该国再起要索，瓜分先兆，葡为之起点也，愿

当道诸公，竭力维持，则感且不朽矣，旅外埠勘界维持会全体哀叩。[《香山旬报》第六十九期，庚戌（1910）七月廿一日]

旅港维持会请收回澳门要电

北京分送军机处、外部、资政院、列宪钧鉴，葡易民主，各国多未公认，澳界谬请续议欺藐朝廷，目无中国，乞据原约不得转授要义，先收澳门，后废旧约，以伸国权，而慰粤望，万勿延误，致生暴动，旅港维持会杨瑞阶等全体叩蒸。[《香山旬报》第七十八期，庚戌（1910）十月廿一日]

议局为葡人浚海事呈请督院照会阻止

广东咨议局，为呈请事，案请旅港勘界维持会董杨瑞阶呈称，窃自中葡界务，久未议结，葡人叠次违约，希图侵占，始则私置水泡于湾仔海中，继则暗移水泡于湾仔岸边，种种狡谋无非欲占全海起见，前移水泡时，经勘界维持会联禀袁前督宪，业经严词诘驳在案，现复乘粤省戒严，野心益炽，违约强浚湾仔海道，以为占领海权之准备，闻已与香港麦端那公司订立合同，定西历七月一号之说，西报所载，必非无因，查澳门原属租界，向无领海，所有水道，只能准其船舶来往，不能援引公法，有管辖水界之权，是澳门海面疏浚之工，应属我国，自无庸澳门政府，越俎代庖者也，惟是葡人乘界务未定之际，竟敢违背约章彼此不得增减改誓之条，任意动工，欲将中国完全管领之海权，稍加工作，即为将来占领之口实，若非今日实行阻止，恐日后划界，难与力争，则二十余里之海面，不复为中国有矣，事关中葡界务，本会既有所见，用敢直陈，希即代呈督宪，据约力争，照会阻止，勿中葡人之计，海权可复，而边地无虞，粤民幸甚，大局幸甚等因，到局准此，经于六月初八日，交常驻议员协会会议，佥称事关中葡界务，稍有损失，贻误滋多，应照局章第三十一条十二款，代为陈请，案经公同可决，理合备文呈报，为此具呈督部院察核施行云。[《香山循报》第一百零七期，辛亥（1911）六月廿三日]

4. 县城勘界维持分会

香山城勘界维持会成立

初二日，香山地方自治研究社为中葡界务，假座爱惠医院开大会议，到会者千余人，城乡各社均派代表赴会，一点钟开议，黄君桂丹主席，先由宣布员黄君废启明宣布开会理由，次宣布各埠同胞交来电函文件，随议定切要对待办法数条（暂不宣布），黄君普明、郑君哲菴献议，均主张急办民团，全体赞成，随即组成香山城勘界维持会，即用该会名义，函请本邑城乡各社团，于初九日再集爱惠医院决定民团办法，正会议间，接旅港勘界维持会电称，中葡两使，现已停议（大注意）当速电京，誓死力争，严防密约等语，随即由各社团举定代表，决于初四日联赴省勘测界维持会协商，霍君震寰献议，海军原为保护疆土而设，南洋华侨，热心爱国，捐赀为最踊跃，今中葡划界未决，应电请海外同胞，速电政府力争，众鼓掌赞成，随定电文，议毕闭会，电文如下：

南洋石叻同济医院庇能中国南华医院均鉴，海军为保护疆土而设，诸君热诚慨捐，佩甚，惟中葡界务，两使停议，深恐秘密画押，断送疆土，大局濒危，人心震动，乞通各埠飞电政府，设法抵争。［《香山旬报》第四十三期，己酉（1909）十月十一日］

香山城勘界维持会第二次议案

初九日该会假座爱惠医院第二次集议，城乡各社团公局，均派代表赴会，西南乡人到者尤众，二点钟开议，议案如下：

（一）界务未决，城乡震动，现当冬防吃紧，内乱堪虞，请定团防办法，众决议由各乡赶速兴办团防，仍以附城为总机关，以资联络。

（二）宣布南屏北山两乡约绅容鹏翔、杨应銮等来函，据称葡国兵轮马交于月之初五日又复驶入南屏村前，并纵兵登岸滋扰，人心震动，请急筹对待办法，众决议联禀督宪照会葡督禁止兵舰游弋内地，以弭乱端，随公推黄君桂丹领衔。

（三）本会成立，应如何筹措经费，以资办公，请公定，众议本会为保卫桑梓起见，关系阖邑存亡，公决在崇义祠公款酌拨银壹仟两，以为本会经费。［《香山旬报》第四十三期，己酉（1909）十月十一日］

后　记

　　辛亥革命是中国近代历史上的重大事件，又是中国内地与台湾共同肯定的伟大革命运动。香山县是辛亥革命的发源地，是革命伟人孙中山的故乡。抗日战争胜利后，我进入以杨仙逸烈士命名的仙逸小学就读，从这时起，我就不断听闻许多有关孙中山、杨仙逸等家乡先哲的革命故事，香山革命者的英勇战斗精神和巨大贡献深深感动着我。如今适逢辛亥革命100周年华诞，这些往事促使我开始关注辛亥革命时期香山的革命运动。我想通过发掘和整理地方史料，阐述香山地方革命变革之真相，弘扬本县先哲的革命精神，缅怀他们的功绩。这就是我写作本书的初衷。

　　我的写作计划提出后，很快获得珠海市宣传部黄晓东、徐惠萍等领导的大力支持，更得到李丛同志给予许多具体指导和帮助，给我很大的推动力量。可是由于时间短、任务重，写作之初感觉压力很大，幸而过程中得到许多朋友的帮助。其中历史系图书室的张爱妹女士帮助查找资料，简瑞莲女士、季红春女士、黄海涛先生等协助编辑、打字和校对等多项工作，他们的积极参与终于使我比较顺利地完成了任务，书稿杀青之际，又蒙中山革命老前辈、五桂山游击区领导人欧初先生特地为本书题字，深感荣幸。最后，又多蒙责任编辑王晓卿女士精心审校，匡正了书中许多不易察觉的错漏，以其艰辛的劳动，保证了本书的质量。在此，特向他们表示衷心的感谢。

图书在版编目（CIP）数据

辛亥革命时期的香山社会/黄鸿钊编著. —北京：社会科学文献
出版社，2011.9
ISBN 978 - 7 - 5097 - 2605 - 1

Ⅰ.①辛…　Ⅱ.①黄…　Ⅲ.①广东省 - 地方史 - 研究 - 近代
②澳门 - 地方史 - 研究 - 近代　Ⅳ.①K296.5②K296.59

中国版本图书馆 CIP 数据核字（2011）第 161791 号

辛亥革命时期的香山社会

编　　著／黄鸿钊

出 版 人／谢寿光
总 编 辑／邹东涛
出 版 者／社会科学文献出版社
地　　址／北京市西城区北三环中路甲 29 号院 3 号楼华龙大厦
邮政编码／100029

责任部门／编译中心（010）59367139　　责任编辑／王晓卿　刘　琳
电子信箱／bianyibu@ ssap. cn　　　　　责任校对／黄　利
项目统筹／王玉敏　祝得彬　　　　　　　责任印制／岳　阳
总 经 销／社会科学文献出版社发行部（010）59367081　59367089
读者服务／读者服务中心（010）59367028

印　　装／北京季蜂印刷有限公司
开　　本／787mm×1092mm　1/16　　印　张／12.75
版　　次／2011 年 9 月第 1 版　　　　字　数／221 千字
印　　次／2011 年 9 月第 1 次印刷
书　　号／ISBN 978 - 7 - 5097 - 2605 - 1
定　　价／39.00 元